ELSINOR
VERLAG

Henning Menke

Hommage an das Leben oder Es begann in der „Landruh“

Erinnerungen eines Bremer Bürgers

Mit einem Geleitwort von Jens Böhrnsen und einem Nachwort von Ezzelino von Wedel

95 Seiten, 77 Abbildungen, Hardcover, 12 €
ISBN 978-3-938275-38-2

„Hommage an das Leben" ist, schreibt Ezzelino von Wedel zu diesem Buch, „ein seltenes und kostbares Dokument". Henning Menke, Jahrgang 1922, Sohn aus einer großbürgerlichen Bremer Familie, die im Weinhandel sehr erfolgreich und viele Jahrzehnte in der „Landruh" zu Hause war, beschreibt darin einen Lebensstil, wie es ihn heute kaum noch gibt. Privates und Öffentliches, Lebenslust und Weltoffenheit vermischen sich mit der Schilderung von Erfolgen und Misserfolgen, Ausgefallenem und Schicksalhaftem – und das alles in einem freundlichen und zugewandten Plauderton, der aus seiner Verbundenheit mit der Hansestadt keinen Hehl macht.

Günther Schwarberg

Bremer Geschichten

Mit einem Vorwort von Wolfgang Hartlieb

110 Seiten, 28 Abbildungen, Paperback, 8.80 €
ISBN 978-3-931737-83-2

G. Schwarbergs „Bremer Geschichten" handeln von Ereignissen in den Jahren nach dem Zweiten Weltkrieg. Ob es sich um die „Befreiung des Rolands", die „Menschen von der Exodus", den „Nazi-Juden" Hermann Auspitz, den „Klotz an der Weser" oder die „Vertreibung der Mücken aus dem Bürgerpark" handelt, Schwarberg setzt die kleinen Dinge des Lebens mit der „großen Politik" so in Beziehung, dass „ein Schuh daraus wird". Er erzählt spannend und macht Geschichte auf eine Weise durchschaubar, wie es nur selten gelingt.

Truxi Knierim

Annas Befreiungskrieg

Ein historischer Roman

192 Seiten, Hardcover, 12.80 €
ISBN 978-3-931737-15-3

Erzählt wird die Geschichte der Anna Lühring, „die durch ihren unbefleckten Ruf, ihren Mut und ihre jungfräuliche Sittsamkeit Bremens Namen noch rühmlicher nennen gemacht hat" – und alsbald vergessen wurde. Tochter eines Zimmermannns, geht sie zu den Soldaten. Als Eduard Kruse lässt sie sich bei den Lützower Jägern anwerben und kämpft 1814 gegen die napoleonische Fremdherrschaft. Die Kunde von der „heldenmütigen Bremerin" verbreitet sich rasch, der Vater aber will nichts von ihr wissen …

Donat Verlag

Borgfelder Heerstraße 29 · 28357 Bremen
Tel.: (0421) 17 33 107 · Fax: (0421) 27 51 06
E-Mail: info@donat-verlag.de
Internet: www@donat-verlag.de

Kenneth Fearing

Die große Uhr

Ein Klassiker des Noir-Thrillers

Herausgegeben von
Martin Compart

Elsinor

Titel der amerikanischen Originalausgabe
The Big Clock (1946)

Übertragung ins Deutsche
Jakob Vandenberg

Bibliografische Information der Deutschen Nationalbibliothek
Die Deutsche Nationalbibliothek verzeichnet diese Publikation in der Deutschen Nationalbibliografie; detaillierte bibliografische Daten sind im Internet unter www.dnb.de abrufbar.

1. Auflage 2023

Umschlag und Satz: Elsinor Verlag, Coesfeld
Umschlaggestaltung unter Verwendung eines Fotos von
© iStockphoto.com/MBPROJEKT_Maciej_Bledowski

Printed in Germany
ISBN 978-3-942788-71-7

INHALT

Die große Uhr

GEORGE STROUD I

Pauline Delos ist mir zum ersten Mal auf einer jener unendlich wichtigen Parties begegnet, zu denen Earl Janoth alle zwei bis drei Monate einlud – ausgewählte Mitarbeiter, persönliche Freunde, diskrete Millionäre und öffentlichkeitssüchtige Nobodys, in beliebiger Reihenfolge. An diesem Abend hatte er die Gäste in sein Haus in den East Sixties gebeten. Und obwohl es sich streng genommen nicht um eine öffentliche Veranstaltung handelte, ließen sich während der zwei bis drei Stunden mehr als hundert Besucher dort blicken.

Ich selbst kam in Begleitung von Georgette; man stellte uns sofort Edward Orlin von *Futureways* vor – und anderen Anwesenden, die unschwer als Teile des Teams zu erkennen waren. Pauline Delos kannte ich bisher nur dem Namen nach. Zwar gab es kaum jemanden in der Firma, der nicht schon eine ganze Menge über diese Dame wusste, doch die allerwenigsten hatten sie tatsächlich zu Gesicht bekommen – und es gab fast niemanden, der sie auf einer Veranstaltung gesehen hatte, bei der auch Janoth zugegen war. Sie war groß, eisblond und umwerfend. Dem Auge bot sie nichts als pure Unschuld, doch die Instinkte witterten heiße Erotik, und der Verstand spürte die Nähe der Sünde.

«Earl hat noch vor einer Minute nach Ihnen gefragt», sagte Orlin. «Er will Sie wohl jemandem vorstellen.»

«Ich bin aufgehalten worden. Soeben habe ich zwanzig Minuten mit Präsident McKinley geplaudert.»

Miss Delos wurde offenbar neugierig. «Mit wem, sagten Sie?»

«William McKinley. Unser vierundzwanzigster Präsident.»

«Ich weiß», sagte sie und lächelte. Ein wenig. «Sie haben vermutlich eine Menge Klagen zu hören bekommen.»

Ein Mann, den ich als Emory Mafferson kannte, ein kleiner dunkler Kerl, der in den unteren Etagen hauste, bei *Futureways*, glaube ich, meldete sich zu Wort.

«In der Rechnungsprüfung gibt es einen Typen mit eisernem Gesicht, wie McKinley. Wenn Sie den meinen, da hat es Beschwerden gegeben, jede Wette.»

«Nein. Ich habe wirklich und wahrhaftig mit Mr. McKinley gesprochen. An der Bar im *Silberstreif.*»

«Das stimmt», bestätigte Georgette. «Ich war auch dabei.»

«Ganz genau. Und er hat sich überhaupt nicht beklagt. Er kommt offenbar gut zurecht.» Ein Tablett glitt vorüber, und ich griff nach einem weiteren Manhattan. «Er steht natürlich nicht unter Vertrag. Ist aber trotzdem oft im Einsatz. Außer dass er den McKinley gibt, tritt er gelegentlich als Richter Holmes, Thomas Edison, Andrew Carnegie, Henry Ward Beecher oder sonst jemand aus dem Kreis der großen Honoratioren auf. Er kann gar nicht mehr sagen, wie oft er schon Washington, Lincoln und Christoph Kolumbus war.»

«Das ist aber ein wirklich praktischer Freund», sagte Delos. «Wer ist er?»

«Sein weltliches Pseudonym lautet Clyde Norbert Polhemus. Jedenfalls für berufliche Zwecke. Ich kenne ihn seit Jahren, und er hat mir eine Rolle als Zweitbesetzung versprochen.»

«Was hat er angestellt?», erkundigte sich Orlin zögerlich. «Klingt so, als hätte er eine ganze Geisterbande beschworen und würde sie jetzt nicht mehr los.»

«Funktechnik», sagte ich. «Kontakte in alle Sphären.»

Und das war auch schon alles bei meiner ersten Begegnung mit Pauline Delos. Der Rest des Spätnachmittags und frühen Abends verging wie stets in diesem behaglichen kleinen Palast – gelegen inmitten großer und kleiner Paläste, die zu größeren und kleineren Königreichen gehörten, als Janoth Enterprises eines war. Althergebrachte Konversation mit neuen Gesichtern. Georgette und ich plauderten mit der Nichte eines Kaufhauses. Selbstverständlich wollte die Nichte Neuland erobern. Ohnehin würde sie einige Hektar des alten Reiches erben. Ich begegnete einem Riesen in der Welt der Mathematik; er hatte eine Reihe von Rechenmaschinen zu einer einzigen verbunden, und dieser Superrechner war jetzt der größte der Welt. Die Maschine konnte Gleichungen lösen, die jenseits der Vorstellungskraft ihres Erfinders lagen. Ich sagte: «Damit sind Sie größer als Einstein. Jedenfalls wenn Sie Ihre Maschine dabei haben.»

Er blickte mich unsicher an, und mir fiel auf, dass ich ein wenig betrunken war.

«Ich glaube nicht. Es handelt sich um ein rein mechanisches Problem, entwickelt für ganz spezielle Aufgaben.»

Ich konzedierte also, er sei vielleicht nicht der beste Mathematiker der Welt, aber gewiss der schnellste; anschließend redete ich mit einem kleinen juristischen Rädchen einer großen politischen Maschinerie. Und danach mit Janoths neuester Erfindung aus der Welt der Lifestyle-Leitartikler. Und mit vielen anderen, darunter einige verdammt wichtige Leute, die das aber nicht wussten. Einige hatten keinen blassen Schimmer, dass sie echte Gentlemen waren oder Gelehrte. Andere ahnten noch nicht, dass sie eines Tages zu den prominenten Flüchtlingen zählen würden, verfolgt von den Hütern des Gesetzes. Ein ganzer Trupp Verrückter, die man niemals verdächtigt hatte und die nie in Verdacht gerieten. Bemerkenswerte Insolvenzen künftiger Zeiten und rätselhafte Suizide – in zehn oder zwanzig Jahren, von heute an gerechnet. Womöglich eines Tages ruhmreiche Mörder. Oder die Väter und Mütter wahrhaft bedeutender Menschen, die mir nie begegnen würden.

Kurzum: Die große Uhr tickte wie gewöhnlich, und es wurde Zeit, nach Hause zu gehen. Manchmal rasten die Zeiger der Uhr, und manchmal ruckten sie unmerklich vor. Der Uhr war das vollkommen gleichgültig. Die Zeiger mochten rückwärts laufen, die Zeit, die sie anzeigten, wäre dennoch die richtige. Sie liefe einfach weiter wie gewöhnlich, weil alle anderen Uhren sich nach der einen großen zu richten hatten, die sogar über den Kalender herrscht und an der jedermann ganz automatisch sein gesamtes Leben ausrichtet. Verglichen mit diesem Uhrwerk zählte der Mann mit der Rechenmaschine immer noch mit den Fingern.

Wie dem auch sei, jedenfalls war es an der Zeit, dass ich Georgette einsammelte und nach Hause fuhr. Ich fahre immer nach Hause. Vielleicht gelegentlich mit einem kleinen Umweg, aber am Ende lande ich immer dort. Zu Hause – laut Fahrplan der Bahn waren es 37,4 Meilen dorthin; aber selbst wenn es 3740 Meilen wären, ich würde es immer schaffen. Plötzlich tauchte Earl Janoth von irgendwoher auf, und wir verabschiedeten uns.

Es gab etwas, das ich immer wieder in Janoths großem, rosarotem und etwas grobem Gesicht zu erkennen glaubte, einem Gesicht, das in einem leisen Lächeln erstarrt war, das er schon vor langer Zeit vergessen hatte – und in seinem offenen und unschuldigen Blick, der das Gegenüber gar nicht mehr bemerkte. Janoth richtete sich nicht nach der großen Uhr. Er wusste nicht einmal, dass eine solche Uhr überhaupt existierte. Der große, graue und angespannte Muskel hinter jenem Kinderblick bewegte sich nach Regeln, die der Alltagswelt ganz unbekannt blieben. Dieser Muskel mit seinen langen Sehnen hatte sich an einen Gedanken geheftet, einen Gedanken, der sehr fern von jenem jovialen Ausdruck lag, den die äußere Hülle des Gesichts irgendwann angenommen hatte und der dort hängen geblieben war, einsam und verlassen. Eines Tages würde der Gedanke reifen, und der Muskel würde zuschlagen. Vermutlich war das früher schon einmal geschehen. Und er würde es wieder tun.

Janoth erklärte, wie hübsch Georgette aussähe, was zutraf; sie erinnere ihn immer an Karneval und Halloween und die wildesten Baseballspiele der Geschichte, und wie immer lag eine spürbare und außerordentliche Wärme in seiner Stimme, als spräche eine ganz andere, eine dritte Person.

«Einer meiner alten Freunde, Major Conklin, musste leider früh aufbrechen», wandte er sich an mich. «Ihm gefällt die neueste Entwicklung bei *Crimeways*. Ich habe ihm erzählt, Sie seien der versierte Bluthund, der uns zu neuen Interpretationen führt, und er war sehr interessiert.»

«Tut mir leid, dass ich ihn verpasst habe.»

«Larry hat kürzlich ein paar Friedhofsmagazine übernommen, und er möchte sie irgendwie entwickeln. Aber ich bin mir nicht sicher, ob ein Mann mit Ihrer praktischen Erfahrung und Ihrem Scharfsinn ihm wirklich raten kann. Er braucht wohl einen Geomantiker.»

«Es war ein schöner Abend, Earl.»

«Nicht wahr? Gute Nacht.»

«Gute Nacht.»

Wir bahnten uns den Weg durchs Foyer, an einem hochpolitischen Streit entlang und mitten durch eine Gruppe von Leuten, die hier schon lange hockten und denen Gott am nächsten Morgen nicht beistehen würde; dann schoben wir uns behutsam an einem Paar vorbei, das plötzlich in hilfloser Wut lächelnd erstarrte.

«Wohin?», fragte Georgette.

«Ein kleiner Umweg. Nur zum Abendessen. Und anschließend natürlich nach Hause.»

Während wir unsere Garderobe holten und ich noch auf Georgette wartete, sah ich, wie Pauline Delos mit drei anderen Gästen in die Nacht hinaustrat. Um diesen Planeten zu verlassen. Also jedenfalls ganz beiläufig. Meine Gedanken aber flehten sie an, zurückzukehren. Jederzeit.

Im Taxi fragte Georgette: «George, was ist ein Geomantiker?»

«Keine Ahnung, George. Earl hat es im größten Wörterbuch der Welt gelesen und sich auf die Manschette geschrieben, und nun wissen wir alle, warum er der Boss ist. Erinnere mich doch bitte daran, dass ich es nachschlage.»

GEORGE STROUD II

Ungefähr fünf Wochen später erwachte ich an einem Januarmorgen, und das Erste, woran ich dachte, war ein Brief, den Bob Aspenwell mir aus Haiti geschrieben hatte. Keine Ahnung, warum gerade dieser Brief mir in den Sinn kam, als der Schlaf sich verflüchtigte. Ich hatte ihn schon vor etlichen Tagen bekommen. Er handelte von der Wärme dort, der Leichtigkeit und vor allem vom einfachen Leben.

Bob sprach von einer «Schwarzen Republik», und ich lächelte im Schlaf beim Gedanken an Bob und mich selbst, wie wir dort eine Revolte der Weißen anzettelten, fest entschlossen, uns nicht von *Crimeways* kaufen zu lassen. Und dann erwachte ich tatsächlich.

Ein Montagmorgen. In der Marble Road. Ein wichtiger Montag.

Gemeinsam mit Roy Cordette hatte ich eine Teambesprechung für die April-Ausgabe angesetzt – eine jener Wundertüten-Veranstaltungen, die die Egos und die Fantasie gleichermaßen beflügeln. Die große Uhr tickte in einem gemächlichen Tempo, und ich selbst konnte bequem Schritt halten.

An diesem Morgen aber fiel mir ein Büschel grauer Haare an der rechten Schläfe ins Auge, und ich begriff, dass der Zeiger auf dem großen Ziffernblatt wieder eine Strecke zurückgelegt hatte. Und schon steckte ein vertrautes Bild im Kopf – von Sterblichkeit und seniler Hilflosigkeit.

Wer ist bloß dieser armselige weißhaarige alte Knabe, der da drüben am Tisch Papiere abheftet? Die Frage einer jungen, lebendigen Stimme. Schnell schaltete ich sie ab und wechselte zu einer anderen: *Wer ist bloß jener vornehme silberhaarige Herr, ein Intellektueller offenbar, der gerade das Zimmer des Direktors betritt?*

Kennen Sie ihn denn nicht? Das ist George Stroud.

Wer ist das?

Nun, das ist eine lange Geschichte. Irgendwann einmal war er der Geschäftsführer unseres kompletten Eisenbahnunternehmens. Eisenbahn? Warum nicht etwas Zukunftsweisenderes? Also: *Fluggesellschaft. Er hat diese Gesellschaft durch die ersten Jahre geführt, die Pionierzeit. Heute könnte er eine der bedeutendsten Persönlichkeiten unserer Luftfahrt sein, doch irgendetwas ging schief. Keine Ahnung, was damals vorgefallen ist, es gab jedenfalls einen Riesenskandal. Stroud sollte vor den Geschworenen aussagen, aber die Sache reichte viel zu weit, deshalb wurde alles vertuscht, und er kam davon. Anschließend war er natürlich trotzdem erledigt. Mittlerweile gestatten sie ihm aber, vor Meetings die Unterlagen und Zigarren im Sitzungssaal auszulegen. Ansonsten füllt er in den Büros die Tintenfässer auf und sortiert die Faltblättchen in den Ständern.*

Warum behalten sie ihn denn überhaupt noch?

Na ja, einige der Direktoren sind ein wenig sentimental und fühlen sich dem alten Knaben verbunden, außerdem hat er Frau und Tochter, die auf sein Einkommen angewiesen sind. He, Bursche, halt mal diese Papiere. Das ist noch ferne Zukunft. *Drei Kinder, nein, ich glaube vier. Brillante junge Leute, und stehen voll hinter Stroud. Kein Wort gegen ihren Vater in ihrer Gegenwart! Sie glauben immer noch, dass er hier den ganzen Laden führt. Und haben Sie mal seine Frau gesehen? Sie sind das zärtlichste ältere Ehepaar, das ich kenne.*

Während ich mein Gesicht trockenrieb, schaute ich in den Spiegel. Das dunkle, langweilige und irgendwie auch neugierige Gesicht verhärtete sich. Ich sagte:

«Schauen Sie, Roy, wir müssen wirklich etwas unternehmen.»

In welcher Angelegenheit?

«Mehr Geld für uns herausschlagen.» Ich betrachtete die leichte Wölbung von Roy Cordettes schmaler, langfingriger Hand und bemerkte seinen eiligen Rückzug ins Land der Elfen, Kobolde und Zweideutigkeiten.

George, ich dachte, Sie hätten das alles schon vor drei Monaten mit Hagen besprochen. Wir beide liegen doch ohnehin am oberen Limit. Mit einigem Abstand.

«Wissen Sie zufällig, wo genau dieses Limit liegt?»

Ein Durchschnittswert, der für die gesamte Firma gilt, oder nicht?

«Gilt nicht für mich. Ich habe mich nicht um diesen Job gerissen, um meinen Vertrag, um diesen goldenen Käfig voller kastrierter Vögel. Ich denke, es wird höchste Zeit, dass wir es mal richtig drauf ankommen lassen.»

Machen Sie nur. Meine Gebete begleiten Sie.

«Ich sagte *wir*. Es geht ja gewissermaßen um Ihren und meinen Vertrag.»

Ich weiß. Und ich meine, George, warum reden wir nicht einmal zu dritt ganz informell darüber? Also Sie und Hagen und ich?

«Eine gute Idee.» Ich griff zum Telefonhörer. «Wann passt es Ihnen?»

Sie meinen heute?

«Warum nicht?»

Okay, ich bin heute Nachmittag ziemlich beschäftigt. Aber in Ordnung. Wenn Steve Zeit hat, dann gegen fünf.

«Viertel vor sechs im *Silberstreif.* Nach der dritten Runde. Sie wissen schon, Jennett-Donohue will fünf oder sechs neue Magazine präsentieren. Wir sollten das nicht vergessen.»

Ich habe davon gehört, aber wenn Sie mich fragen: Das Niveau ist ziemlich bescheiden. Und das Gerücht kenne ich schon seit einem Jahr.

Eine wirkliche Stimme verscheuchte den Tagtraum.

«George, kommst du herunter? Du weißt doch, George darf den Schulbus nicht verpassen.»

Ich rief zu Georgette hinunter, dass ich schon auf dem Weg sei, und kehrte ins Schlafzimmer zurück. Und wenn wir uns nun mit Steve Hagen zusammensetzen würden, was dann? In meiner Stirn spürte ich das Blut pulsieren. In geschäftlicher Hinsicht waren er und Janoth ein und dieselbe Person, außer dass durch die Adern in Hagens schlanker, sinnlicher Gestalt unablässig eine ganz neue, unberechenbare Flüssigkeit kreiste, flüssige Bosheit.

Ich kämmte mein Haar vor der Schlafzimmerkommode, und das graue Büschel kehrte in seine gewohnte Form zurück. Zum Teufel mit Hagen. Warum nicht direkt mit Janoth reden? Aber natürlich.

Ich legte Kamm und Bürste auf die Kommode zurück, stützte mich auf die Ellbogen und hauchte den Spiegel an. «Heben Sie die Karten ab, Earl. Der Verlierer verlässt die Stadt in vierundzwanzig Stunden. Der Sieger bekommt den Job.»

Ich band mir die Krawatte, schlüpfte in die Jacke und begab mich nach unten. Georgia betrachtete mich nachdenklich, wie immer stand ihr Teller inmitten einer weiten Landschaft aus Cornflakes. Von unten her tönte das sanfte, gleichmäßige Tock, Tock, Tock, mit dem ihre Füße den Takt der Zeit ans Tischbein schlugen. Der Tisch stand nah am Fenster, und ein breiter Sonnenstrahl fiel darauf und ließ das Silber leuchten, den Kaffeefilter, die Gesichter von Georgia und Georgette. Von der Anrichte her warfen Teller noch mehr Licht gegen die Wand, und es schien, als hinge mein zweitliebstes Gemälde von Louise Patterson, gerahmt in Walnussholz, himmelhoch in den Wolken über der Anrichte, über dem Zimmer, über dem Haus. Ein zweites Bild von Patterson hing an der gegenüberliegenden Wand, und oben gab es noch zwei weitere.

Georgette wandte mir ihr großes, strahlendes und jugendliches Gesicht zu, ihre meerblauen Augen musterten mich mit kritischer, aber freundlicher Neugierde. Ich sagte Guten Morgen und küsste die beiden. Georgette rief, Nellie möge nun die Eier und Waffeln bringen.

«Orangensaft», sagte ich und trank meinen. «Diese Orangen haben mir soeben berichtet, dass sie aus Florida stammen.»

Meine Tochter blickte mich verdutzt an. «Ich habe nichts gehört», sagte sie.

«Hast du nicht? Eine von ihnen sagte, dass sie alle von einer großen Farm bei Jacksonville stammen.»

Georgia dachte darüber nach, schüttelte dann ihren Löffel und verwarf die Geschichte. Sie schwieg volle zwanzig Sekunden, dann schien ihr etwas eingefallen zu sein, und sie fragte: «Mit welchem Mann hast du gesprochen?»

«Ich? Ein Mann? Wann? Wo?»

«Gerade. Oben. George sagte, du redest mit einem Mann. Wir haben dich gehört.»

«Oh.»

Georgettes Stimme klang gleichgültig, doch unter dieser Gleichgültigkeit verbarg sich die unschuldige Spannung des unbeteiligten Zuhörers, der einem Streitgespräch in der Kneipe lauscht und den ersten blutigen Hieben entgegenfiebert.

«Ich dachte, du erklärst es am besten selbst», sagte sie.

«Also, dieser Mann, George. Das war ich, bei einer Probe. Musiker müssen sehr viel üben, bevor sie wirklich musizieren. Sportler trainieren vor dem Rennen, und Schauspieler proben ihren Auftritt.» Ich registrierte Georgettes schweigenden Beifall. «Und ich gehe morgens eben immer ein paar Worte durch, bevor ich mit dem Reden beginne. Dürfte ich bitte ein paar Kekse haben?»

Georgia bedachte meine Worte und vergaß sie. Sie sagte: «George hat mir versprochen, dass du mir eine Geschichte erzählst, George.»

«Ich erzähle dir eine Geschichte, in Ordnung. Sie handelt von einem einsamen Cornflake.» Jetzt hatte ich sie gepackt, vollständig. «Mir scheint, da gab es ein kleines Mädchen.»

«Wie alt?»

«Etwa fünf Jahre, glaube ich. Vielleicht waren es auch sieben.»

«Nein, sechs.»

«Richtig, sie war sechs. Also da gab es diese Packung Cornflakes ...»

«Wie hieß sie denn?»

«Cynthia. Also diese Cornflakes, viele Hundert, sie wuchsen alle gemeinsam in der gleichen Packung auf, sie spielten zusammen und gingen zusammen zur Schule, sie waren richtig dicke Freunde. Doch eines Tages wurde die Packung aufgerissen, und die ganze Schar landete in Cynthias Schüssel. Sie goss Milch und Sahne und Zucker in die Schüssel, und dann aß sie eines der Cornflakes. Und nach einer Weile begann dieses Cornflake drinnen in Cynthias Magen sich zu fragen, wann alle ihre Freunde denn nun endlich kommen würden. Aber sie kamen nicht. Und je länger das Cornflake wartete, desto einsamer wurde es. Siehst du, die übrigen Cornflakes kamen nur bis zur Tischdecke, viele von ihnen landeten auf dem Fußboden, einige auf Cynthias Stirn, andere hinter ihren Ohren.»

«Und was dann?»

«Also das ist schon alles. Nach einer Weile fühlte sich das Cornflake so verlassen, dass es sich hinsetzte und einfach nur weinte.»

«Und was tat es dann?»

«Was konnte es denn schon tun? Cynthia wusste ja nicht, wie man die Cornflakes richtig isst, oder vielleicht versuchte sie es auch gar nicht, und so geschah Morgen für Morgen das Immergleiche. Ein Cornflake landete allein und verlassen in Cynthias Magen.»

«Und was dann?»

«Nun, das Cornflake weinte so erbärmlich, dass Cynthia jeden Morgen Bauchschmerzen bekam. Sie wusste aber nicht, warum, denn sie hatte ja eigentlich fast gar nichts gegessen.»

«Und was tat sie dann?»

«Sie ärgerte sich, das tat sie.»

Georgia machte sich über ihre weichgekochten Eier her, denen das Schicksal der Cerealien bevorzustehen schien. Dann aber legte sie den Griff ihres Löffels auf den Tisch und ihr Kinn auf die Spitze des Griffes, sehr nachdenklich, während sie mit den Füßen gegen das Tischbein klopfte. Die Oberfläche des Kaffees in meiner Tasse kräuselte sich sanft bei jedem Tritt ihrer Füße.

«Du erzählst mir immer die gleiche Geschichte», erinnerte sie sich. «Erzähl mir eine andere.»

«Da gibt es noch eine über dieses kleine Mädchen – Cynthia, sechs Jahre alt –, also das gleiche Mädchen wie vorhin, das außerdem die Gewohnheit hatte, beim Essen immer mit den Füßen gegen den Tisch zu treten. Tag für Tag, Woche für Woche, Jahr für Jahr trat sie ihn und trat sie ihn. Eines schönen Tages aber sprach der Tisch: ‹Nun bin ich es wirklich leid›, er spannte sein Bein und wusch, kickte er Cynthia durchs Fenster hinaus. Was war sie da überrascht!»

Diese Geschichte war ein voller Erfolg. Georgias Füße trommelten doppelt so schnell, und sie verschüttete den Rest ihrer Milch.

«Vorsicht, meine Superheldin», sagte Georgette und wischte die Pfütze auf. Draußen tönte eine Hupe, und Georgette fuhr Georgia mit dem Lätzchen durchs Gesicht. «Der Bus ist da, Liebling. Vergiss deine Sachen nicht.»

Nun fegte eine Sternschnuppe durch die Zimmer im Erdgeschoss und verschwand nach einer Minute, laut pfeifend. Nach einer Weile kehrte Georgette zurück und gönnte sich die erste Zigarette und eine zweite Tasse Kaffee. Sie betrachtete mich durch einen dünnen Rauchschleier und fragte: «Möchtest du nun zurück in die Zeitungsredaktion, George?»

«Um Gottes willen! Ich möchte im Leben keinen Feuerwehrwagen mehr sehen. Jedenfalls nicht, solange ich nicht darin sitze und die Leiter bediene. Der Kerl hinten an der Leiter tut immer das genaue Gegenteil von dem, was auf dem Fahrersitz passiert. Glaube ich jedenfalls.»

«Genau das meine ich.»

«Was meinst du?»

«Du magst *Crimeways* nicht. Du hältst auch nicht besonders viel von Janoth Enterprises. Du würdest gern in die entgegengesetzte Richtung steuern.»

«Da irrst du dich. Aber komplett. Ich liebe dieses alte Karussell.»

Georgette zögerte, sie war sich nicht sicher. Ich spürte die mühsamen Schritte ihres Denkens, bevor sie sich zu einer These vortastete: «Ich glaube nicht an eckige Pflöcke in runden Löchern. Der Preis ist zu hoch. Glaubst du nicht, George?» Ich versuchte, überrascht zu tun. «Also ich glaube, na ja, also wirklich, mir scheint es jedenfalls, wenn ich so darüber nachdenke, manchmal, dass du viel fröhlicher warst, und ich ebenfalls, als wir noch das Wirtshaus hatten. Stimmt das nicht? Außerdem war es viel lustiger, als du noch als Detektiv beim Pferderennen gearbeitet hast. Ach Gott, und selbst die Nachtschichten beim Radiosender! Es war verrückt, aber es hat mir gefallen.»

Ich beendete mein Frühstück und versank in den gleichen Erinnerungen wie sie. Arbeitszeiterfasser auf einer Baustelle. Privatdetektiv auf der Rennbahn. Kneipenwirt. Laufbursche bei der Zeitung, dann Redakteur, der Job in der Anzeigenabteilung, und schließlich – was? Jetzt?

Ich vermochte nicht zu sagen, welche dieser Erfahrungen mir im Rückblick das größere Vergnügen oder den größeren Ärger bereitet hatten. Und ich wusste, dass es Zeitverschwendung war, diese Frage auch nur zu streifen.

Zeit.

Man klettert wie eine Maus das alte, träge Pendel der großen Uhr hinauf, hangelt sich an ihren großen Zeigern entlang, irrt dann durch die komplizierten Rädchen und die Unruh und die Federn des Uhrwerks, durchsucht das spinnwebenbedeckte Labyrinth der Maschine mit all ihren Scheintüren, den gefährlichen Sackgassen und steilen Pisten, den Fallen und Ködern, immer auf der Suche nach dem wahren Anfang und dem wirklichen Preis.

Dann schlägt die Uhr, es ist eins und Zeit, aufzubrechen, das Pendel herabzuklettern und wieder zum Gefangenen zu werden, der schon bald abermals einen Ausgang sucht.

Denn selbstverständlich hat die Uhr, die die Zeiten vermisst, Gewinn und Verlust, die Luft, die Georgia atmet und Georgettes Energie und die zitternden Ziffern meiner eigenen inneren Skala – diese gewaltige Uhr, die Ordnung schafft und selbst das Chaos in Regeln zwingt, sie hat sich nie geändert, sie wird sich niemals ändern oder ändern lassen.

Ich hatte jetzt, glaube ich, ins Leere geschaut. Ich sagte: «Nein. Ich bin der rundeste Pflock, der dir je begegnet ist.»

Georgette drückte ihre Zigarette aus und fragte: «Nimmst du das Auto?»

Ich dachte an Roy und Hagen und das *Silberstreif.*

«Nein. Und es könnte spät werden. Ich rufe dich an.»

«In Ordnung, ich fahre dich zum Bahnhof. Vielleicht fahre ich nach dem Mittagessen noch selbst für eine Weile in die Stadt.»

Ich leerte die Kaffeetasse und überflog die Überschriften auf den ersten drei Seiten der Morgenzeitung, entdeckte dort aber nichts Neues. Ein rekordverdächtiger Banküberfall in St. Paul, aber nichts für uns. Während Georgette Nellie ein paar Anweisungen gab, schlüpfte ich in den Mantel, setzte den Hut auf, holte den Wagen aus der Garage und hupte. Als Georgette aus der Haustür trat, rutschte ich auf den Beifahrersitz, und sie übernahm das Lenkrad.

An diesem Morgen war es in der Marble Road frisch, aber nicht kalt, und sehr sonnig. Reste von Schnee, den ein Sturm kürzlich hierhergeweht hatte, bedeckten die braunen Rasenflächen und die fernen Höhenzüge, die sich durch das schwarze Band der Bäume hindurch abzeichneten. Nachdem wir die Marble Road hinter uns gelassen hatten, unser Viertel mit seinen aufstrebenden Managern, gescheiterten Werbeexperten und den immer erfolgreichen Vertriebsleuten, passierten wir die ehrwürdigen, wenn auch ein wenig wettergegerbten großen quadratischen Schachteln der ursprünglichen Einwohner. Am Rande der Stadt, jenseits der Marble Road, lagen weitläufige Anwesen verstreut im Hügelland. Viel Geld und Gold natürlich. Noch drei Jahre, und auch wir würden uns dort einen Bauplatz sichern.

«Heute Nachmittag werde ich hoffentlich die passenden Gardinen finden», sagte Georgette beiläufig. «Letzte Woche hatte ich keine Zeit mehr. Ich war geschlagene zwei Stunden in der Praxis von Doktor Dolson.»

«Ja?» Dann bemerkte ich, dass sie noch etwas sagen wollte. «Wie kommst du mit Doktor Dolson zurecht?»

Sie antwortete, ohne ihre Augen von der Straße abzuwenden. «Er sagt, er glaubt, alles wird gut.»

«Er glaubt? Was heißt das?»

«Er ist sich sicher. So sicher, wie man eben sein kann. Beim nächsten Mal sollte alles in Ordnung sein.»

«Das ist ja großartig.» Ich legte meine Hand auf die ihre, die das Lenkrad hielt. «Warum hast du es geheim gehalten?»

«Na ja. Empfindest du es auch so?»

«Also, was glaubst du, warum bezahle ich Dolson? Ja, das tue ich.»

«Ich habe mich das auch schon gefragt.»

«Tu's nicht. Wann, sagt er?»

«Schon sehr bald.»

Wir hatten den Bahnhof erreicht, und der Neun-Uhr-acht-Zug acht fuhr gerade ein. Ich gab ihr einen Kuss, einen Arm auf ihrer Schulter, mit der anderen Hand tastete ich nach dem Türöffner.

«Sehr bald also. Pass auf, dass du nicht auf eisigen Bügersteigen ausrutschst.»

«Ruf mich an», sagte sie noch, bevor die Tür ins Schloss fiel.

Ich nickte und eilte zum Bahnhof. Am Kiosk drinnen kaufte ich mir noch eine Zeitung und ging weiter. Zeit genug. Ich sah einen Sportler laufen, einen Block entfernt.

Die Zugfahrt begann für mich stets mit den Stellenanzeigen, meiner Lieblingsrubrik in allen Zeitungen, dann folgten die Versteigerungen, ein Blick in den Sportteil, Versicherungsstatistiken und schließlich die Unterhaltung. Wenn der Zug sich schließlich in die Erde bohrte, stimmte ich mich auf den Tag ein, indem ich zum Inhaltsverzeichnis blätterte und die Kurztexte zu den Hauptnachrichten las. Gab es etwas Wichtiges, wusste ich Bescheid, während wir zu Hunderten und Tausenden den großen Ameisenhaufen des Bahnhofs durchquerten – und während wir alle an einem raffinierten Muster webten, wusste doch jeder Einzelne von uns ganz genau, wohin er ging und was er tat.

Fünf Minuten später und zwei Blocks vom Bahnhof entfernt stand ich vor dem Janoth Building, das wie eine unsterbliche Gottheit aus Stein inmitten eines Häuserwaldes aufragte. Es schien Menschenopfer, Opfer des Fleisches und des Geistes, allen anderen Zeichen der Ehrerbietung vorzuziehen. Tag für Tag brachten wir dieses Opfer dar.

Ich betrat das hallende Foyer mit meiner Opfergabe.

GEORGE STROUD III

Janoth Enterprises belegte die oberen neun Etagen des Janoth Building; wir waren keineswegs das größte Unternehmen dieser Art in den Vereinigten Staaten. Jennett-Donohue war das größere Zeitschriftenkonsortium; das galt auch für Beacon Publications und Devers & Blair. Dennoch nahm unsere Firma ihren ganz speziellen Platz ein und zählte bei weitem nicht zu den kleinsten unter jenen Verlagen, die Nachrichten und Geschichten veröffentlichten und dabei Politik, Wirtschaft und den Bereich der Technik abdeckten.

Newsways war das größte und bekannteste Magazin unserer Gruppe, eine wöchentlich erscheinende General-Interest-Zeitschrift mit einer Auflage von knapp zwei Millionen. Diese Redaktion residierte in der 31. Etage. Darüber, im obersten Stockwerk des Gebäudes, waren die zentralen Abteilungen untergebracht – Anzeigenabteilung, Rechnungsprüfung, Vertrieb; dazu kamen die Büros von Earl und Steve Hagen.

Commerce war eine Wochenzeitschrift für die Wirtschaft mit einer Gesamtauflage von einer Viertelmillion – also weit unterhalb der tatsächlichen Zahl der Leser und wenig angesichts des Einflusses, den das Blatt besaß. Verknüpft damit waren ein vierseitiges Tages-Bulletin namens *Trade* und ein stündlicher Depeschendienst, *Commerce Index*. Sie alle befanden sich in der 30. Etage.

Die 29. Etage beherbergte eine große Auswahl an Fachzeitschriften und -zeitungen, die meisten erschienen monatlich. Das Spektrum reichte von *Sportland* bis *The Frozen Age* (Nahrungsmittel), *The Actuary* (Statistiken), *Frequency* (Radio und Fernsehen) oder *Plastic Tomorrow*. Insgesamt gab es auf dieser Etage elf oder zwölf solcher Publikationen im Sinne von «Was kommt als nächstes?» oder «Wie helfe ich mir selbst?», keine mit hoher Auflage und einige davon Überbleibsel einer spontanen Inspiration von Earl Janoth, die dieser selbst vermutlich längst vergessen hatte.

Die nächsten beiden Etagen, nach unten hin, enthielten das Archiv, die Bibliothek und die Sammlung allgemeiner Nachschlagewerke, außerdem die Abteilungen für Grafik und Bildredaktion, einen häufig genutzten Erste-Hilfe-Raum, Toiletten, die Telefonzentrale und ein Büro für allgemeine Auskünfte.

Die klügsten Köpfe des Unternehmens waren selbstverständlich in der 26. Etage versammelt. Dort befand sich *Crimeways* mit Roy Cordette als Mitherausgeber (Zimmer 2618), mir selbst als Chefredakteur (Zimmer 2619), den Redaktionsassistenten Sydney Kislak und Henry Wyckoff (Zimmer 2617) und sechs Journalisten in angrenzenden Kabinen. Theoretisch waren wir das Polizeihandbuch des Landes, Wächter über die Geldbörsen und Gewissen der Bürger, mitunter auch über Moral und Tischsitten und was uns sonst noch so alles einfiel. Wir waren die Diagnostiker des Verbrechens; und wenn das FBI einmal im Monat vor die Presse treten musste, waren wir zur Stelle. Wollte der Wachtmeister von Twin Oaks, Nebraska, als scharfsinniger Sozialkritiker hervortreten oder sollte die Nationalversammlung Protestantischer Bischöfe ein gewisses Maß an Unterstützung benötigen, waren wir zur Stelle. Kurz gesagt, wir dienten als Wetterbericht der nationalen Gesundheit, wir dokumentierten die Verbrechen der Vergangenheit und Gegenwart und wir prognostizierten künftige Straftaten. Jedenfalls hatten wir all dies so oder ähnlich irgendwann einmal von uns behauptet.

Gemeinsam mit uns waren auf der 26. Etage noch vier weitere Zeitschriften mit vergleichbarem Konzept untergebracht: *Homeways* (mehr als nur eine Illustrierte für den gepflegten Haushalt), *Personalities* (nicht nur die Erfolgsgeschichte des Monats), *Fashions* (der Mensch, nicht die Kleidung) und *The Sexes* (Affären, Hochzeiten, Scheidungen).

Und schließlich gab es noch zwei Stockwerke unter uns; dort fanden sich die Abteilungen für Tiefenrecherche, für PR und

Büromaterial, die Personalabteilung und eine neue Einrichtung namens *Futureways*, die einer planmäßigen sozialen Evolution gewidmet war – ein Unterfangen, das in ein eigenständiges Heft münden konnte, in eine neue Zeitschrift, eine Ansprache nach irgendeinem Dinner oder das ganz einfach spurlos wieder verschwindet. Edward Orlin und Emory Mafferson gehörten beide zu diesem Team.

So also war das Hauptquartier von Janoth Enterprises beschaffen. Büros in einundzwanzig Großstädten der Vereinigten Staaten und fünfundzwanzig im Ausland schaufelten täglich und stündlich Nahrung in dieses Nervenzentrum. Versorgt wurden die Büros von reisenden Korrespondenten, von prominenten Wissenschaftlern, Gelehrten und Technikern in allen Winkeln der Erde. Janoth Enterprises war ein Imperium der Informationsbeschaffung.

Jede Zeitschrift des Unternehmens konnte, falls nötig, die Hilfe ausgewählter Kanäle anfordern. Oder aller. *Crimeways* tat das regelmäßig.

Wir hatten nach dem verschollenen Bankier Paul Isleman gesucht und ihn gefunden. Dieser Erfolg ging auf meine Rechnung. Und wir hatten die Rechtsabteilung, die Rechnungsprüfung und ein Dutzen Helfer aus unserem eigenen Team und anderen Redaktionen eingespannt, um Islemans raffinierte Betrügereien aufzudecken, während einer unserer besten Autoren, Bert Finch, einen ganzen Monat brauchte, um Islemans kompliziertes Geschäftsgebaren allgemein verständlich aufzubereiten.

Und wir fanden den Mann, der Mrs. Frank Sandler getötet hatte, und dabei schlugen wir die Polizei um drei Zehntelsekunden. Auch dieser Sieg ging auf George Stroud. Ich konnte den Kerl mit Unterlagen aus dem eigenen Archiv identifizieren – mit einigen Mitarbeitern, die ich für diesen Job ausgewählt hatte.

Von meinem Büro aus eilte ich jetzt direkt in das von Roy und hielt nur kurz an, um Hut und Mantel abzulegen. Alle saßen sie in Zimmer 2618, sie wirkten müde, aber entschlossen und irgendwie gedankenverloren. Nat Sperling, ein großer, dunkler und etwas ungeschickter Mann, redete mit seiner gleichförmigen Stimme und schaute dabei in seine Aufzeichnungen.

«... auf einer Farm rund 30 Meilen vor Reading. Der Kerl verwendete eine Flinte, einen Revolver und eine Axt.»

Roys ferner, fragender Blick glitt von mir zurück zu Sperling. Geduldig hakte er nach: «Und?»

«Es war eines jener blutigen und ganz unverständlichen Massaker, die einfach von Zeit zu Zeit an diesen völlig abgelegenen Orten geschehen.»

«In Reading haben wir einen Mann», dachte Roy laut nach. «Aber wo liegt der Punkt?»

«Die Trefferzahl», sagte Nat. «Vier Personen, eine ganze Familie. Also wirklich Mord in großem Stil, ganz unabhängig vom Ort.»

Roy seufzte und erwiderte leichthin: «Reine Zahlen haben nichts zu bedeuten. Jeden Tag werden Dutzende Menschen ermordet.»

«Aber nicht vier auf einen Streich, vom gleichen Täter.»

Sydney Kislak, der auf einer breiten Fensterbank in Elliots Rücken hockte, warf eine muntere Fußnote ein: «Wahl der Waffen. Drei verschiedene.»

«Aber worum ging es überhaupt?», fragte Roy.

«Eifersucht. Die Frau hatte versprochen, mit dem Killer durchzubrennen, jedenfalls hatte er das so verstanden, aber als sie ihn dann zurückwies, hat er erst sie erschossen, dann ihren Ehemann, und dann nahm er die Flinte und die Axt mit zu ihren beiden ...»

Roy murmelte wie abwesend: «In solchen Fällen muss man vor allem immer das Motiv bedenken. Ist es für uns relevant? Ist es kriminell? Nun habe ich den Eindruck, dass dieser Vogel einfach nur verliebt war. Natürlich ist hier etwas schiefgelaufen, aber im Grunde hat ihn die Liebe zu dieser Tat getrieben. Wenn Sie also nicht belegen können, dass der Paarungstrieb an und für sich kriminell oder sogar asozial ist ...» Roy öffnete und schloss seine Faust, die auf dem Tisch ruhte. «Aber ich denke, wir könnten Wheeler die Geschichte für *Sexes* vorschlagen. Vielleicht ist sie auch etwas für *Personalities*.»

«*Fashions*», flüsterte Sydney.

Roy blickte Nat weiterhin erwartungsvoll an; auf dessen bleichen Zügen zeichnete sich so etwas wie unfreiwillige Hochachtung ab. Er blickte wieder in seine Notizen, offenbar entschlossen, zwei oder drei Einträge zu überspringen, und fuhr dann fort.

«Es gibt einen prächtigen Bankraub in St. Paul. Mehr als eine halbe Million Dollar, die größte Beute in der Geschichte.»

«Jedenfalls die größte außerhalb der Legalität», korrigierte Henry Wyckoff. «Das war gestern Abend, nicht wahr?»

«Gestern Nachmittag. Ich habe das Büro in Minneapolis darauf angesetzt, und wir wissen bereits, dass wir es mit einer Bande aus mindestens drei Tätern zu tun haben, vielleicht auch mehr, und dass sie sich mehr als drei Jahre lang auf diesen Job vorbereitet haben. Das Bemerkenswerte an der Sache ist, dass die Bande vor über drei Jahren ganz regulär so etwas wie eine Firma gegründet hat, sie haben Einkommensteuer gezahlt und ein Gehalt bezogen, insgesamt 175 000 Dollar; und während dieser Zeit haben sie ihre Pläne ausgetüftelt und den Überfall vorbereitet. Ihre Zahlungen wickelten sie über genau jene Bank ab, die sie überfallen wollten, und es heißt, dass sie vor dem gestrigen Überfall mehrere Kostümproben durchlaufen ließen, und zwar direkt vor Ort. Einige vom Wachdienst spielten sogar, vermutlich ahnungslos, als Komparsen mit. Einer von ihnen kassierte zum Dank eine Kugel ins Bein.»

Nat schwieg, und Roy schien durch ihn hindurchzublicken, und in seinen blauen, geduldigen Augen hielten sich Neugierde und Abscheu die Waage.

«Wieder nur Zahlen», urteilte er sanft. «Was spielt es für eine Rolle, ob es um eine halbe Million geht, um Tausend Dollar oder nur um einen halben? Drei Jahre, drei Monate oder drei Minuten? Drei Täter, oder dreihundert? Was ist so bemerkenswert an dem Fall, dass wir ihn schildern müssen?»

«Der technische Aspekt, oder etwa nicht?», warf Wyckoff ein. «Im Rahmen der Gesetze bleiben, während man die Vorarbeiten erledigt. Die Proben. Und die ganze Zeit im Geschäftskontakt mit der Bank. Genau genommen ist nämlich keine Bank oder Firma auf der ganzen Welt vor einer Bande sicher, die genügend Geld, Geduld und Verstand investiert. Hier haben wir eine Art Gipfel krimineller Raffinesse, Wirtschaftsprofis schlagen Wirtschaftsprofis. Verdammt, eine ausreichende Anzahl von Tätern bräuchte einfach nur genug Zeit und Geld und Verstand, dann werden sie am Ende auch Fort Knox einnehmen.»

«Genauso ist es», sagte Roy. «Aber ist das neu? Angreifer schlägt Verteidiger, Verteidiger überwältigt Angreifer – genau darum geht es doch immer in der Geschichte des Verbrechens. Den Kern dieser Geschichte, ihre wechselnden Gestalten, haben wir schon oft behandelt – zu oft. Ich wüsste nicht, was dabei noch für uns herausspringt. Drei Absätze in den *Kriminellen Wellen* sind ausreichend. ‹Clevere, hart arbeitende Diebe investieren 175 000 Dollar und drei mühevolle Jahre in die Planung eines Bankraubs. Der Gewinn beträgt 325 000 Dollar netto.› Bei drei Männern, die drei Jahre daran arbeiten», rechnete er nach, «liegen wir grob bei 36 000 pro Jahr. Genau. ‹Der bescheidene Erlös angesichts des Investments an Wagemut und Fachwissen beweist wieder einmal, dass Verbrechen sich nicht wirklich lohnen.› So in der Art. Aber können wir jetzt etwas Hochklassigeres suchen? Uns fehlen immer noch drei Leitartikel.»

Von Nat Sperling kamen keine weiteren Vorschläge. Ich stellte fest, dass es bereits zehn Uhr fünfundvierzig war, und da ich bisher wenig oder nichts gearbeitet hatte, war an ein frühes Mittagessen nicht mal im Traum zu denken. Auch konnte ich meine Hoffnung auf eine Besprechung mit Roy und Hagen für heute abschreiben. Tony Watson fing den Ball auf, er verbreitete sich in hektischen, nervösen Sätzen und hielt gelegentlich mit zur Schau gestellter Leidensmiene inne. Meiner Ansicht nach hätte seine Nervenschwäche eigentlich längst nicht mehr so ausgeprägt sein dürfen, oder sie hätte sogar ganz verschwinden müssen, denkt man an die vier- oder fünftausend Dollar, die er seinem Psychiater gezahlt hat. Bedenkt man allerdings die Risiken unseres Berufs, wäre Tony ohne diese Behandlung heute vielleicht vollkommen sprachlos.

«Ein Bulletin vom Wohlfahrtsausschuss», sagte er, und nachdem wir eine Weile gewartet hatten, fuhr er fort: «Wird nächsten Monat veröffentlicht. Aber für uns gibt es ein Vorabexemplar. Habe ich schon gelesen. Es handelt vom kriminellen Geschäft mit Abtreibungen. Ziemlich gründlich. Der Ausschuss hat drei Jahre daran gearbeitet. Sie behandeln alles, von den kleinen ambulanten Quacksalbern bis zu den großen, teuren privaten Sanatorien. Wer sie schützt, warum und wie. Geschätzte Zahl der jährlichen Eingriffe, Umsatz dieser Branche, Statistiken der Todesfälle und Ermittlungen. Medizinische Fragen, pro und contra. Ursachen, Ergebnisse. Eine klare und umfassende Studie zu diesem Thema. Die Erste ihrer Art. Erste amtliche, meine ich.»

Lange bevor Tony geendet hatte, war Roys Kinn schon auf die Brust gesunken; am Ende machte er sich einige flüchtige Notizen.

«Ziehen sie Schlussfolgerungen? Irgendwelche Empfehlungen?», fragte er.

«Nun, der Bericht nennt ein ganzes Ursachengeflecht. Wirtschaftliche Erwägungen sind wohl der Hauptgrund für Schwangerschaftsabbrüche bei verheirateten Frauen, und unter …»

«Kein Problem. Wir müssen unsere eigenen Schlüsse ziehen. Was sagen sie denn zur Unterstützung der Senioren?»

«Was? Also, nichts, soweit ich mich erinnere.»

«Kein Problem, ich glaube, wir haben da etwas. Wir nehmen dieses Bulletin und zeigen, was es in Wahrheit bedeutet. Zunächst präsentieren wir die Zahlen für Sozialleistungen an Hinterbliebene. Insbesondere Beihilfen zu den Beerdigungskosten – und dann kontrastieren wir das Offensichtliche. Auf der einen Seite das, was unsere Regierung jedes Jahr zur

Beerdigung der Toten beisteuert, und dann hier, auf der anderen Seite der Lebensskala, das, was die Bevölkerung aufwendet, um Geburten zu verhindern. Setzen Sie sich mit der Ärzte-Akademie in Verbindung und mit der medizinischen Fakultät und recherchieren Sie eine kurze Geschichte der Abtreibungspraktiken, und vergessen Sie den Fotografen nicht! Vielleicht gibt es dort ja eine Sammlung primitiver und moderner Instrumente. Ein paar Bilder dürften gute Wirkung tun. Und eine kurze Schilderung altertümlicher Methoden wirkt vielleicht sogar noch besser.»

«Zauberei gehörte auch dazu», bemerkte Bert Finch.

«Schön», sagte Roy. «Also nehmen Sie das mit auf. Und wenden Sie sich an die Gesellschaft Amerikanischer Leichenbestatter – wir brauchen Zahlen darüber, wie viel wir alljährlich für den Tod ausgeben – im Vergleich zu dem, was uns die Verhinderung von Leben wert ist. Rufen Sie einfach ein halbes Dutzend Kaufhäuser an und fragen Sie, was die durchschnittliche werdende Mutter bis zum Tag der Niederkunft für Kleidung und Babyzubehör auf den Tisch legt. Und denken Sie an ein oder zwei schöne Zitate von Jonathan Swift über irische Babys.»

Er blickte Tony an, dessen schmales, sommersprossenübersätes Gesicht Widerwillen erkennen ließ.

«Das entspricht nicht ganz meinen Vorstellungen, Roy. Ich dachte, wir dramatisieren einfach nur die Ergebnisse des Berichts. Die Ergebnisse der Kommission.»

Roy zog einen Strich unter seine Notizen auf dem Block.

«Das werden wir ja auch, die ganze Abtreibungsproblematik aufrollen. Die Frage der Vererbung und der unehelichen Geburt. Wir behandeln das Thema nur auf einer höheren Ebene, das ist alles. Also fangen Sie jetzt an mit der Geschichte, und wenn das Bulletin veröffentlicht wird, prüfen wir es und weisen auf die wirklich wichtigen Aspekte des Gesamtbildes hin, und gleichzeitig legen wir dar, was die Studie uns verschweigt. Warten Sie aber nicht, bis das Papier öffentlich wird. Können Sie in, sagen wir, zwei bis drei Wochen eine Rohfassung abliefern?»

Tony Watsons ersticktes Schweigen bewies, dass zweitausend Dollar für Behandlungen sich gerade ins Nichts auflösten. «Ich kann es versuchen», willigte er schließlich ein.

Die Konferenz nahm ihren Gang – wie so viele zuvor und, sollte kein Wunder geschehen, wie so viele Hundert, die gewiss noch folgten würden.

In vier Wochen würde Nat Sperlings Vierfachmord auf einsamer Farm einer Penthouse-Schießerei in Chicago weichen, und Tonys Neigung zu soziologischer Analyse brächte neue Bulletins der Bewährungskommission zum Vorschein, neue Versicherungsstatistiken, eine folgenreiche Entscheidung des Obersten Gerichtshofs. Der Gegenstand spielte kaum eine Rolle. Worauf es ankam, war unsere Virtuosität.

Den Flur entlang, in Sydneys Büro, gab es ein Fenster, aus dem vor langer Zeit ein fast schon vergessener Redaktionskollege gesprungen war. Manchmal fragte ich mich, ob das wohl nach einer Konferenz wie dieser geschehen war. Er hätte dann einfach seine Notizen zusammengerafft, wäre über den Flur ins eigene Büro verschwunden, hätte das Fenster geöffnet und den Schritt ins Freie getan.

Wir aber waren ja nicht verrückt.

Wir waren ja keine Kinder, die in irgendeinem progressiven Kindergarten ihre bizarren Fantasien hinausposaunten. Und was wir hier taten, war auch nicht komplett sinnlos.

Was wir in diesem Raum beschlossen, würden mehr als eine Million unserer Mitbürger in drei Monaten zu lesen bekommen, und was sie lesen, nehmen sie für die letztgültige Wahrheit. Womöglich ahnen sie gar nichts von dieser Wirkung, vielleicht stellen sie unsere Entscheidungen sogar kurz in Frage, aber dann werden sie dennoch unseren Argumenten folgen, die Formulierungen verinnerlichen, den Tonfall der Autorität, und zum Schluss ist ihr Urteil, das Kondensat ihres Nachdenkens, mit unserem deckungsgleich.

Woher unsere eigenen Schlussfolgerungen rührten, war freilich eine ganz andere Frage. Die Antriebsimpulse kamen von irgendwoher und lenkten uns, und so, wie die große Uhr sich nach außen hin darstellte, notierten wir einfach nur die richtige Stunde nach der Standardzeit.

Wir waren das Maß, nach dem so viele Menschen sich formen und führen ließen, und mitunter erlagen wir deshalb eigenartigen Täuschungen.

Um fünf vor zwölf war selbst das vorläufige Konzept für die April-Ausgabe immer noch viel zu dürftig. Leon Temple und Roy verstrickten sich in eine ziellose Debatte über eine Radiosendung, die Leon als Verschwörung gegen die Vernunft diskreditierte – weshalb sie ein Kapitalverbrechen sei. Wogegen Roy protestierte; er hielt die Sendung für ein eher belangloses Übel.

«Das Niveau ist niedrig, warum also sollten wir Gratiswerbung dafür machen?», fragte er. «Minderwertige Filme und Bücher und Theaterstücke sind einfach für uns kein Thema.»

«Wie Trickdiebstahl und Falschgeld», spottete Leon.

«Ich weiß, Leon, doch schließlich …»

«Schließlich», mischte ich mich ein, «ist es jetzt Mittag, und wir müssen uns zu hehren Entschlüssen durchringen, und zwar umgehend.»

Roy blickte mich lächelnd an. «Nun, wenn Sie etwas haben, dann her damit.»

«Vielleicht habe ich da etwas», sagte ich. «Eine kleine Idee, die jedem nützen könnte, uns selbst eingeschlossen. Es geht um *Futureways*. Wir alle haben ja eine grobe Vorstellung von dem, was die Kollegen da unten treiben.»

«Diese Alchemisten», sagte Roy. «Wissen die es denn selbst?»

«Ich habe den starken Eindruck, dass sie sich beim Bürgerkredit ganz ordentlich vergaloppiert haben», begann ich. «Wir könnten uns also doppelt nützlich machen, indem wir das Thema für uns selbst aufbereiten und damit gleichzeitig für sie einen Versuchsballon steigen lassen.»

Dann holte ich weiter aus. Rein theoretisch sei dieses Konzept eines Bürgergelds eine große Idee. Im Kern ginge es darum, begabte junge Leute mit einem Kredit auszustatten, der es ihnen ermöglichen würde, unter kontrollierten Bedingungen aufzuwachsen, eine gute Ausbildung zu genießen und anschließend in eine profitable eigene Firmengründung zu investieren, was sie in die Lage versetzten sollte, die Schulden zurückzuzahlen. Dieses ursprüngliche Darlehen in Form von Aktien oder Rentenpapieren würde auch Beiträge zu einer Lebensversicherung abdecken, womit sich hohe Garantiezahlungen erwirtschaften ließen, zuzüglich der üblichen jährlichen Dividende.

Natürlich würde am Ende nicht jeder Teilnehmer am Programm – wir führten es intern unter dem Begriff «Bürgerkredit» – auf gleiche Weise Erfolg haben, egal wie talentiert und vielversprechend er zu Anfang gewesen sein mochte. Der Bürgerkredit sei vielmehr als eine Art Pool zu betrachten, unter Leitung eines einzelnen Direktors, und unsere Berechnungen zeigten, dass ein solches Unterfangen sich am Ende jedenfalls insgesamt auszahlen müsste.

Keine Frage, dass das Programm den ausgewählten Personen einen enormen Vorteil verschaffte. Jeder würde mit ungefähr einer Million Dollar ausgestattet, und zwar im Alter von siebzehn Jahren.

Und ich erläuterte den Kollegen die sozialen Implikationen eines solchen Konzepts: Logischerweise würde dieses Vorgehen nicht nur Armut, Unwissenheit, Krankheit und Verhaltensstörungen ausmerzen, sondern unweigerlich auch das Verbrechen.

«Wir können einen völlig neuen Umgang mit dem Problem der Kriminalität ins Spiel bringen», schloss ich. «Das Verbrechen gehört ebenso wenig zum Kern der Gesellschaft wie Diphtherie, Pferdekutschen oder Schwarze Magie. Aus Gewohnheit glauben wir, das Verbrechen ende erst in einem fernen Utopia. Doch die Mittel, Kriminalität auszumerzen, liegen auf dem Tisch – genau jetzt.»

Die Idee war perfekt auf *Crimeways* zugeschnitten, das war den Kollegen sofort klar. Roy äußerte sich vorsichtig: «Also, darin steckt eine Perspektive, die Kriminalitätsrate zu verringern.» In seinem schmalen Gesicht spiegelten sich eine ganze Kette weiterer Gedanken. «Ich sehe, wie wir mit dem Thema umgehen könnten. Aber was ist mit den Kollegen in der Etage unter uns? Oder mit der 32. Etage? Es ist ihr Thema, und sie haben doch gewiss eigene Vorstellungen davon, was sie daraus machen wollen?»

Ich bezweifelte das. Mafferson, Orlin und ein halbes Dutzend weiterer Kollegen im Rechercheteam namens *Futureways* hatten sich ein ganzes Jahr lang mit nichts anderem als dem Bürgerkredit beschäftigt, bisher ohne erkennbare Resultate und mit wenig Aussicht, noch etwas zustandezubringen. Ich sagte: «Der Punkt ist, sie wissen einfach nicht, ob sie den Bürgerkredit komplett fallenlassen wollen oder was sie noch aus dem Thema herausholen könnten, falls sie dranbleiben. Ich glaube, Hagen wäre jede Aktivität bei diesem Thema ganz recht. Wir könnten die Idee beispielsweise in einer Kurzfassung vorab präsentieren.»

«‹Kriminalität besiegt›», improvisierte Roy. «‹Recherchen zeigen, warum. Das Geld weist den Weg.›» Er dachte nach. «Allerdings sehe ich dazu keine Bilder, George.»

«Grafiken.»

Wir ließen es dabei bewenden. Am Nachmittag besprach ich den Artikel mit Hagen, in einem dreiminütigen Telefonat. Anschließend konferierte ich mit Ed Orlin, der Emory Mafferson für diese Kooperation vorschlug, und gleich darauf sprach Emory bei mir vor.

Ich kannte ihn nur flüchtig. Er war nicht viel größer als einen Meter fünfzig, wirkte aber im Sitzen größer als stehend. Eingehüllt war er in eine Aura der Konfusion.

Nachdem wir uns über seinen neuen Auftrag verständigt hatten, brachte er eine persönliche Angelegenheit zur Sprache.

«Also, George.»

«Ja?»

«Wie ist das Team bei *Crimeways* denn so aufgestellt? Also nach der Publikation des Bürgerkredits?»

«Warum? Möchten Sie zu uns wechseln?»

«Ich fürchte, ich muss das beinahe. Ed Orlin wirkte jedenfalls ganz erfreut, als er mich ausleihen konnte.»

«Kommen Sie denn mit Ed nicht gut aus?»

«Wir kommen zurecht, manchmal jedenfalls. Aber ich habe den Eindruck, dass er den Eindruck hat, dass ich nicht so ganz der Typ bin für *Futureways*. Ich kann die Zeichen deuten. Mir ist das früher schon passiert.»

«Sie schreiben Kurzgeschichten, nicht wahr?»

Emory schien nach der Wahrheit zu tasten. «Hm.»

«Ich verstehe. Wenn Sie wechseln möchten, Emory, wäre das für mich in Ordnung. Aber was zum Teufel ist der *Futureways*-Typ?»

Emorys braune Augen schwammen hinter den dicken Brillengläsern wie zwei einsame und verlorene Goldfische. Die innere Anspannung schien enorm. «Also erstens muss man davon überzeugt sein, an etwas Bedeutendem zu arbeiten. Am Schicksal zum Beispiel. Und dann sollte man am besten alles unterlassen, was die Aufmerksamkeit auf die eigene Person lenkt. Es ist tödlich, eine neue Idee vorzutragen, und es ist ebenso tödlich, gar keine zu haben. Verstehen Sie, was ich meine? Und vor allem ist es gefährlich, eine fertige Fassung vorzulegen. Alles muss seriös sein und in der Schwebe bleiben. Verstehen Sie?»

«Nein. Aber versuchen Sie einfach nicht, der *Crimeways*-Typ zu werden, das ist alles, worum ich bitte.»

Wir brachten Emory und Bert Finch zusammen, die gemeinsam am Feature «Künftig kein Verbrechen mehr» arbeiten sollten. Um fünf Uhr rief ich bei Georgette an, um meine Heimfahrt anzukündigen, aber Nellie berichtete, Georgettte sei wegen irgendeines Notfalls mit einem der Kinder zu ihrer Schwester Ann gefahren. Sie käme spät nach Hause, womöglich gar nicht. Daraufhin erklärte ich Nellie, ich bliebe zum Abendessen in der Stadt.

Um halb sechs betrat ich das *Silberstreif*, allein. Ich gönnte mir einen Drink und folgte in Gedanken den Worten, die ich an Roy und Steve Hagen gerichtet hätte, wenn sie denn Zeit gehabt hätten, mir zuzuhören. Es klang nicht so überzeugend wie am Morgen. Und doch musste es einen Weg geben. Ich konnte etwas tun, ich musste und ich würde.

Die Bar im *Silberstreif* ist nur sechs Meter von den ersten Tischen entfernt. Hinter mir hörte ich eine Frauenstimme, die insistierte, dass sie nun aber endgültig aufbrechen müsse, worauf eine andere weibliche Stimme erwiderte, man solle sich doch recht bald wieder treffen. Halb umgewandt, sah ich, wie die erste Stimme sich entfernte, und dann entdeckte ich die zweite Frau. Es war Pauline Delos. Gesicht, Stimme, Figur – ich nahm alles gleichzeitig wahr.

Wir blickten einander durch den Raum hin an, und noch bevor ich sie richtig eingeordnet hatte, lächelte und nickte ich bereits. Sie ebenfalls, und auf fast die gleiche Weise.

Ich nahm mein Getränk und ging zu ihrem Tisch hinüber. Warum auch nicht?

Ich sagte, natürlich werde sie sich nicht an mich erinnern, und sie sagte, aber ja doch, das tue sie.

Ich fragte, ob ich sie auf einen Drink einladen dürfe. Ich durfte.

Sie war blond wie die Hölle und trug eine Menge Schwarz.

«Sie sind der Freund von Präsident McKinley», sagte sie. Ich bestätigte das. «Und genau hier haben Sie sich mit ihm unterhalten. Ist er heute Abend anwesend?»

Ich schaute mich um.

Ich vermutete, dass sie von Clyde Polhemus sprach, aber der war nicht da.

«Heute nicht», sagte ich. «Hätten Sie vielleicht Lust, stattdessen mit mir zu Abend zu essen?»

«Aber sehr gern.»

Ich glaube, wir wählten zunächst einen Apfelbranntwein als Aperitiv. Und es schien gar nicht so, als sei dies erst unsere zweite Begegnung. Mit einem Mal setzten sich allerlei Dinge in Bewegung und wirbelten an andere Orte, aber so, als seien sie dort schon immer gewesen.

GEORGE STROUD IV

Wir blieben etwa eine Stunde im *Silberstreif.* Wir aßen dort zu Abend, anschließend führte Pauline einige Telefonate, um Verabredungen zu verschieben.

Dann lauschten wir *Rangers of the Sky* im Radio; das war eine meine Lieblingssendungen, aber darum ging es gar nicht. Wir hätten sie überall hören können, an jedem beliebigen Gerät. Ganz abgesehen vom Reiz der Sendung faszinierte mich die Arbeit eines neuen Sound-Effekt-Künstlers, der meiner Ansicht nach gerade die Grundlagen für eine völlig neue Radiotechnik vorbereitete. Dieser Bursche schaffte es, eine Sequenz dramatischer Klänge, ohne Stimme oder Musik, volle fünf Minuten lang durchzuhalten. Bei gleichbleibender Spannung, die sogar noch eine klare Bedeutung hatte. Ich wies Pauline, die überrascht, aber interessiert schien, darauf hin, dass dieser Mann womöglich bald eine fünfzehn- oder gar dreißigminütige Sendung nur aus Sound gestalten würde, ganz ohne menschliche Stimmen oder Musik, ein Drama ohne Worte – und damit wäre das Radio erwachsen.

Anschließend telefonierte Pauline erneut, um ihre Arrangements für den Abend zu ändern, und ich erinnerte mich an Gil's Bar in der Third Avenue. Es war nicht wirklich eine Bar und streng genommen auch kein Nachtclub; vielleicht eher so etwas wie ein Coney-Island-Schuppen oder einfach eine Kneipe. Vielleicht traf Gil selbst es auch am besten, der von einem Museum sprach.

Ich war schon ein oder zwei Jahre nicht mehr in dieser Bar gewesen, aber als ich früher dort verkehrte, spielte Gil mit seinen Freunden und Gästen gern ein bestimmtes Spiel, von dem ich immer sehr angetan war.

Gil's Bar war vor allem ein ganz gewöhnlicher Tanzschuppen für Bands aller Art und mit allerlei Unterhaltungsprogramm –

aber es gab eine Besonderheit. Die Theke war wohl zehn Meter lang, und auf einem tiefen Regal im Hintergrund hatte Gil unglaubliche Mengen von Müll jeder Art deponiert, anders kann man es nicht nennen; er aber sprach von seinem «Privatmuseum». Gil behauptete, es gäbe nichts auf der Welt, was sich hier nicht finden ließe, und jegliches Stück sei auf irgendeine Weise mit seinem eigenen Leben und Wirken verknüpft. Das Spiel bestand nun darin, ihn in Bezug auf seine Sammlung in Verlegenheit zu bringen.

Was mir übrigens nie gelungen war, obwohl ich viele fröhliche Stunden auf diese Versuche verwandt hatte, und jede Menge Geld. Dabei ließ Gils Logik mitunter zu wünschen übrig, und allzu fantasievoll waren seine Geschichten dann doch nicht. Gerüchte besagten damals, dass Gil bei jeder Niederlage alles daransetzte, das fehlende Stück schnellstens zu beschaffen, um den ehrgeizigen Mitspielern wieder einen Schritt voraus zu sein. Im Übrigen reichten seine Antworten am Vormittag und am frühen Nachmittag nicht an seine abendlichen Resultate heran, denn dann war er betrunken.

«Egal was?», fragte Pauline und musterte die Sammlung.

«Vollkommen egal», versicherte ich ihr.

Wir saßen an der Theke, es war noch nicht sehr voll, und Pauline blickte erstaunt auf den undurchdringlichen Wald aus Krimskrams vor unseren Augen. Wie ich aus Erfahrung wusste, befand sich hinter diesem Berg aus Krempel sogar der typische Spiegel. Schrumpfköpfe, Franc-Noten, deutsche Reichsmark, Geld der Konföderierten, Bajonette, Flaggen, ein Stück aus einem Totempfahl, ein Flugzeugpropeller, ein paar ausgestopfte Vögel und aufgespießte Schmetterlinge, Steine und Muscheln, chirurgische Instrumente, Briefmarken, uralte Zeitungen – wo immer man hinschaute, entdeckte man Dinge, die nicht zusammenpassten, und so glitt das Auge irritiert weiter.

Gil kam strahlend auf uns zu, und ich sah, er war in Form. Er kannte mich nur vom Sehen. Er nickte, und ich sagte: «Gil, die Dame möchte das Spiel spielen.»

«Aber gern», sagte er. Gil war ein leutseliger Mann, in den Fünfzigern, schätzte ich, vielleicht fünfundfünfzig. «Was darf ich Ihnen zeigen, mein Fräulein?»

Ich sagte: «Könnten Sie uns zwei Highballs zeigen, während sie noch nachdenkt?»

Er nahm unsere Bestellung entgegen und ging fort, um die Cocktails zu holen.

«Wirklich etwas völlig Beliebiges?», fragte mich Pauline. «Egal, wie albern es ist?»

«Gnädige Frau, es handelt sich um Gils Memoiren. Sie würden das Leben eines Mannes doch nicht albern nennen, oder?»

«Was verbindet ihn denn mit der Ermordung Abraham Lincolns?»

Sie wies auf die entsprechende Überschrift einer vergilbten Zeitung hinter Glas. Natürlich hatte ich mich damals das Gleiche gefragt, und so antwortete ich: Die Zeitung war ein Familienerbstück; Gils Großvater hatte die Schlagzeile formuliert, als er für Horace Greeley arbeitete.

«Sehr einfach», resümierte ich. «Und fragen Sie bitte nicht nach Damenhüten. Irgendwo da hinten liegen Kleopatras Turban und ein halbes Dutzend mottenzerfressener Stücke, die als alles Mögliche durchgehen können.»

Gil stellte die Gläser vor uns ab und wandte sich mit seinem professionellsten Lächeln an Pauline.

«Ich hätte gern eine Dampfwalze», sagte sie.

Gils Züge leuchteten auf, er wanderte an der Theke entlang und kehrte mit einem schwarzen, gezackten Metallzylinder zurück, der, wenn mich meine Erinnerung an eine wilde Nacht nicht trog, bereits als das Teleskop von Christoph Kolumbus präsentiert worden war – was der karibische Eingeborene bezeugt habe, dem Gil das Stück höchstpersönlich abgekauft hatte.

«Ich kann Ihnen nicht die komplette Dampfwalze zeigen, Ma'am», bedauerte Gil. «Denn natürlich habe ich dafür gar keinen Platz. Eines Tages aber werde ich ein größeres Lokal betreiben, und dann kann ich mein Privatmuseum erweitern.

Dieses Ding ist immerhin das Sicherheitsventil einer Dampfwalze, das kann ich bezeugen. Schauen Sie es sich an», und er reichte es ihr, «eine wirklich raffinierte Mechanik.»

Pauline gab sich zufrieden, ohne noch einen Blick darauf zu werfen.

«Und das gehört in Ihr ganz persönliches Museum?»

«Als sie die Third Avenue das letzte Mal geteert haben», versicherte Gil, «ist die Dampfwalze genau hier explodiert. Das Sicherheitsventil, das Sie da in der Hand halten, kam wie eine Kugel durch die Fensterscheibe geschossen. Hat mich gestreift. Hat sogar eine Narbe hinterlassen. Ich zeige sie Ihnen.» Ich kannte die Narbe schon, er zeigte sie vor. Die Narbe war Gils größter Trumpf. «Das Ventil an dieser Dampfwalze war defekt, das sehen Sie ja, wenn Sie es sich anschauen. Aber da es nun sowieso schon hier drinnen war, habe ich es eben einfach dort hinter der Theke liegenlassen, wo es eingeschlagen ist. So knapp wie damals bin ich noch selten mit dem Leben davongekommen.»

«Ich auch nicht», sagte ich. «Ich saß genau hier, als das damals passierte. Was wünschen Sie, Gil?»

«Nun, ganz gleich.»

Gil wandte sich um und füllte sich das Glas – der ehrlich erkämpfte Preis für seinen Sieg. Wir erhoben unsere Gläser, und Gil nickte kurz mit seinem grauen, schweren Kopf. Dann marschierte er die Theke entlang zu einem Amateur, der lauthals nach einem rosaroten Elefanten verlangte. Geduldig beförderte Gil den gewünschten Elefanten zutage und schilderte höflich, welche Rolle das Tier in seinem Leben gespielt hatte.

«Mir gefällt das Museum», sagte Pauline. «Aber muss es nicht trotzdem manchmal ganz schrecklich für Gil sein? Er hat alles gesehen, alles getan, ist überall gewesen, kennt jeden. Was bleibt ihm da noch?»

Ich behauptete, die Aufgabe der Geschichtsschreibung sei es, dafür zu sorgen, dass die Welt von morgen genauso aussieht wie die Welt von heute – und wir genehmigten uns einen weiteren Drink auf diese Theorie. Dann kehrte Gil zurück, Pauline stellte ihn erneut auf die Probe, und wir drei gönnten uns eine weitere Runde. Und dann noch eine.

Um ein Uhr hatte Gils Leben uns ermüdet, und ich begann, an mein eigenes zu denken.

Auch ich konnte mir jederzeit ein paar neue Erinnerungen verschaffen. Warum nicht?

Viele Gründe sprachen dagegen. Ich wog alle gegeneinander ab, und ich führte mir wieder einmal vor Augen, auf was dies meiner Erfahrung nach hinauslief. Doch die Gedanken entglitten mir wieder.

Ich bemühte allerlei hochtrabende Erklärungen, vom simplen Faktum abgesehen, doch weder die schlichten noch die an den Haaren herbeigezogenen Einwände waren wirklich stichhaltig. Ging es um törichtes oder sogar riskantes Verhalten, war ich nie besonders zimperlich.

Vielleicht war ich es auch einfach nur leid, immer das zu tun, was sich gehörte; noch mehr verabscheute ich vermutlich, bleiben zu lassen, wovon man besser die Finger ließ.

Die Verlockungen jedenfalls, die von Pauline Delos ausgingen, schienen sich verzehnfacht zu haben, gerade jetzt hatten sie sich verhundertfacht. Wir schauten einander in die Augen, und dieser Moment fühlte sich an wie ein heller Blitz, wenn ein Schalter umgelegt wird und der Strom sich neue Wege sucht.

Warum nicht? Ich kannte das Risiko und den Preis. Und dennoch – warum nicht? Vielleicht gehörten Risiko und Preis ja sogar zu den Gründen, es zu tun. Der Preis wäre hoch; man bräuchte glänzende Lügen und viel Schauspielerei; aber wenn ich bereit war, diesen Preis zu zahlen, warum nicht? Noch größer waren die Gefahren. Von denen hatte ich nicht einmal eine Ahnung.

Aber es wäre doch einfach herrlich, eine Nacht mit dieser geheimnisvollen Blonden zu verbringen, also musste es einen Weg geben. Und wenn ich ihn jetzt nicht ginge, würde es nie geschehen. Niemand würde den Weg gehen. Er wäre für immer verschüttet.

«Nun?», sagte sie.

Sie lächelte, und ich bemerkte, dass ich soeben eine imaginäre Debatte mit einem Schatten von George Stroud geführt hatte, der unmittelbar hinter Pauline stand, die selbst die Gestalt eines lodernden Feuers angenommen hatte. Das war geradezu erstaunlich. Dieser zweite Stroud fragte offenbar immer nur: *Warum nicht?* Doch ich hatte keine Ahnung, was er damit meinte. Warum nicht was?

Ich leerte mein Glas, das ich offenbar in der Hand hielt, und sagte: «Ich muss einmal telefonieren.»

«Ja. Ich ebenfalls.»

Mein eigener Anruf galt einem nahe gelegenen Hotel. Dessen Geschäftsführer hatte mich noch nie im Stich gelassen – ich ebnete seinem Sohn und seiner Tochter den Weg durch die Schule, nicht wahr? –, und er bewährte sich auch dieses Mal. Als ich aus der Telefonzelle zurückkehrte, sagte ich:

«Sollen wir gehen?»

«Gehen wir. Ist es weit?»

«Nicht weit», sagte ich. «Aber kein besonderer Luxus.»

Natürlich hatte ich keine Ahnung, wo in diesem etwas öden und halbwegs akzeptablen Apartment-Hotel wir tatsächlich unterkommen würden. Pauline nahm diese Dinge offenbar, wie sie kamen. Zeit also für einen zweiten Gedanken; doch der zweite Gedanke wehte davon, noch während er Gestalt annahm. Jetzt hoffte ich einfach nur, sie würde von nichts und niemandem sprechen als nur von uns beiden.

Die Sorge war unbegründet. Sie tat es nicht.

Solche Momente sind flüchtig, wenn sie denn überhaupt zustsandekommen, da bleibt keine Zeit für überflüssige Umstände. Verharren sie allerdings, dann sterben sie ab.

Bert Sanders, der Geschäftsführer des Lexington-Plaza, drückte mir den Schlüssel zu einem Zimmer im fünften Stock und ein Papier in die Hand. Darauf stand vermerkt, dass er das Zimmer definitiv bis zum Mittag des folgenden Tages benötige, weil es reserviert worden sei. Das Zimmer selbst, wo mich bereits meine kleine Reisetasche erwartete, war in Ordnung, eine geräumige Familienunterkunft, die ich meiner Erinnerung nach schon ein- oder zweimal genutzt hatte.

Erschrocken stellte ich fest, dass es bereits drei Uhr nachts war, als ich der Tasche eine halbe Flasche Scotch, einen Morgenmantel, ein paar Pantoffeln, eine ältere Nummer von *Crimeways* (wie kam die bloß dort hinein?) und drei Bände mit Erzählungen und Lyrik entnahm; außerdem enthielt der Koffer noch Taschentücher, einen Pyjama und Aspirin. Ich fragte: «Möchten Sie einen Scotch?»

Wir beide mochten. Der Service im Lexington-Plaza endete um zweiundzwanzig Uhr, wir tranken den Scotch also mit Leitungswasser. Das war in Ordnung. Unser Leben nahm soeben deutlich an Fahrt auf.

Ich entsinne mich noch, wie ich Pauline gestand, dass wir unser Heim bis mittags verlassen mussten; sie lag mit einem Kissen unter dem Kopf auf dem Boden und sah in meinem Pyjama einfach hinreißend aus. Sie erwiderte wie im Traum, ich könne ganz unbesorgt sein, das sei in Ordnung, und warum ich nicht weiter von Louise Patterson und den wichtigsten Trends in der modernen Malerei erzähle. Überrascht entdeckte ich ein offenes Buch, das ich im Schoß hielt, aber ich hatte doch von etwas ganz anderem gesprochen. Und jetzt konnte ich mich nicht mehr daran erinnern. Ich ließ das Buch sinken und legte mich neben sie auf den Boden.

«Keine Bilder mehr», sagte ich. «Lösen wir das Rätsel.»

«Welches Rätsel?»

«Dich.»

«George, ich bin eine sehr durchschnittliche Person. Überhaupt kein Rätsel.»

Ich glaube, ich widersprach: «Du bist das ultimative, letzte, schöne, so schöne und letztgültige Mysterium. Vielleicht gibt es für dich überhaupt keine Erklärung.»

Und ich glaube, dass ich dabei auf unser großes, breites und prachtvolles Bett blickte, weiß und weit und tief. Doch schienen es mir tausend Meilen dorthin. Und ich fand, das war einfach zu weit. Es machte aber nichts. Es war sogar viel besser. Es war vollkommen. Es war einfach nur vollkommen.

Und ich fand wieder einmal heraus, warum wir auf Erden sind. Glaube ich jedenfalls.

Und dann erwachte ich und fand mich in diesem großen weiten Bett wieder, allein, und es dröhnte und hämmerte und summte ununterbrochen. Das Telefon stand in Reichweite, ich nahm den Hörer ab, und eine Stimme sagte: «Es tut mir leid, Sir, aber Mr. Sanders sagte, dass Sie für heute keine Reservierung haben.»

Ich schaute auf die Uhr – dreizehn Uhr dreißig.

«In Ordnung.»

Ich stöhnte, glaube ich, blieb auf dem Rücken liegen und nahm eine Aspirintablette, die jemand fürsorglich auf den Nachttisch gelegt hatte; nach einer Weile schleppte ich mich zur Tür, die noch immer summte und hämmerte. Dort stand Bert Sanders.

«Alles in Ordnung?», fragte er und wirkte mehr als besorgt. «Ich hatte Ihnen doch gesagt, dass diese Suite reserviert ist.»

«Oh Gott.»

«Also, ich wecke Sie ja nur sehr ungern, aber wir müssen …»

«In Ordnung.»

«Ich weiß nicht genau, wann …»

«Oh Gott.»

«Hätte ich geahnt …»

«In Ordnung. Wo ist sie?»

«Wer? Oh ja, gegen sechs Uhr heute Morgen …»

«Oh Gott, kein Problem.»

«Ich dachte, Sie würden noch ein paar Stunden schlafen wollen, aber …»

«Natürlich.» Ich fand meine Hose und meine Reisetasche und bezahlte das Zimmer. «Ich werde in drei Minuten draußen sein. War sonst noch irgendetwas?»

«Nein, Mr. Stroud. Es geht wirklich nur um dieses Zimmer.»

«Klar. Würden Sie sich um meine Tasche kümmern?»

Das versprach er. Ich zog mich eilig an, suchte im Zimmer nach irgendeiner Nachricht, fand ein sauberes Hemd, wusch mich, verzichtete aber aufs Rasieren und nippte an den letzten Tropfen Scotch, die sich noch in der Flasche befanden.

Wer war sie nur?

Pauline Delos. Janoths Geliebte. Oh Gott. Was war jetzt zu tun?

Wo war ich denn nach Ansicht von Georgette? In der Stadt, beruflich, und ein wenig spät daheim. Gut. Und dann?

Was war heute im Büro zu erledigen?

Ich konnte mich an nichts Wichtiges erinnern, und das schien mir gar nicht so schlecht.

Und die großen Probleme? Daran konnte ich nichts ändern, jetzt, da ich nun schon einmal so unvorsichtig gewesen war. Nichts. In Ordnung.

Ich kämmte mir das Haar, putzte mir die Zähne, legte die Krawatte an.

Ich konnte Georgette, die bei ihrer Schwester in Trenton war, einfach erzählen, dass ich bis drei Uhr früh gearbeitet hatte und dann nicht mehr anrufen wollte. Ich hätte ja das ganze Haus aufgeweckt. Ganz einfach. Das hatte früher schon funktioniert. Es würde auch dieses Mal funktionieren. Es musste.

Ich verschloss die Reisetasche, ließ sie mitten im Zimmer für Bert stehen und begab mich zum Herrenfriseur in der Lobby. Ich ließ mich rasch rasieren, genehmigte mir ein ganz eiliges Frühstück und einen winzigkleinen Drink.

Um drei Uhr nachmittags saß ich wieder an meinem Schreibtisch. Niemand war dort außer Lucille, Roys und meine Sekretärin, die in dem kleinen Kämmerchen zwischen unseren Büros hockte und lustlos in die Tasten hämmerte. Sie schien nicht neugierig, und ich entdeckte keine Nachrichten auf meinem Schreibtisch, abgesehen von etlichen hausinternen Memos und Namen.

«Hat jemand angerufen, Lucille?», fragte ich.

«Nur die Namen auf dem Notizblock.»

«Kein Anruf von zu Hause? Nichts von meiner Frau?»

«Nein.»

Also alles in Ordnung. So weit jedenfalls. Gott sei Dank.

Ich setzte mich wieder an den Schreibtisch und schluckte drei weitere Aspirin. Es war ein Nachmittag wie jeder andere Nachmittag, abgesehen von den Nerven. Aber das war wohl nichts Ernsthaftes. Also machte ich mich an die Routinearbeiten, die Lucille mir aufgeschrieben hatte. Alles war genauso wie immer. Alles war in Ordnung. Ich hatte nichts getan. Niemand hatte etwas getan.

GEORGE STROUD V

Und alles ging gut. Und es vergingen zwei Monate. In dieser Zeit stellten Mafferson und ich die wichtigsten Daten und Fakten für den Bürgerkredit zusammen, wir beleuchteten einen Insolvenzfall für die Mai-Ausgabe und schrieben einen Beitrag über den Kauf und Verkauf von Waisenkindern für den Juni.

Und dann geriet ich eines Abends Anfang März in eine dieser Stimmungen. Ich griff zum Hörer, und unsere diskrete Telefonauskunft gab mir die gewünschte Nummer. Als dort jemand ans Telefon ging, sagte ich: «Hallo Pauline. Hier ist Ihr Anwalt.»

«Ach ja», bestätigte sie nach kurzem Zögern. «Dieser Anwalt.»

Es sei ein Frühlingstag, berichtete ich ihr, der erste. Wir verabredeten uns zum Cocktail bei Van Barth.

Georgette und Georgia waren in Florida und würden erst in zwei Tagen heimkehren. Earl Janoth war in Washington, mindestens für ein paar Stunden, vermutlich für eine ganze Woche. Und es war Freitag.

Bevor ich das Büro gegen Abend verließ, schaute ich noch bei Roy vorbei; er diskutierte gerade mit Emory Mafferson und Bert Finch. Offenbar war Emory skeptisch hinsichtlich «Bald keine Verbrechen mehr: Die Wissenschaft erklärt das Warum, das Kapital zeigt, wie es geht».

Emory sagte: «Auf dem Papier kann ich ja erkennen, wie wunderbar der Bürgerkredit funktionieren wird. Die Versicherungstarife und die Wirtschaftszahlen zeigen mir, dass er einer kleinen Gruppe helfen wird, die in den Genuss dieses Kredites kommt. Ich sehe aber nicht, was geschieht, wenn am Ende jeder in den Pool aufgenommen wird. Sehen Sie, worauf ich hinauswill?»

Roy war in leutseliger, geduldiger und verständnisvoller Laune. «Darauf soll es ja wohl hinauslaufen», sagte er. «Und ich denke, das ist doch alles sehr hübsch. Oder etwa nicht?»

«Lassen Sie es mich so formulieren, Roy. Wenn jemand mit einer Million Dollar ausgestattet wird und dieses Investment dann mit Zinsen zurückzahlt, wird ein enormer Druck entstehen, weitere Personen ins Programm aufzunehmen, schon der Rendite wegen. Und ziemlich bald geht es allen dabei glänzend, abgesehen von den Aktionären. Was haben die von dieser Veranstaltung?»

Roys Geduld gewann sichtlich an Gestalt und Gewicht.

«Rendite», sagte er.

«Richtig, aber was können sie damit anfangen? Was haben sie wirklich davon? Nichts als den finanziellen Vorteil. Aber sie selbst führen damit doch kein perfekt organisiertes Leben mit großem Kapital, das sie in neue, profitable Unternehmen stecken könnten. Also habe ich den Eindruck, dass die Einzigen, die bei diesem Spiel auf der Strecke bleiben, die Geldgeber sind, die das alles erst ermöglichen.»

Roy entgegnete: «Sie übersehen dabei, dass nach einigen Jahren auch die Empfänger des Bürgerkredits ihr Kapital in diesen Pool reinvestieren werden. Und dann haben beide Gruppen ein großes Interesse am gleichen Programm.»

Ich entschied, dass die drei auch ohne mein Eingreifen gute Fortschritte machten, und verabschiedete mich.

An der Bar des Van Barth begegnete ich einer wunderschönen Fremden in einer Kombination aus strengem Grau und Schwarz – ein vermeintlich maßgeschneidertes Kostüm, aber das traf nicht zu. Ich hatte keine zehn Minuten warten müssen. Nachdem wir uns über den Drink verständigt hatten, bemerkte Pauline sehr ernst: «Ich sollte eigentlich nicht hier sein. Ich habe das Gefühl, es ist gefährlich, dich zu kennen.»

«Mich? Gefährlich? Vier Wochen alte Kätzchen werden angriffslustig, wenn sie mich kommen sehen. Sie öffnen ihre Augen zum allerersten Mal, schärfen ihre Krallen und miauen voller Vorfreude.»

Sie lächelte, aber ohne Humor, und wiederholte sachlich: «Du bist eine gefährliche Person, George.»

Ich fand nicht, dass wir den richtigen Ton getroffen hatten, und suchte nach anderen Melodien. Schon sehr bald war alles wieder im Lot, wir nahmen den nächsten Drink, und nach einiger Zeit gingen wir zum Abendessen zu Lemoyne's.

Ich hatte die letzten drei Wochen ziemlich allein verbracht, da Georgette und Georgia nach Florida gereist waren, deshalb war ich redselig. Und ich redete. Ich erzählte ihr den Witz vom Wal und dem U-Boot und warum die Stummfilme das Goldene Zeitalter des Kinos repräsentierten ... und dann schlug ich vor, hinaus nach Albany zu fahren.

So geschah es. Wieder einmal erlebte ich das Vergnügen, am einzigen perfekten Fluss der Welt entlangzufahren – einem Fluss, der nie über die Ufer tritt, nie austrocknet und der doch bei jeder Begegnung anders aussieht als zuvor. Nach drei Stunden und einigen Pausen erreichten wir Albany.

Ich habe diese Stadt immer gemocht, was dem flüchtigen Besucher vielleicht nicht einleuchten mag, besonders während der Sitzungswochen. Was immer in Manhatten fehlt, findet man hier.

Nachdem wir uns unter einem Fantasienamen ein Hotelzimmer besorgt hatten (ich verwandte darauf einige Sorgfalt und entschied mich für Mr. und Mrs. Phelps-Guyon), gingen wir aus und widmeten uns einige Stunden lang den Speisen und Drinks, wir ließen uns unterhalten und riskierten einige Tänze auf einer guten, nicht überfüllten Tanzfläche in einem verdammt teuren Nachtclub. Jedenfalls war es ein Abend, der schon den Frühling ahnen ließ, es lohnte sich unbedingt.

Wir frühstückten gegen Mittag, und kurz darauf begann unsere langsame Heimfahrt nach New York, auf einer anderen Strecke. Natürlich war der Fluss wieder ganz neu, und natürlich verliebte ich mich wieder Hals über Kopf in ihn; und natürlich half auch Paulines Gegenwart.

Am späten Samstagnachmittag erreichten wir das Viertel um die 58 East, wo sich Paulines Apartment befand; da wir so früh waren, hatte sie noch reichlich Zeit. Wir gingen also wieder zu Gil's. Pauline spielte das Spiel über drei Runden. Einmal schien es fast, als habe sie Gil in die Enge getrieben, weil sie nach Poes Raben fragte, doch der schleppte einen ausgestopften Singvogel oder dergleichen herbei, der ganz offensichtlich mitten in seiner letzten Mauser steckte, und behauptete, dieser Vogel habe Poe als eigentliche Inspiration gedient, und er habe ihn persönlich seinem Freund übergeben, zufällig Gils Urgroßvater. Und dann fiel mir ein, dass es schon lange her war, wohl an die drei Monate, seit ich zum letzten Mal durch die Antiquitätenmeile geschlendert war.

Dahinter verbirgt sich die Third Avenue zwischen der 42. und der 60. Straße, oder jedenfalls diese Gegend; andernorts in der Stadt mag es größere, bessere, teurere und authentischere Läden geben, aber ihnen fehlt etwas von diesem Geist des Abenteuers und der Entdeckerlust. An einem herrlichen Abend in einem Laden an der Third Avenue fragte ich einst nach der Pfeife des Rattenfängers von Hameln. Zufällig hatten sie die sogar auf Lager. Ich habe vergessen, was aus ihr geworden ist, nachdem ich sie für zehn Dollar erstanden und mit ins Büro genommen hatte, wo sie ihre Zauberkraft aber offenbar einbüßte; dann brachte ich sie nach Hause, wo irgendjemand sie zerbrach, später war sie verschwunden. Aber daran, dass ich nicht sachgemäß mit ihr umgegangen war, traf die Third Avenue keine Schuld.

An diesem Nachmittag flanierten Pauline und ich an einigen mäßig sehenswerten Bettpfannen aus Neuengland entlang, wir betrachteten zu Bodenlampen und Tischlampen umgebaute Spinnräder und die üblichen Toilettenstühle, die sich als Sitzmöbel, Bücherregale oder Teewagen tarnten. Sehr ordentliches Zeug, wobei die Fertigkeiten des 20. Jahrhunderts die Fantasie der ursprünglichen Konstrukteure sichtlich in den Schatten stellten. Einiges war interessant, aber keineswegs aufregend.

Gegen halb acht, als die ersten Geschäfte bereits ihre Türen schlossen, betraten wir einen kleinen, aber bis unter die Decke vollgestopften Laden an der 50. Straße. Mag sein, dass ich hier schon einmal gewesen war, aber ich erinnerte mich nicht, und der Besitzer erinnerte sich offenbar auch nicht an mich.

Ich stöberte also eine Weile ohne seine Hilfe und fand nichts, was mir bislang gefehlt hätte, immerhin konnte ich Paulines Fragen beantworten. Nach einer Weile trat eine weitere Kundin ein, und allmählich wurde ich auf das Gespräch vorn im Laden aufmerksam.

«Ja, die habe ich», hörte ich den Händler antworten, offenbar erstaunt. «Ich weiß allerdings nicht, ob die Art wirklich Ihre Vorstellungen trifft. Natürlich kommt kaum jemand hierher, der nach Bildern sucht. Ich habe dieses Bild drüben eigentlich nur deshalb ins Schaufenster gestellt, weil es zufällig gerahmt war. Ist es das, wonach Sie suchen?»

«Nein. Aber Sie haben doch noch ein paar andere, nicht wahr? Ungerahmt. Eine Freundin war vor ein paar Wochen hier und hat es mir erzählt.»

Die Kundin war eine große, kräftige Brünette, nachlässig gekleidet, das Gesicht ein eingefrorener Wirbelsturm.

«Ja, hab ich. Sind aber nicht in perfektem Zustand.»

«Das macht nichts», erwiderte sie. «Darf ich sie mir einmal anschauen?»

Der Händler erspähte die Leinwandrolle oben auf einem Regal und zog sie herunter. Inzwischen hatte ich mich nach vorn begeben, ein schweigsamer Zeuge des Geschehens. Der Händler schob der Dame die gesamte Rolle hin, und ich stand direkt hinter ihm, mein Kinn beinahe auf seiner Schulter.

«Schauen Sie sich das an», bat er die Kundin.

Er wandte den Kopf, zog die Stirn in Falten, und für den Bruchteil einer Sekunde starrte eines seiner Augen aus großer Nähe direkt in eines von meinen Augen. Ich wählte den Ausdruck höflicher Neugierde.

«Woher haben Sie die Bilder?», fragte die Kundin.

Sie nahm das Bündel, entrollte die Leinwände und musterte das oberste Gemälde. Es zeigte ein Schiff unter vollen Segeln – und bot eigentlich nicht mehr als jedes andere Bild von einem Segelschiff, wenn man von einem Ring aus Schmutz absah, der, wie der vergrößerte Abdruck einer Kaffeetasse, das Schiff und noch einige Meilen des Meeres wie ein Kranz umfasste. Der Hinweis auf den nicht ganz perfekten Zustand war eine glatte Lüge. Der Ring erinnerte mich an den Abdruck einer Kanne, und genau daher rührte er vermutlich.

«Sie gehörten zu einem ganzen Stapel», gestand der Händler vorsichtig. Die Frau lachte laut auf, fast ordinär. «Stapel wovon?», fragte sie. «Hilfsmittel für Brandstifter? Oder zum Einwickeln von billigem Porzellan?»

«Ich weiß nicht, woher die kamen. Ich sagte ja schon, sie waren nicht im besten Zustand.»

Sie zog das oberste Bild herunter und steckte es hinter den Stapel, dabei kam eine große Vase mit Gänseblümchen zum Vorschein. Dieses Mal fiel kein einziges Wort; ich selbst schloss einfach einige Sekunden lang die Augen, und das Bild verschwand.

Die dritte Leinwand zeigte eine ordentliche Arbeit in der Tradition der Mietskasernen- und Schrottplatz-Motive; ich schätzte das Alter auf etwa fünfzehn Jahre. Die Signatur war nicht zu erkennen, doch das Bild hätte von einem der fünf- bis sechshundert brauchbaren professionellen Künstler stammen können, die damals derlei Ansichten gemalt hatten, manche ein wenig besser, andere etwas schlechter.

«Ganz gut», sagte der Ladenbesitzer. «Farbenfroh. Und so realistisch.»

Die große, kräftige Brünette blätterte weiter. Das nächste Bild zeigte wieder ein Segelschiff, dieses fuhr in die entgegengesetzte Richtung. Auch hier gab es den gleichen prachtvollen Kaffeering, der alle diese Bilder zierte. Nun folgte ein Korb mit kleinen Kätzchen. «Meine kleinen Lieblinge» – ich denke, so wird die alte Dame, von der das Bild stammen musste, ihr Werk betitelt haben. Divers zumindest war diese Sammlung: Segelbootkünstler blieben bei ihren Booten, Hinterhofmaler produzierten ihre Massenware, und die liebenswürdige alte Dame hatte gewiss schon Hunderte und Aberhunderte Katzen gemalt. Und alles war in dieser Galerie versammelt.

«Ich fürchte, Sie haben hier nichts, das mich anspricht», sagte die Kundin.

Der Mann stimmte schweigend zu, und sie setzte ihre Bildbetrachtung fort. Zwei weitere Bilder wurden unkommentiert nach hinten befördert, und ich stellte fest, dass nur noch zwei oder drei übriggeblieben waren.

Dann blätterte sie ein weiteres Bild auf, ganz nach der Ordnung, und ich hielt den Atem an. Es war ein Bild von Louise Patterson. Motiv, Technik, Wirkung – ein Irrtum war nicht möglich. Die Brüder und Schwestern dieses Bildes hingen an meinen Wänden in der Marble Road. Für eines davon hatte ich früher einmal neunhundert Dollar bezahlt, für die übrigen nicht viel weniger; allesamt hatte ich sie auf ganz regulären Ausstellungen in der 57. Straße erworben.

Die Kundin hatte bereits einen Finger hinter die Leinwand geschoben, um das Bild vom nächsten zu trennen und damit zur Seite zu treten, als ich mich räusperte und beiläufig bemerkte: «Das gefällt mir.»

Sie blickte mich an, nicht gerade freundlich, und hob das Bild mit ausgestrecktem Arm in die Höhe; an den Ecken, die noch nicht ausgefranst waren, rollte es sich ein, und neben dem Warenzeichen des Kaffeerings trug es einige Flecken von unbestimmter Herkunft. Es befand sich in einem erbärmlichen Zustand.

«Mir auch», erklärte sie schlicht. «Aber es ist in einer verdammt miesen Verfassung. Wieviel wollen Sie dafür?»

Sie feuerte die Frage in Richtung Ladenbesitzer – und ignorierte mich vollkommen.

«Also ...»

«Gott, was für ein Durcheinander.»

Der zweite Schuss halbierte offenbar den Preis, der dem Mann vorschwebte.

«Ich habe leider keine Ahnung, wie ich den genauen Wert bestimmen sollte», räumte er ein. «Aber Sie können es für zehn Dollar haben?»

Auch ich hatte nicht die leiseste Ahnung, was ein Patterson inzwischen wert war, jedenfalls auf dem regulären Kunstmarkt.

Nichts Weltbewegendes, das wusste ich; andererseits hatte Patterson schon seit Jahren nichts mehr ausgestellt und war, soweit ich das wusste, verstorben. Trotzdem konnten ihre Arbeiten nicht ganz ins Dunkel der Vergessenheit geglitten sein. Als ich damals meine Bilder für ein paar Hundert erworben hatte, waren das jedenfalls Schnäppchenpreise, später brachten ihre Ölgemälde deutlich mehr ein, wenn auch nur eine Zeitlang.

Ich lächelte die Dame an. «Ich habe zuerst gesprochen», sagte ich zu ihr; und dann zum Händler gewandt: «Ich gebe Ihnen dafür fünfzig Dollar.»

Der Händler, gerade noch mit der Nachlackierung von Gartenmöbeln beschäftigt, schien ganz plötzlich geblendet und verwirrt. Fast auf die Sekunde genau konnte ich den Augenblick bestimmen, als ein großes elektrisches Licht unvermittelt seine Seele erhellte: Da hatte er also etwas, vermutlich einen Rembrandt!

«Nun, ich weiß nicht», zögerte er. «Offensichtlich ein raffiniertes Bild. Äußerst solide. Ich wollte diesen Stapel eigentlich taxieren lassen, wenn ich nur dazu käme. Also es ist jetzt wirklich das erste Mal, dass ich selbst einen Blick auf diese Blätter werfe. Ich denke …»

«Es ist aber kein Raffael, Rubens oder Corot», versicherte ich ihm.

Er beugte sich vor und schaute sich das Bild jetzt aus der Nähe an. Die Leinwand zeigte zwei Hände, die eine gab ein Geldstück, die andere empfing es. Das war alles. Aber darin verbarg sich die gesamte Atmosphäre, die Bedeutung und die Tragödie des Geldes. Nun rollte der Besitzer die Ecke rechts unten auf, dort, wo die Signatur der Künstlerin deutlich sichtbar prangte. Ich geriet ins Schwitzen.

«Pat irgendwas», verkündete er und betrachtete den Schriftzug eingehend, dann aber klang er enttäuscht. «Oh, Patterson '32. Der Name sollte mir vermutlich etwas sagen, aber er ist mir gerade entfallen.»

Die Lüge war durchsichtig, aber das ignorierte ich. Die große Brünette, stämmig wie ein altmodischer Küchenschrank, sagte kein Wort. Aber das brauchte sie auch nicht. Offensichtlich besaß sie keine fünfzig Dollar. Und ich musste dieses Bild haben.

«Also, es ist eine sehr hochwertige Arbeit», nahm der Händler einen zweiten Anlauf. «Wenn man es reinigen lässt, wird es schön aussehen.»

«Mir gefällt es so», sagte ich. «Für fünfzig Scheine.»

Er zögerte wieder und bemerkte: «Ich glaube, der Kerl, der das gemalt hat, wird das Bild *Mühsal* genannt haben. Etwas in der Art.»

«Ich würde es *Judas* nennen», meldete sich Pauline zu Wort. «Nein, *Die Versuchung des Judas.*»

«Hier sieht man aber nur eine einzige Münze», antwortete der Händler, sehr ernsthaft. «Dann hätten es dreißig sein müssen.» Immer noch zögerlich, griff er nach dem Stapel und blätterte durch die Gemälde, die wir noch nicht gesehen hatten. Ein Silo mit einer Kuh im Vordergrund. Ein hübsches Ding mit ein paar Kindern, die auf der Straße spielten. Der Strand von Coney Island. Da wir kein Interesse zeigten, erklärte er niedergeschlagen: «Und das war alles, was ich habe.»

Mit einem aalglatten Lächeln wandte ich mich an die Brünette: «Warum nehmen Sie nicht die *Kinder auf der Grand Street* für fünf Dollar? Und ich nehme den *Judas.*»

Sie brach in ein schallendes Gelächter aus, das aber, soweit ich das beurteilen konnte, weder freundlich noch feindselig gemeint war. Es war einfach nur laut.

«Nein danke. Ich habe genug eigene Kinder.»

«Ich kaufe Ihnen einen Rahmen, wir lassen es hier einpassen und Sie können es nach Hause tragen.»

Wieder ein Kreischen, dem ein dröhnendes Lachen folgte.

«Sparen Sie das Geld lieber für Ihr 50-Dollar-Meisterwerk.» Es klang spöttisch. Ich fragte sie, etwas spitz: «Glauben Sie nicht, dass es so viel wert ist?»

«Falls ein Bild überhaupt etwas taugt, ist es auf jeden Fall sehr viel mehr wert», konstatierte sie plötzlich kategorisch. «Geben

Sie mir nicht recht? Ein Bild ist entweder zehn Dollar wert oder zehn Millionen.» Dieser vollkommen vernünftigen Haltung konnte ich eigentlich nur beipflichten, doch der Ladenbesitzer schien sich gerade für diesen Gedanken zu erwärmen. Und ich wollte ja das Bild. Und es war nicht mein Fehler, dass ich nach einem der kostspieligsten Wochenenden aller Zeiten nicht viel mehr als sechzig Dollar übrig hatte – anstatt zehn Millionen. «Aber was weiß ich schon von Bildern? Nichts. Ich will mich nicht einmischen.» Wieder unterbrach schrilles Gelächter die Rede. «Vielleicht habe ich ja irgendwann genau die richtige Tapete und genau den richtigen Platz für die *Kinder auf der Grand Street*. Heben Sie es mir auf!»

Sie verließ den kleinen Laden. In der Stille, die nun folgte, erklärte ich noch einmal, den angebotenen Preis zahlen zu wollen, aber keinen Cent mehr. Schließlich zogen wir von dannen, und ich hatte mich durchgesetzt.

Pauline hatte immer noch ein wenig Zeit, deshalb besuchten wir die Cocktail-Bar des Van Barth. Die Leinwand ließ ich im Auto zurück, doch nachdem unsere Getränke bestellt waren, fragte Pauline mich, warum um alles in der Welt ich eigentlich dieses Bild gekauft hätte. Ich beschrieb es ihr noch einmal, als Erklärungsversuch. Am Ende gab sie zu, sie finde es ganz nett, allerdings erkenne sie immer noch keine außergewöhnliche Qualität in diesem Werk.

Offensichtlich war sie bilderblind. Das konnte man ihr nicht vorwerfen, viele Menschen kommen mit diesem Makel zur Welt. Das ist ungefähr so, als sei man farbenblind oder unmusikalisch. Ich versuchte also, ihr zu beschreiben, was die Arbeiten von Louise Patterson im Hinblick auf einen simplifizierten Abstraktionismus und eine frische Intensivierung der Farben bedeuteten. Dann attestierte ich ihr zumindest ein gutes Gespür für dieses Bild, weil sie zweifelsohne den richtigen Titel gewählt habe.

«Woher willst du denn wissen, dass es der richtige ist?»

«Ich weiß es einfach. Ich spüre es. Genau das habe ich selbst in dem Bild gesehen.»

Spontan erkannte ich – und sprach ihr davon –, dass Judas ein geborener Konformist gewesen sein musste, ein Angepasster und Abnicker, der weit über seinen eigenen Horizont hinausstieg, als er sich auf Leute einließ, die kaum gesellschaftsfähig waren, geschweige denn an profitablen Geschäften interessiert.

«Bei dir wirkt er fast wie ein Heiliger», sagte Pauline; sie lächelte und runzelte die Stirn.

Ich schloss mich ihrem Urteil an.

«Ein solcher Mann, geboren, um mit den anderen im Gleichschritt zu gehen, der aber immer aus dem Takt gerät – ein solcher Mann muss alle Qualen doppelt empfunden haben. Am Ende war die Versuchung einfach zu groß. Wie viele andere Heilige erlag er der Versuchung. Aber nur für einen Augenblick.»

«Machst du das Bild jetzt nicht komplizierter, als es ist?»

«Egal, das ist jedenfalls der Titel», sagte ich. «Danke für deine Hilfe.»

Wir stießen darauf an, doch Pauline verschüttete ihren Cocktail.

Hastig rettete ich sie mit meinem Taschentuch, dann überließ ich ihr die weitere Säuberung, während ich nach dem Kellner rief, um neue Drinks zu bestellen; er wischte dann über die feuchte Tischplatte. Nach einer Weile bestellten wir uns etwas zu essen, noch mehr Getränke, und wir redeten und redeten.

Es war schon stockfinster, als wir die Lounge verließen, und ich fuhr die wenigen Blocks entlang bis zur 58 East. Paulines Apartment, das ich nie betreten hatte, befand sich in einem der schmucklosen Pueblos, wie man sie jenseits der 60. Straße findet. Sie bat mich, ein wenig abseits der Haustür anzuhalten, und kommentierte das sachlich: «Ich glaube nicht, dass es klug wäre, mit einer neuen Reisetasche heimzukommen. Und in Begleitung.»

Natürlich hatte diese Bemerkung nichts zu bedeuten, aber einen Augenblick lang spürte ich mit Unbehagen, welches kleine, aber dennoch reale Risiko wir eingingen. Schnell radierte ich dieses Gefühl wieder aus und sagte nichts, doch immerhin fuhr ich am Haus vorbei und stellte den Wagen einen halben Block von jenem überdachten, hell erleuchteten Eingang entfernt ab.

Dort stieg ich aus, um ihr den leichten Koffer zu reichen, mit dem sie nach Albany gereist war, und einen Moment lang schwiegen wir.

«Darf ich anrufen?», fragte ich.

«Natürlich. Bitte. Aber wir müssen ... nun ...»

«Natürlich. Es war wunderbar, Pauline. Absolut großartig.»

Sie lächelte und wandte sich um.

Sie ging zum Haus hinüber, und während ich ihre Schultern betrachtete, bemerkte ich ganz beiläufig, wie eine Limousine am Bordstein dem Hauseingang gegenüber anhielt. Die Gestalt und das Fahrzeug, aus dem sie herauskletterte, wirkten irgendwie vertraut. Der Mann steckte den Kopf in den Wagen, um einem Chauffeur Anweisungen zu geben, dann schaute er einen Augenblick lang in meine Richtung. Ich erkannte Earl Janoth.

Er sah Pauline kommen, und ich bin mir sicher, dass er an ihr vorbeischaute und mich bemerkt hatte. Ich glaubte allerdings nicht, dass er mich erkennen konnte, denn die nächste Straßenlaterne stand hinter mir.

Und falls doch? Schließlich war die Frau ja nicht sein Eigentum.

Ich übrigens auch nicht.

Ich setzte mich also ans Steuer, ließ den Motor an und sah noch, wie die beiden gemeinsam im hell erleuchteten Eingang verschwanden.

Zugegeben, ich war nicht gerade erfreut über dieses unglückliche Zusammentreffen, andererseits sah ich aber nicht, welchen irreparablen Schaden wir damit angerichtet haben sollten.

Ich fuhr zu Gil zurück. Dort war es so laut und lärmend wie immer am Samstagabend. Ich trank viel, unterhielt mich kaum, dann fuhr ich den Wagen zu meiner Garage und nahm den Zug um ein Uhr fünfundvierzig nach Hause. Ein früher Zug, aber ich wollte ausgeschlafen sein, wenn Georgette und Georgia am Nachmittag aus Florida zurückkämen. Dann würde ich den Zug in die Stadt nehmen, sie mit dem Auto abholen und nach Hause fahren.

Ich trug meinen Koffer ins Haus an der Marble Road, und natürlich vergaß ich *Die Versuchung des Judas* nicht. Ich legte das Bild einfach auf den Wohnzimmertisch. Man würde es reinigen, reparieren und rahmen lassen müssen.

Bevor ich zu Bett ging, warf ich noch einen Blick auf die Pattersons im Erdgeschoss und das eine Bild oben in meinem Arbeitszimmer. Die *Versuchung* war besser als all die anderen.

Mir kam noch in den Sinn, dass ich womöglich gerade einer der herausragenden Patterson-Sammler der Vereinigten Staaten wurde. Oder weltweit.

Doch bevor ich ins Bett stieg, packte ich noch meinen Reisekoffer aus, ich legte alles, was darin war, an seinen Platz, auch den Koffer selbst.

EARL JANOTH I

Mein Gott, einen solchen Abend habe ich noch nie erlebt. Ich darf mir zwar schmeicheln, dass ich noch nie aus einer Gefühlsregung heraus meine guten Manieren vergessen habe, doch diese Menschen, vermeintlich meine Freunde, waren unerträglich, und ich hätte jeden Einzelnen von ihnen erwürgen mögen.

Ralph Beeman, mein Syndikus seit immerhin fünfzehn Jahren, zeigte verdammt wenig Interesse und keinerlei Mitgefühl, als die Frage der Verlängerung der Depeschendienste für den *Commerce Index* besprochen wurde – mit voller Absicht. Die ganze Bande debattierte offen über die Angelegenheit, als sei ich nur ein gestaltloser Geist, nicht wirklich zugegen, und als könnte ich die Lizenz tatsächlich verlieren. Sie unterhielten sich allen Ernstes über Alternativen für den Fall, dass ich sie verliere!

«Ralph und ich möchten dazu etwas sagen», erklärte ich tapfer, aber der bleiche Bastard reagierte nicht. Er gab sich einfach nur unparteiisch.

«Oh, gewiss. Wir verlängern, egal gegen wen wir antreten.»

In meinen Ohren klang das, als habe er den Kampf schon aufgegeben. Ich warf ihm einen scharfen Blick zu, doch er zog es vor, mich nicht zu verstehen. Alles wäre gut gewesen, hätte nur Steve mich begleitet. Steve ist sehr gewieft, wenn es um solche wechselnden Windrichtungen und Tiefenströmungen geht, wie ich sie ringsum spürte, aber nicht ausloten konnte.

Zu zehnt gingen wir zum Abendessen zu John Wayne, und da John ein aalglatter, aber fähiger politischer Kopf ist, hätten wir über Politik reden sollen, wenn überhaupt. Doch zum Teufel, seit ich sein Haus betrat, eine elende verrottete Hütte, die mindestens hundert Jahre auf dem Buckel hat, sprachen wir von nichts anderem als Janoth Enterprises und den

Schwierigkeiten, mit denen wir zu kämpfen hätten. Ich habe aber gar keine Schwierigkeiten. Und ich wollte mit all dem auch nichts zu tun haben.

Es folgte ein peinlicher Moment, als Hamilton Carr mich fragte, wie ich denn in Washington zurechtgekommen sei. Ich war gerade erst zurück, und ich hatte das unangenehme Gefühl, dass er jeden Einzelnen meiner dortigen Gesprächspartner sehr genau kannte und dass er auch wusste, was ich dort zu besprechen hatte. Dabei war das gar nicht der Rede wert. Ich dachte über eine Kapitalerhöhung nach, in Washington wollte ich mir einfach nur rasch verlässliche Auskünfte darüber beschaffen, wie so etwas zu bewerkstelligen war, ohne gegen geltende Regularien zu verstoßen.

Ralph Beeman hatte mich begleitet, aber nicht viel geredet, während wir dort waren, und ich dachte noch einmal über ihn nach. Nein, das konnte nicht sein. Oder hatten sie sich wirklich alle gegen mich verschworen? Man hat schon ganz andere Leute dabei ertappt, wie sie sich zur Fahrt an neue Ufer rüsteten.

Hamilton Carr war kein Feind, jedenfalls habe ich ihn nie dafür gehalten; er war einfach nur mein Bankberater. Er hat schon immer bis auf den letzten Cent gewusst, was die von Janoth Enterprises ausgegebenen Papiere wert waren und in wessen Händen sie lagen. An diesem Abend erklärte er: «Wissen Sie, Jennett-Donohue möchte entweder kaufen oder fusionieren.»

Ich musste lachen.

«Ja», sagte ich. «Das will ich auch. Für wie viel wollen sie verkaufen?»

Carr lächelte kalt; er war wohl anderer Meinung. Verdammt, dachte ich, was ist los?

Und dann war da noch eine stockbesoffene Ausländerin mit einem furchtbar britischen Akzent, sie nannte sich Lady Pearsall oder ähnlich, und sie schilderte mir in aller Ausführlichkeit, was an meinen Magazinen verkehrt sei. Natürlich war alles grundverkehrt, ihrer Ansicht nach. Sie war gar nicht auf die Idee gekommen, dass ich keine Kosten gescheut habe, die allerbesten Autoren und Redakteure zu engagieren, die klügsten Köpfe, die überhaupt zu haben waren. Ich habe die Redaktionen der Zeitungen und Zeitschriften durchkämmt und die besten Universitäten angeschrieben, ich habe die höchsten Gehälter der Branche gezahlt, um die allerbesten Journalisten zu bekommen, die je unter einem Dach versammelt waren. Währenddessen spülte sie ein Glas nach dem anderen herunter, ihr Adamsapfel hüpfte wie bei einem ausgemergelten Truthahn – doch sie drehte es dann so, dass ich meine Autoren in Krankenhäusern, Irrenhäusern und Strafanstalten rekrutiert hätte.

Ihren Redeschwall konnte ich lächelnd ertragen, aber bei dem, was Carr und Beeman und am Ende noch ein gewisser Samuel Lydon mir zu sagen hatten, verging mir das Lächeln.

«Wissen Sie», begann dieser Lydon, «möglicherweise ist der Bedarf an Qualitätsjournalismus bald gar nicht mehr so groß wie bisher. Ich erhalte Hinweise aus dem Vertrieb!» Kann jeder behaupten. Diese Dinge waren kein Geheimwissen. «Ich vermute, Sie wünschen, dass ich ganz offen mit Ihnen rede, Mr. Janoth.»

«Gewiss.»

«Nun, der Ertrag einiger Ihrer wichtigsten Magazine weist in letzter Zeit eigenartige Schwankungen auf. Schwankungen, die den Rahmen der sonstigen Publikationen sprengen, meine ich.» Jetzt konnte ich ihn zuordnen. Er war der stellvertretende Direktor eines Regionalvertriebs.

«Ich frage mich, ob man Verlässliches über die Gründe weiß.»

Das war nun entweder groteske Ignoranz oder eine echte Unverschämtheit. *Ob ich Verlässliches über die Gründe weiß.* Ich schaute ihn an, machte mir aber nicht die Mühe, zu antworten.

«Vielleicht geht es um Ihr Astrologie-Magazin», bemerkte Geoffrey Balack – ein Versager, bösartig, vulgär und abgrundtief falsch. Er war eine Art Kolumnist. Ich hatte ihn irgendwann einmal eingestellt, aber seine Arbeit war nicht sonderlich überzeugend, und als er ging und einen neuen Job antrat, war ich mit diesem Wechsel insgesamt hochzufrieden. Während ich ihn musterte, konnte ich mich nicht mehr entsinnen, ob er gekündigt hatte oder ob Steve ihn feuern musste. Oder ob ich das womöglich selbst getan hatte. Provokant fuhr er sich jetzt mit dem Handrücken über sein dünnes Haupthaar.

«Eines habe ich nie verstanden. Warum?»

Ich lächelte immer noch, aber es kostete mich Überwindung.

«Ich habe das kleine Heft *Stars* nur wegen seines Titels gekauft. Inzwischen hat es nichts mehr mit Astrologie zu tun. Es ist eine der wenigen Autoritäten im Bereich der Astrophysik.»

«Populärwissenschaftlich?»

Auch diese Frage verdiente keine Antwort. Einen solchen Kerl haben wir einst für einen klugen und integren Journalisten gehalten! Und gute Journalisten kosten Geld, das ich immer gern gezahlt habe.

Nur dass sie immer teurer wurden. Andere Verlage, auch solche, die ganz andere Felder beackern, haben sich immer gern in unseren Redaktionen bedient, auch wenn sie einem sonst nur selten ins Gehege kommen. Werbeagenturen, Filmstudios, das Radio – immer haben wir unsere wirklich guten Leute verloren, zu wahren Fantasiegehältern. Wir hatten einen Mann entdeckt und gefördert, bis wir überzeugt waren, dass er wirklich das Beste, was in ihm steckt, aufs Papier bringen könnte; er hat uns dann kaltherzig verlassen und produziert jetzt Schund für irgendeinen Schnulzensender – oder Reden für einen politischen Lautsprecher. Vertrag hin oder her … aber es würde die Firma ruinieren, wenn wir uns auf diesen Wettlauf um Gehälter einließen.

Entweder gehts ums Geld, oder sie wollen Bücher schreiben. Oder sind durchgeknallt. Andererseits wurden die meisten von ihnen wohl schon so geboren, und der Job bei uns hat den unabwendbaren Prozess nur gebremst und eine Weile aufgeschoben.

Aber gut. Wir haben immer noch die besten Autoren auf dem Markt, und Wettbewerb hält jung.

Irgendwann boten Jennett-Donohue oder Devers & Blair 25 000 Dollar für einen Redakteur, der bei uns 15 000 verdiente.

Wir erhöhten auf 30 000. Bot ein Radiosender einem Mann, den wir nicht entbehren konnten, 50 000 Dollar, gingen wir auf 60 000. Und als Hollywood anfing, unsere Aushilfen und Laufburschen für eine Million ... ach, egal. Kein Grund zum Schwarzsehen. Aber manchmal ist das eben unausweichlich.

Um zehn Uhr – dem frühestmöglichen Zeitpunkt – brach ich auf. Ich hatte genug eigene Sorgen und konnte den Unfug, den diese sehr speziellen Gäste von sich gaben, nicht noch zusätzlich ertragen.

Alles eine Frage der Nerven und Drüsen. Egal, wie sehr man die Dinge rational umdeutet, entweder hat man eine freudlose und negative Haltung gegenüber allem und jedem, wie diese Leute, und das hängt ganz und gar von ihren Drüsenfunktionen ab, oder man hat eben eine positive und konstruktive Einstellung. Darauf darf ich mir nichts einbilden. Sie sich aber auch nicht.

Im Wagen bat ich Bill, mich nach Hause zu fahren, doch auf halbem Weg änderte ich meine Meinung. Ich sagte ihm also, er solle mich zu Pauline bringen. Zum Teufel, vielleicht war sie ja daheim. Die eigene Wohnung war nicht unbedingt der richtige Ort – nach einem Abend, den man unter Pseudo-Zynikern, enttäuschten Sentimentalen und frustrierten Verschwörungstheoretikern vergeudet hat.

Wortlos drehte Bill das Lenkrad, und wir bogen um die Ecke. Diese Art erinnerte mich daran, wie er meinen Anordnungen schon immer gefolgt war, vor dreißig Jahren schon im heißen Auflagenkrieg im Westen und dann während des Druckerstreiks im Norden. Genau deshalb war er immer noch bei mir. Wenn er nach dreißig schweren Jahren nicht einmal mit mir reden wollte, würde er auch mit niemand anderem reden.

Als ich vor dem Eingang des Hauses ausstieg, steckte ich noch einmal den Kopf in den Wagen und sagte: «Fahren Sie nach Hause, Bill. Ich nehme nachher ein Taxi. Ich glaube nicht, dass ich Sie vor morgen Abend benötige.»

Er schaute mich an, sagte kein Wort und ließ den Wagen wieder auf die Straße gleiten.

EARL JANOTH II

Auf dem Gehweg wandte ich mich gerade dem Haus zu, als ich Pauline erkannte. Sie ließ irgendjemanden an der nächsten Straßenecke zurück, ihr Gesicht war nicht zu erkennen, aber ich erkannte ihr Profil, die Art, wie sie dastand und gestikulierte, und ich erkannte den Hut, den sie neulich mitentworfen hatte, und den beigefarbenen Mantel. Während ich also dort stand, machte sie sich auf den Weg in meine Richtung. Ihr Begleiter war gar nicht zu erkennen, obwohl ich genau dorthin starrte, bis er sich umdrehte und ins Auto stieg, das Gesicht immer im Schatten.

Als Pauline mich sah, war sie heiter und lächelte, ein wenig warm und ein wenig abwesend, aber umsichtig wie immer. Ich sagte: «Hallo, Liebes. Was für ein glücklicher Zufall!»

Sie wischte eine unsichtbare Haarsträhne zu Seite und blieb neben mir stehen.

«Ich habe schon gestern mit dir gerechnet», sagte sie. «Hattest du eine gute Reise?»

«Eine gute. Und du ein schönes Wochenende?»

«Wundervoll. Ich war reiten, schwimmen, habe ein tolles Buch gelesen und einige ganz neue und total interessante Leute kennengelernt.»

Inzwischen befanden wir uns im Gebäude. Ich blickte an ihr herunter und bemerkte, dass sie eine Reisetasche trug.

Hinter der hohen Sichtblende, die die Telefonzentrale des Apartmentblocks abtrennte, konnte ich jemanden hören, aber nicht sehen – und wie üblich war hier außer uns niemand. Vielleicht hatte diese Abgeschiedenheit ihr das Haus anfangs so sympathisch gemacht.

Es gab einen vollautomatischen Aufzug, und jetzt hielt er im Erdgeschoss. Ich öffnete die Tür, folgte ihr und drückte den Knopf mit der Nummer fünf. Ich wies mit dem Kopf zur Straße.

«War er einer davon?»

«Einer von was? Ach so, du meinst die ganz neuen Leute. Ja.»

Der Aufzug hielt in der fünften Etage. Die innere Tür glitt geräuschlos zur Seite, und Pauline selbst drückte die äußere Tür nach vorn. Ich folgte ihr die zehn mit einem Teppich belegten Stufen zur 5A hinauf. Drinnen in ihrem kleinen Vier-Zimmer-Apartment erwarteten uns Stille und abgestandene Luft, ganz offensichtlich hatte seit Tagen niemand mehr die Wohnung betreten.

«Was hast du unternommen?», fragte ich.

«Also zunächst einmal waren wir an einem ganz schrecklichen Ort an der Third Avenue mit den Namen Gil's. Würde dir gefallen. Ich selbst fand es ja eher langweilig. Es ist eine seltsame Kombination aus archäologischer Ausgrabung und Saloon. Eine total irre Mischung. Dann sind wir die Straße entlanggezogen, um Antiquitäten zu kaufen.»

«Welche Art von Antiquitäten?»

«Alles, was irgendwie interessant schien. Am Ende haben wir ein Bild gekauft, das heißt er hat es gekauft, in einem Laden drei Blocks von hier. Eine schrecklich alte Schmiererei, die direkt aus dem Mülleimer kam, jedenfalls sah sie so aus. Er hat es quasi im Wettstreit mit einer anderen Kundin erobert, einer Frau, die es ebenfalls haben wollte. Nichts als ein paar Hände, von einem Künstler namens Patterson.»

«Ein paar was?»

«Hände, Liebling. Nur Hände. Ein Bild über Judas, wenn ich das richtig verstanden habe. Anschließend waren wir im Van Barth und hatten dort ein paar Drinks, und er hat mich nach Hause gebracht. Und dann kamst du ins Spiel. Zufrieden?»

Ich schaute zu, wie sie die Tür ihres kleinen Wandschranks im Flur öffnete und die Tasche darin verschwinden ließ, dann schloss sie die Tür und drehte sich wieder zu mir um mit ihrem leuchtenden Haar, ihren dunklen Augen und ihrem perfekten Renaissancegesicht.

«Klingt nach einem interessanten Nachmittag», sagte ich. «Wer war denn diese ganz neue Person?»

«Oh. Irgendein Mann. Du wirst ihn nicht kennen. Er heißt George Chester, in der Werbebranche.»

Mag ja sein. Und ich heiße George Agropolus. Aber ich weile einfach sehr viel länger auf dieser Erde als sie oder als dieser Liebhaber. Ich schaute ihr einen Moment wortlos in die Augen, und sie erwiderte den Blick eine Spur zu absichtsvoll. Mir tat es beinahe ein wenig leid um ihren neuen Satelliten, den sie gerade verlassen hatte, wer immer er war.

Aus einer Karaffe, die neben dem Sofa stand, füllte sie unsere Gläser mit Brandy, und über den Rand ihres Glases hinweg zwinkerte sie mir auf eine vertrauliche Art zu, wie sie für alle möglichen Anlässe passen mochte. Ich nippte am Brandy, und mir wurde bewusst, dass jetzt gerade die ganze Welt in Trümmern lag. Kalte Asche, ausgebrannt und eigentlich nicht mehr der Mühe wert. Steve kannte diese Stimmung nicht, sie gehörte ganz mir selbst. Mir schoss die Frage durch den Kopf, ob womöglich nicht auch andere Menschen etwas Vergleichbares fühlten, zumindest gelegentlich, aber das war eigentlich unmöglich. Ich sagte: «Wenigstens ist es dieses Mal ein Mann.»

Sie antwortete scharf: «Was genau soll das jetzt heißen?»

«Du weißt, was ich meine.»

«Willst du wieder diese alte Geschichte aufwärmen? Mir Alice zum Vorwurf machen?» Ihre Stimme klang wie das Sirren einer Wespe. Bei Pauline brodelte der Vulkan stets dicht unter der Oberfläche.

«Du hast Alice nie vergessen, oder?»

Ich leerte das Brandyglas, griff nach der Karaffe und schenkte mir wieder ein. Ich antwortete jetzt betont langsam, aber höflich, und sagte: «Nein. Du etwa?»

«Also, du verdammter Möchtegern-Napoleon, was zum Teufel willst du damit sagen?»

Ich schluckte den Brandy in einem einzigen wohltuenden Schluck hinunter.

«Und du hast auch Joanna nicht vergessen, nicht wahr?» Ich sprach ganz sanft. «Und diese Frau Berleth und Jane und diese geflüchtete Österreicherin. Und weiß Gott wen sonst noch. Du kannst keine von ihnen vergessen, nicht wahr, auch die nächste nicht.»

Einen sprachlosen Augenblick lang schien sie an etwas zu würgen, dann bewegte sie sich wie ein sprungbereites Tier. Etwas, ich glaube, ein Aschenbecher, flog an meinem Kopf vorbei und krachte an die Wand, und feine Glassplitter überrieselten mich.

«Du Hurensohn», explodierte sie. «Du redest so. Ausgerechnet du. *Du!* Das ist ja nicht zu glauben!»

Mechanisch griff ich nach der Karaffe und füllte mir wieder das Glas. Ich suchte nach dem Korken, um ihn wieder einzusetzen, aber es gelang mir nicht.

«Ja?», sagte ich.

Sie stand jetzt vor der gegenüberliegenden Seite des Tischchens, ihr Gesicht wutverzerrt.

«Und was ist mir dir und Steve Hagen?»

Ich vergaß den Korken und starrte sie an.

«Was? Was ist mit mir? Und mit Steve?»

«Hältst du mich für blind? Habe ich euch zwei jemals zusammen gesehen, ohne dass ihr verliebt schient?»

Mir wurde übel, ich fühlte mich wie vor den Kopf geschlagen, in mir wogte etwas Großes und Schwarzes. Mechanisch wiederholte ich ihre Worte: «Verliebt? In Steve?»

«Als ob du nicht schon dein ganzes Leben lang mit diesem Knaben verheiratet wärest. Und als ob ich das nicht wüsste. Los, du Hurensohn, versuch mal, den Überraschten zu spielen.»

Jetzt war da nicht mehr ich selbst. Da war ein Riese, wohl dreißig Meter hoch, der lenkte mich, führte meine Hände und Arme und sogar meine Stimme. Er kräftigte meine Beine, und ich sah, dass ich stand. Sprechen konnte ich kaum. Meine Stimme war ein krächzendes Flüstern.

«Das sagst du über Steve? Den edelsten Menschen, der je gelebt hat? Und über mich?»

«Ach, du armer alter Kirmesgorilla! Bist du so dämlich, dass du so alt geworden bist, ohne das selbst zu wissen?» Dann kreischte sie plötzlich: «Nein, Earl, nein.»

Ich schmetterte ihr die Karaffe auf den Schädel und sie taumelte rückwärts. Meine Stimme sagte: «So darfst du nicht reden. Nicht über uns.»

«Nicht. Oh Gott, Earl, nein! Earl, Earl, Earl!»

Den Tisch, der uns trennte, hatte ich zur Seite getreten, und ich folgte ihr. Ich schlug sie ein zweites Mal, und sie plapperte weiter mit dieser schrecklichen Stimme, und dann schlug ich noch zweimal zu.

Jetzt lag sie auf dem Boden, still und ein wenig verdreht. Ich sagte: «Alles hat seine Grenzen. Ein Mann kann nicht alles ertragen.»

Sie antwortetet nicht. Sie bewegte sich auch nicht.

Lange, sehr lange blieb ich über ihr stehen. Kein Laut war zu hören, nur das ferne und gedämpfte Brummen des Verkehrs unten auf der Straße. Die Karaffe hielt ich immer noch in der Hand, ich hob sie in die Höhe und betrachtete die untere Kante, die ein wenig verschmiert war; ein paar Haarsträhnen klebten daran.

«Pauline.»

Sie lag auf dem Rücken, blickte in große Ferne und regte sich nicht. Eine fingierte Ohnmacht.

Dann aber, als ich ihr schönes, leuchtendes und ein wenig blutiges Haar betrachtete, packte mich eine Furcht, die sich tiefer und tiefer und tiefer bohrte. Ihr Gesicht trug jetzt einen gänzlich unirdischen Ausdruck.

«Oh Gott, Pauline. Steh auf!»

Ich ließ die Karaffe fallen und schob meine Hand in ihre Bluse, auf die Stelle des Herzens. Nichts. Ihr Gesicht zeigte keine Regung. Kein Atem, kein Puls, nichts. Nur ihre Wärme und ein Hauch von Parfüm. Langsam erhob ich mich. Sie war tot.

Und so endete also mein ganzes Leben in diesem befremdlichen Traum.

Dunkelheit und Übelkeit fassten mich, fluteten in mir hoch wie Wellen, die ich nie zuvor erlebt hatte. Dieses tote Fleisch bildete also nun den Mittelpunkt von allem. Von allem, das je zwischen uns bestanden hatte. Von allem, was ich je getan hatte. Dieser Unfall.

Denn es war ein Unfall. Bei Gott. Im Wahn vollbracht.

Jetzt bemerkte ich Spritzer auf meinen Händen und vorn auf meinem Hemd. Es gab Flecken auf meiner Hose, auf den Schuhen, und als ich mich im Zimmer umschaute, bemerkte ich sogar Flecken hoch oben an der Wand, nahe beim Sofa, wo ich zu Anfang gesessen hatte.

Ich brauchte etwas. Dringend. Hilfe und Rat.

Ich ging ins Bad und wusch mir die Hände, rieb das Hemd ab. Mir fiel ein, dass ich vorsichtig sein musste. In allen Dingen vorsichtig. Ich drehte den Wasserhahn mit dem Taschentuch zu. Für den Fall, dass ihr Liebhaber hier gewesen war und seine Fingerabdrücke hinterlassen hatte. Oder jemand anderes. Egal wer. Und es gab viele.

Zurück im Zimmer, wo Pauline noch immer auf dem Teppich lag, unverändert, fielen mir die Karaffe und der Korken ein. Beide wischte ich sorgfältig ab, auch das Glas. Dann griff ich zum Hörer, aber im gleichen Augenblick erinnerte ich mich an die Telefonzentrale im Erdgeschoss, und ich zog die Hand zurück.

Ich verließ das Apartment, wobei ich mein Taschentuch wieder als Handschuh verwendete. Pauline hatte die Tür geöffnet. Ihre Fingerabdrücke wären auf dem Knauf zu finden, auf dem Schlüssel, auf dem Rahmen.

Vor der Tür von 5A verharrte ich lauschend. Kein Laut auf den Fluren, und keiner hinter dieser verschlossenen Tür. Wieder packte mich ein Schwindel aus Furcht und Trauer: Nie wieder gäbe es Leben in diesem Apartment. Jedenfalls nicht für mich.

Und doch war es dort einst so lebendig gewesen, oft sogar. Alles zerbrochen in ein paar winzigen Augenblicken, die sich nun zu einer unwirklichen, tödlichen Bedrohung verdichteten.

Leise bewegte ich mich über den Teppich des Flurs und die Treppe hinab. Vom ersten Stock aus konnte ich den teilweise kahlen, grauen Schädel des Mannes in der Telefonzentrale erkennen. Er hatte sich nicht gerührt, und falls er sich wie üblich verhielt, würde er es auch nicht tun.

Leise ging ich die letzten Stufen hinunter, durchquerte den Eingangsbereich auf dem Teppich hin zur Tür. Beim Öffnen der Tür blickte ich mich noch einmal um: Kein Mensch war zu sehen.

Draußen ging ich mehrere Blocks zu Fuß, erst dann nahm ich an einer Ecke ein Taxi. Dem Fahrer nannte ich eine Adresse zwei Straßen entfernt von jener, die ich instinktiv gewählt hatte. Der Weg führte eine Meile nach Norden.

Als ich das Taxi verließ und mich dem Haus näherte, war es dort so still wie bei Pauline.

Es gab keinen automatischen Aufzug wie bei Pauline, und ich wollte nicht gesehen werden, nicht in dieser Verfassung. Also stieg ich die Treppen zur vierten Etage hinauf. Ich klingelte, urplötzlich in der Gewissheit, niemanden anzutreffen.

Aber die Tür öffnete sich einen Spalt.

Steves freundliches, kluges, festes und ein wenig lederartiges Gesicht begrüßte mich. Er trug Pantoffeln und einen Morgenmantel. Bei meinem Anblick öffnete er die Tür weit, und ich trat ein.

Er sagte: «Du siehst verdammt schlecht aus. Was ist passiert?»

Ich ging an ihm vorbei ins Wohnzimmer und nahm in einem großen Sessel Platz.

«Ich habe kein Recht, hier zu sein. Aber ich wusste nicht, wohin ich sonst gehen sollte.»

Er war mir ins Wohnzimmer gefolgt und fragte ungerührt: «Was ist los?»

«Verdammt. Ich weiß es nicht. Gib mir etwas zu trinken.»

Steve gab mir etwas. Als er nach etwas Eis klingeln wollte, unterbrach ich ihn.

«Sag bitte niemandem etwas von meinem Besuch», bat ich. «Ich habe gerade jemanden ermordet.»

«Und?» Er wartete. «Wen?»

«Pauline.»

Steve blickte mich konzentriert an, goss sich ebenfalls etwas ein, nippte daran und behielt mich im Auge.

«Bist du dir sicher?»

Das war der Wahnsinn. Ich unterdrückte ein irres Lachen. Und entgegnete knapp: «Ich bin mir sicher.»

«In Ordnung», sagte er langsam. «So musste es wohl kommen. Du hättest sie schon vor drei Jahren töten sollen.»

Ich schaute ihn so lange und nachdenklich an wie niemals zuvor. Hinter seinen verschlossenen Zügen spürte ich ein eisiges Lächeln. Ich wusste genau, was in seinem Kopf vorging: *Sie war ein Flittchen, warum hast du dich nur mit ihr abgegeben?* Und ich kannte auch die Fortsetzung in meinem Kopf: *Ich bin einer der einsamsten Menschen auf Erden.*

«Ich bin hergekommen, Steve», begann ich, «weil dies jetzt meine letzte Station ist. Ich stelle mich ... allem. Ich dachte nur ... zum Teufel, ich weiß gar nicht, was ich gedacht habe. Nur wenn es etwas gibt, was ich tun sollte – gut. Ich dachte, vielleicht weißt du, was das sein könnte.»

«Sie hat es verdient», wiederholte Steve ruhig. «Sie war eine gewöhnliche kleine Komödiantin.»

«Steve, sprich doch bitte nicht so über Pauline. Eine der warmherzigsten und großzügigsten Frauen, die je gelebt haben.»

Er leerte sein Glas und stellte es beiläufig ab.

«War sie das? Warum hast du sie dann getötet?»

«Ich weiß es nicht, ich weiß es einfach nicht. Von hier begebe ich mich zu Ralph Beeman und von dort zur Polizei, und dann vermutlich ins Gefängnis oder sogar auf den elektrischen Stuhl.» Auch ich leerte mein Glas und stellte es ab. «Tut mir leid, dass ich dich gestört habe.»

Steve gestikulierte. «Sei kein Narr», sagte er. «Vergiss das Gerede vom Gefängnis. Denk an die Firma! Hast du eine Ahnung, was daraus wird, sobald du in echte Schwierigkeiten gerätst?»

Ich betrachtete meine Hände. Sie waren rein, aber sie hatten mein Schicksal besiegelt. Und ich wusste sehr genau, was mit der Firma geschehen würde, sobald ich nicht mehr dort war oder in Schwierigkeiten dieser Art steckte.

«Ja», sagte ich. «Ich weiß. Aber was kann ich tun?»

«Willst du kämpfen oder kapitulieren? Du bist nicht der erste Kerl auf der Welt, der in der Klemme sitzt. Was wirst du dagegen tun? Wirst du den Kampf eröffnen oder aufgeben?»

«Falls es überhaupt eine Chance gibt, will ich sie ergreifen.»

«Ich habe von dir auch nichts anderes erwartet.»

«Und natürlich geht es mir nicht nur um die Firma, so bedeutend sie ja sein mag. Es geht mir nebenbei auch um den eigenen Hals. Den ich schon ganz gern aus der Schlinge ziehen würde.»

Steve reagierte sachlich. «Selbstverständlich. Also – was ist passiert?»

«Ich kann es nicht beschreiben. Ich weiß es ja selbst kaum.»

«Versuch es.»

«Diese Schlampe. Oh Gott, Pauline.»

«Ja?»

«Sie behauptete, dass ich … tatsächlich beschuldigte sie uns beide, aber das ist natürlich grotesk. Ich hatte ein paar Drinks und sie ebenfalls. Sie sagte etwas über uns. Möchtest du es wissen?»

Steve blieb ungerührt. «Ich weiß, was sie gesagt hat. Was sie gesagt haben würde. Und dann?»

«Das ist schon alles. Ich habe ihr mit irgendetwas auf den Kopf geschlagen. Einer Karaffe. Vielleicht zwei- oder dreimal, vielleicht zehnmal. Ja, eine Karaffe. Ich habe meine Fingerabdrücke abgewischt. Sie muss wahnsinnig geworden sein, oder? So etwas zu behaupten? Sie ist übrigens eine Gelegenheitslesbe – Steve, habe ich das je erwähnt?»

«Das brauchtest du nicht.»

«Darum habe ich sie getötet. Bevor ich auch nur darüber nachdenken konnte. Bei Gott, eine Minute vorher hatte ich nicht die geringste Absicht, so etwas zu tun. Ich begreife das nicht. Und die Firma steckt in Schwierigkeiten, in großen Schwierigkeiten. Habe ich das erwähnt?»

«Ja, du hast es mir erzählt.»

«Jedenfalls war ich heute beim Abendessen davon vollkommen überzeugt. Und jetzt das! Oh Gott.»

«Wenn du dein Unternehmen retten willst, darfst du nicht den Kopf verlieren. Und die Nerven. Vor allem deine Nerven.»

Urplötzlich und zum ersten Mal seit fünfzig Jahren schossen mir Tränen in die Augen. Wie peinlich! Ich konnte Steve kaum noch erkennen. Ich sagte: «Keine Sorge wegen meiner Nerven.»

«So sagt man das in dieser Lage», schloss Steve gleichmütig. «Und nun möchte ich die Einzelheiten wissen: Wer hat dich beim Betreten des Hauses gesehen, und war jemand vor Paulines Apartment? Wo war der Concierge, wo war der Mann in der Telefonzentrale? Wer hat dich hingefahren, wie bist du von dort weggekommen? Ich brauche jede verdammte Kleinigkeit – was sie zu dir gesagt hat und du zu ihr. Was sie getan hat und was du tatest. Wo du den Abend verbracht hast, bevor du Pauline besucht hast. Währenddessen suche ich dir aber ein paar saubere Kleidungsstücke heraus. Du hast Blutflecken auf dem Hemd und auf der Hose. Ich werde sie entsorgen. Und du kannst loslegen.»

«In Ordnung», sagte ich, «zum Abendessen war ich bei den Waynes. Dort wurde über nichts anderes geredet als die verfluchten Schwierigkeiten, in die Janoth Enterprises angeblich geraten würde. Sie haben das wirklich genossen. Sie konnten über gar nichts anderes reden!»

«Lass das beiseite», sagte Steve. «Komm zum Punkt.»

Ich berichtete ihm vom Aufbruch und wie Bill mich zu Pauline gefahren hat.

«Über Bill müssen wir uns keine Gedanken machen», sagte Steve.

«Verdammt», unterbrach ich ihn, «glaubst du wirklich, dass ich aus dieser Nummer heil herauskomme?»

«Du hast ja bereits deine Fingerabdrücke von der Karaffe gewischt, nicht wahr? Was hättest du denn sonst damit bezweckt?»

«Das geschah ganz instinktiv.»

Steve ließ den Einwand nicht gelten.

«Rede weiter.»

Und ich erzählte ihm die ganze Geschichte. Wie ich diesen Fremden bemerkt hatte, der sich von Pauline verabschiedete, wie wir in ihrem Apartment in Streit gerieten und was sie mir an den Kopf warf und was ich ihr antwortete – und schließlich die Tat, soweit ich mich entsinnen konnte.

Am Ende konstatierte Steve: «Das sieht ja alles in allem ganz gut aus, bis auf eine Sache.»

«Welche denn?»

«Der Bursche, der zugesehen hat, wie du mit Pauline hineingingst. Niemand sonst hat dich beim Betreten des Hauses gesehen. Er hat dich gesehen. Wer war er?»

«Ich sagte ja schon, ich weiß es nicht.»

«Hat er dich erkannt?»

«Ich weiß es nicht.»

«Ein einziger Mensch auf Erden, der dich auf dem Weg zu Paulines Apartment gesehen hat, und du weißt nicht, wer das war? Du weißt also nicht, ob er dich kannte oder erkannt hat?»

«Nein, nein, nein. Ist das denn wichtig?»

Steves Blick sank ins Bodenlose. Langsam tastete er nach einer Zigarette, langsam griff er zum Streichholz und zündete sie an.

Als er den zweiten Zug inhaliert und den Rauch fortgeblasen hatte, immer noch langsam, und als er das Streichholz sehr bedächtig gelöscht und weggelegt hatte und auch den dritten Zug sehr bedächtig ausatmete, wandte er sich zu mir und sagte: «Das ist verdammt wichtig. Über diesen Kerl möchte ich alles wissen, was sich herausbringen lässt.» Er drückte die Asche auf eine Schale. «Alles. Vielleicht ist dir das noch nicht klar, aber dieser Mann ist der Schlüssel zu unserer gesamten Strategie. Von ihm hängt alles ab, Earl. Wirklich alles.»

STEVE HAGEN

Was an diesem Abend geschehen war, beleuchteten wir von allen Seiten. Wir legten jede Minute unter ein Hochleistungsmikroskop. Noch bevor wir fertig waren, wusste ich vom Geschehen so viel, als wäre ich selbst dabei gewesen – und das war sehr viel mehr als das, woran Earl sich erinnerte. Dieser Schlamassel war derart typisch für ihn, dass mich nach dem ersten Schrecken eigentlich nichts an der Geschichte wirklich überraschte.

Ganz typisch war, dass er in seiner Gemütsschlichtheit nicht erfasste, wie viel auf dem Spiel stand und was er riskiert hatte. Typisch auch, dass er keinerlei Vorstellung davon besaß, wie man die Situation wieder in den Griff bekam. Oder wie schnell wir handeln mussten. Und auf welche Weise.

Paulines Dienstmädchen dürfte das Apartment vor dem nächsten Abend nicht betreten. Höchstwahrscheinlich bliebe der Leichnam also bis dahin unentdeckt. Die Polizei würde Earl natürlich als Ersten befragen, denn ihre Liaison war allgemein bekannt.

Ich müsste nur versichern, dass Earl die fragliche Zeit mit mir verbracht hätte, und bei dieser Version müsste ich bleiben. Billy würde das gewiss bestätigen.

Nach dem Abschied von den Waynes ist Earl also direkt zu mir gekommen. Von Billy hergefahren. Anschließend hatte Billy den Rest der Nacht frei. Das war plausibel und ziemlich sicher.

Für Earls regelmäßige Besuche in Paulines Apartment dürfte es etliche Zeugen geben, der letzte Besuch allerdings war ihm nicht nachzuweisen. Selbst ich bin ein- oder zweimal dort gewesen. Besucher gingen da ein und aus, Männer wie Frauen. Earls ängstlichen Andeutungen konnte ich immerhin entnehmen, dass die Art der Verletzungen gegen eine Frau sprach.

Der Schutz, den ich Earl bieten würde, erforderte freilich verdammt anspruchsvolle Vorbereitungen; das galt auch für mich selbst. Es war aber unvermeidlich. Denn es war ja auch meine Firma, nicht nur Earls, und da man sich nicht darauf verlassen konnte, dass er unsere gemeinsamen Interessen schützte, würde ich das selbst in die Hand nehmen müssen.

Ihm war das offensichtlich ganz gleichgültig – die Aussicht, wieder von vorn anzufangen mit ein paar Schundheften, erstellt in einem auf Kredit angemieteten Billigbüro und bezahlt mit Versprechungen, Drohungen, ungedeckten Schecks und viel Glück. An so etwas dachte er nicht einmal. Ich tat es. Earls Gespür für die Wünsche des Lesepublikums war weitaus wertvoller als alles, war nachher bei den Banken landete. Neben dieser visionären Gabe besaß er ansonsten noch eine Menge seltsamer Launen, Skrupel, philosophische Neigungen und einen Humor, den er gelegentlich sogar mir gegenüber hervorkramte. All diese Dinge mochten in geschäftlichen Konferenzen und bei gesellschaftlichen Anlässen von Nutzen sein, im Augenblick waren sie wertlos.

Sollte das nötig werden, weil die Lage zu brenzlig wurde oder Earl es einfach nicht durchstand, konnte ich immer noch einen Teil des Feuers auf mich selbst lenken. Ich könnte es mir leisten. Einer unserer Leute, Emory Mafferson, hatte mich angerufen, während Earl seinen verdammt teuren Wutanfall auslebte. Dieses Alibi war stichhaltig.

Doch wie ich es auch drehte und wendete, bei der Suche nach dem drängendsten Problem landete ich immer wieder beim großen Fragezeichen jenes fremden Mannes. Niemand sonst hatte Earl gesehen, oder jedenfalls niemand, der ihn kannte, seit er das Abendessen verlassen hatte. Wohl zum zehnten Mal bohrte ich nach: «Die Person hat dich wirklich an niemanden erinnert?»

«An niemanden. Er stand ja im Schatten. Mit dem Licht im Rücken.»

«Und du hast nicht die geringste Ahnung, ob er dich erkannt hat?»

«Nein. Aber ich stand im Licht des Eingangs. Falls er mich kannte, hat er mich auch erkannt.»

Wieder durchdachte ich den Sachverhalt von allen Seiten. «Oder er wird dich irgendwann erkennen», schloss ich. «Sobald er dein Gesicht in den Zeitungen sieht, weil man dich befragt. Möglich wäre es. Und möglicherweise können wir dafür sorgen, dass diese Fotos nicht besonders gut ausfallen. Mir wäre es nur lieber, ich könnte diese Sorge jetzt schon abhaken. Wir bräuchten etwas für den Fall, dass die Geschichte nicht standhält. Damit wir allen anderen immer einen Schritt voraus sind, auch der Polizei.»

Ich wusste bisher nur, dass Pauline den Mann «George Chester» genannt hatte. Möglich, dass er tatsächlich so hieß, aber für Pauline doch eher untypisch – und ein solcher Name tauchte in den Telefonbüchern der Stadtbezirke von New York City und der Vororte nicht auf. Sie hatte auch die Werbebranche erwähnt. So etwas konnte alles und nichts bedeuten. Das traf ja auf fast jeden zu.

Sie hatten ein Lokal namens Gil's in der Third Avenue besucht, das aus irgendwelchen Gründen an eine archäologische Ausgrabung erinnerte. Das klang authentisch. Diesen Ort würde man ohne Schwierigkeiten ausfindig machen.

Anschließend hatten sie einen Antiquitätenladen an der gleichen Straße besucht, und dort hat der Mann ein Bild gekauft; er hat gegen eine Frau geboten, die zur gleichen Zeit vorbeischaute. Auch diesen Laden dürfte man identifizieren können, vielleicht konnte der Besitzer ja mit Hinweisen dienen. Im Bild spielten Hände eine Rolle. Titel oder Motiv hatten etwas mit Judas zu tun. Und der Künstler hieß Patterson. Die Leinwand hatte ausgesehen, als habe man sie gerade erst aus dem Müll gezogen. Anschließend haben die beiden noch die Cocktail-Bar des Van Barth besucht. Auch dort dürfte etwas über unseren Herrn herauszubringen sein. Bestimmt hatte er das Bild dabei. Womöglich hat er es dort sogar genauer inspiziert.

Am ergiebigsten dürfte der Laden werden. Dort werden die Kunden das übliche sinnlose Gefasel über Bilder von sich gegeben haben. Und selbst wenn der Händler weder den Mann noch die andere Kundin gekannt haben sollte, dürfte er genug gehört haben, um neue Hinweise auf unseren Kasper zu liefern. Allein schon die Tatsache, dass der Kerl den Laden aufgesucht und dort nichts Besseres gefunden hat als diesen Lappen, der in den erstbesten Müllschlucker gehörte, gab unserem Mann ein persönliches Profil. Ich sagte: «Was für ein Mensch würde so etwas tun – ein Rattenloch aufsuchen und dort einen solchen Dreck kaufen?»

«Ich weiß es nicht. Verdammt, ich selbst könnte so etwas tun, wenn mir danach ist.»

«Nun, mir wäre nie danach. Aber hier öffnet sich noch ein weiterer Strang. Gewiss finden wir Hinweise auf den Künstler. Vermutlich sogar in unserem eigenen Archiv. Denkbar, dass unser Gesuchter zu den großen Bewunderern dieses Künstlers zählt, wer immer das auch sein mag. Also finden wir Patterson und lassen uns die Geschichte dieses speziellen Bildes erzählen. Zwei Hände. Ein Kinderspiel! Solche Bilder dürfte man zu Tausenden, ja zu Millionen in New York finden, aber wenn man es genau nimmt, wurde jedes dieser Bilder auch von anderen Leuten betrachtet, nicht nur vom Maler selbst. Also wird es jemand auch wiedererkennen, wenn die Beschreibung stimmt. Und dann können wir es zum gegenwärtigen Besitzer zurückverfolgen.»

Inzwischen hatte Earl sich von seinem ersten Schrecken erholt. Gesicht, Gesten und Stimme – beinahe war er schon wieder der Alte. «Aber wie finden wir diesen Mann, bevor die Polizei ihn fasst?», fragte er.

«Wofür haben wir denn zweitausend Mitarbeiter?»

«Ja, natürlich. Aber heißt das nicht ... schließlich ... wird das mich nicht noch verdächtiger machen?»

Ich hatte bereits darüber nachgedacht, wie man die Firma einbinden könnte, ohne auf den Tod von Pauline einzugehen.

«Nein. Das ließe sich umgehen.»

Er dachte eine Weile darüber nach. Dann sagte er: «Warum solltest du das tun? Warum riskierst du deinen Hals? Das ist eine ernste Angelegenheit.»

Ich kannte ihn so gut, dass ich genau diese Worte vorausgeahnt hatte.

«Das habe ich doch früher auch schon getan, nicht wahr? Und mehr.»

«Richtig. Ich weiß. Ich habe wirklich eine üble Art, Freundschaft zu erwidern. Scheint so, dass ich immer mehr davon in Anspruch nehme. Größere Risiken. Größere Opfer.»

«Zerbrich dir meinetwegen nicht den Kopf. Schließlich bist du es, der in der Klemme steckt.»

«Hoffentlich ziehe ich dich nicht mit hinein. Aber die Gefahr besteht, wenn du mir ein Alibi gibst und diese Suche nach dem Unbekannten leitest.»

«Ich werde die Suche nicht leiten. Wir brauchen jemand anderen. Ich halte mich bedeckt.»

Denn mir war klar, dass Earl selbst uns die größten Kopfschmerzen bereiten würde. Deshalb musste ich die erste Hürde jetzt gleich nehmen.

«Vor allem möchte ich dich aus dieser ganzen Angelegenheit so weit als möglich heraushalten. Meinst du nicht auch, dass das am klügsten wäre?» Er nickte, und ich fügte zögerlich hinzu, als sei es ein spontaner Einfall: «Und sobald wir unseren Komiker eingekreist haben, brauchen wir ohnehin ein ganz anderes Team, das sich um ihn kümmert.»

Earl hatte die dicken, haarigen Knöchel seiner Finger betrachtet und blickte nun auf. Niemals, auch im Moment größter Erschütterung nicht, hatte er sein heiteres Wesen verborgen. So dass ich mich fragte, ob er diese Frau nicht womöglich mit einem Lächeln auf den Lippen erschlagen hatte. Bestimmt war es so gewesen.

In seinem langsamen, ein wenig weltfremden Hirn köchelte schließlich eine Frage hoch. «Nur am Rande: Was passiert eigentlich, wenn wir die Person entdeckt haben?»

«Kommt drauf an. Falls er dich erkannt hat, könnte er direkt zur Polizei gehen. In dem Fall bleibt unser Alibi bestehen, und die Linie lautet: Er behauptet, dich dort gesehen zu haben. Aber was hatte er selbst dort verloren? Dann ist er genauso verdächtig wie du. Oder noch viel verdächtiger. Denn wir wissen ja bereits, dass er einen großen Teil des Abends mit Pauline verbracht hat.»

Earls große runde Glotzaugen schauten mich verständnislos an, dann erwachten sie zum Leben. «Bei Gott, Steve. Ich frage mich ... nein. Natürlich willst du ihn damit nur einschüchtern.»

Ich erwiderte: «Drücken wir es so aus. Landet der Fall vor Gericht und er besteht weiterhin auf seiner Zeugenaussage, dann folgen wir dieser Linie. Deine eigenen Schritte sind belegt, du warst bei mir. Was aber hatte er dort zu suchen? So dies und dass ...? Alles, was wir schon vorab über ihn herausfinden konnten. Eine Anklage gegen dich wäre haltlos.»

Earl ahnte, dass ich etwas Wichtiges ausgelassen hatte, und sein Verstand setzte sich allmählich in Bewegung, um das herauszufinden. Ich wartete, während er grübelte, und wusste, er würde es nicht verfehlen. Zunächst aber sagte er: «In Ordnung. Aber was, wenn er gar nicht zur Polizei geht? Was dann?»

Seine Hysterie wollte ich nicht noch weiter anfachen, er sollte sich nicht einmal aufregen, falls möglich. Ich gestand beiläufig: «Wenn wir ihn als Erste finden, müssen wir auf Nummer sicher gehen.»

«Gut. Und das heißt?»

Ich wand mich ein wenig: «Natürlich könnten wir ihn beschatten. Wir wüssten aber nie, was er tatsächlich gesehen hat oder nicht. Und natürlich könnten wir seine weiteren Schritte nicht voraussehen.»

«Und? Das leuchtet mir ein.»

«Gut. Also was soll man mit einem solchen Mann anfangen? Er bedroht deine Sicherheit, deine Stellung, deinen Platz in der Welt. Er bedroht sogar dein Leben! Kannst du dich mit einer derart unerträglichen Lage abfinden?»

Earl warf mir einen langen, fragenden, angewiderten und beinahe erschrockenen Blick zu.

«Ich mag das nicht», sagte er schroff. «Es hat bereits einen Unfall gegeben. Ich wünsche keinen zweiten. Nein. Nicht, wenn es das ist, was du meinst.»

«Es ist das, was ich meine.»

«Nein. Ich bin immer noch ein Mensch.»

«Tatsächlich? Millionen von Dollar stehen auf dem Spiel, alles wegen deiner unkontrollierten Wut und deiner gottverdammten Dummheit. Deiner, deiner – nicht meiner! Du willst also nicht nur ein Idiot sein, sondern auch noch ein Feigling?»

Mit zitternden Händen suchte er eine Zigarre, fand sie, zündete sie mit meiner Hilfe an. Schließlich gab er ein heiseres Krächzen von sich: «Ich will nicht, dass ein Mann kaltblütig ermordet wird.» Und als ob er meine Gedanken erraten hätte, fügte er hinzu: «Und daran auch nicht beteiligt sein.»

Ich redete ihm vernünftig zu: «Ich verstehe dich nicht. Du weißt doch, in was für einer Welt wir leben. Du warst immer ein sehr verlässlicher Teil davon. Und du weißt genau, was jeder bei Devers & Blair, Jennett-Donohue oder Beacon oder wie diese Häuser heißen mögen, dir mit Sicherheit antun würde, wenn sich bei Nacht eine Gelegenheit böte, auf einen Knopf zu drücken ...»

«Nein. Das täte ich auch nicht. Und ich glaube nicht, dass sie es tun würden.»

Natürlich war er im Irrtum, aber mit einem mittelalten Kindskopf war jede Debatte zwecklos. Morgen, das wusste ich, würde er die Sache in ihrem wahren Licht betrachten.

«Nun gut, dazu muss es ja gar nicht kommen. Nur ein Vorschlag. Aber warum bist du so besorgt? Du und ich haben schon mitangesehen, wie ähnliche Dinge passiert sind, und wir haben allerhand ähnliche Taten schon für sehr viel weniger Geld in die Wege geleitet. Warum jetzt so empfindsam?»

Er schien an etwas zu würgen.

«Sind wir jemals so weit gegangen?»

«Du warst bisher nie persönlich in dieser Lage. Nicht wahr?»

Jetzt war er wirklich totenbleich. Er brachte kein Wort mehr heraus. Wir würden ihn weiß Gott mit Adleraugen überwachen und rund um die Uhr bemuttern müssen. «Darf ich dir eine Frage stellen, Earl? Bist du wirklich willens, dich ins Gefängnis zurückzuziehen und deine Memoiren zu schreiben, um der Moral willen? Oder willst du stark sein und ein Mann sein unter Männern, deine Pflichten erfüllen und deinen Lohn erringen?» Ich mochte Earl mehr als jeden Menschen auf Erden, meine Mutter ausgenommen, ich liebte ihn wirklich, deshalb musste ich uns beide aus dieser Klemme hinauslotsen, um jeden Preis. «Nein, wir sind nie zuvor so weit gegangen. Und solange wir unseren Verstand gebrauchen, werden wir auch niemals wieder so weit gehen müssen.»

Abwesend saugte Earl an seiner Zigarre. «Tod durch Armut, Hunger, Krankheiten, Kriege ... ich glaube, an diesen großen Plagen trägt kein Mensch eine Verantwortung, auch wenn ich persönlich immer gegen all diese Übel angekämpft habe, in Zeitschriften, die dem Auslöschen dieser Schrecken geweiht waren, den einzelnen und manchmal auch allen zusammen. Doch ein einzelner Tod, der Tod eines ganz bestimmten Individuums. Das ist etwas ganz anderes.»

Er war auf das intellektuelle Maß unserer Autoren geschrumpft, ein seltsamer Vorgang, den ich früher schon einmal beobachtet hatte. Ich wagte mich vor: «Vielleicht können wir auch auf einfachere Weise reüssieren. Trotzdem steht mehr auf dem Spiel als deine persönliche Moral, deine philosophischen Ansichten oder dein individuelles Schicksal. Die ganze verdammte Firma steht auf dem Spiel. Wirst du weggewischt, ist die Firma am Ende. Wenn du verlierst, ist auch die Truppe verloren. Eine dreckige Schlammlawine wird dann den Markt überschwemmen.»

Earl erhob sich und schlurfte durchs Zimmer. Es dauerte lange, ehe er mir antwortete.

«Ich bin ersetzbar, Steve. Ich bin nur ein Rädchen im Getriebe. Ein gutes, ich weiß, aber trotzdem nur ein Rädchen.»

Das klang schon besser. Das lag näher an der Wahrheit. Ich erwiderte, da ich ihn kannte: «Ja, aber wenn du zerbrichst, zerbrechen auch viele andere. Wann immer ein so großes Zahnrad zu Bruch geht – und genau das könnte passieren –, werden verdammt viele unschuldige Leute, ihre Pläne, ihre Familien, ihre Träume und Hoffnungen, die Zukunft ihrer

Kinder ... alles wird zermalen und zerbrochen. Auch ich selbst, zum Beispiel.»

Er warf mir einen raschen Blick zu. Und ich hatte darauf gesetzt, dass es ihm um den größten Nutzen für die größtmögliche Anzahl Menschen ging. Nach einem langen, unendlich langen Schweigen redete er weiter, und jetzt wusste ich, dass er im Herzen wieder kerngesund war.

«Nun, in Ordnung», sagte er. «Ich verstehe, Steve. Ich denke, was sein muss, muss sein.»

GEORGE STROUD VI

Das Widerwärtige eines Montagmorgens ist der große Nenner, der die Welt zusammenhält. Diese Empfindung teilt der Millionär mit dem Tagelöhner, denn etwas Schlimmeres gibt es nicht.

Immerhin lag ich nur fünfzehn Minuten hinter dem Zeiger der großen Uhr zurück, als ich am Frühstückstisch Platz nahm und die Bemerkung fallen ließ, dass die Backpflaumen zum heutigen Frühstück ziemlich rasant aus den winzigen Rosinen im Kuchen vom Vortag hervorgequollen wären. Der Tisch vibrierte unter dem rhythmischen Trommelwirbel, den Georgias Füße veranstalteten. Wieder einmal stellte ich fest, dass ein Kind beim Milchtrinken den gleichen leeren, zufriedenen Ausdruck im Gesicht trägt wie die wohlgenährte Kuh, von der die Milch stammt. Da gibt es eine wirkliche Geistesverwandtschaft.

Jedenfalls war es ein schöner sonniger Morgen, wie im wahren Frühling, einem ewigen Frühling. Ich setzte gerade meine zweite Tasse Kaffee an die Lippen und dachte über die diesjährige Gartengestaltung nach, als Georgette sagte: «George, hast du schon die Zeitung gesehen? Da steht etwas Schreckliches über eine Frau, die wir bei Janoth getroffen haben. Glaube ich jedenfalls.»

Sie wartete, während ich zum Blatt griff. Ich musste nicht lange suchen. Man hatte Pauline Delos tot aufgefunden, ermordet. Es war der Hauptbeitrag auf Seite eins.

Ich verstand das nicht und glaubte es nicht und las die Überschriften zweimal. Das Bild aber zeigte Pauline.

Im Artikel hieß es, man habe ihren Leichnam am Sonntagabend entdeckt, der Tod sei vermutlich am Vorabend gegen zweiundzwanzig Uhr eingetreten. Am Samstag. Um diese Uhrzeit hatte ich mich von ihr verabschiedet.

«Ist sie es nicht?», fragte Georgette.

«Ja», sagte ich. «Ja.»

Man hatte sie mit einer schweren Glaskaraffe erschlagen. Verhaftungen gab es noch keine. Ihre engsten Freunde wurden befragt; zu ihnen zählte auch Earl Janoth, hieß es im Bericht, der Verleger habe allerdings mehrere Tage keinen Kontakt zu ihr gehabt. Er selbst habe den Abend mit Bekannten beim Dinner verbracht und habe dann einige Stunden lang Geschäftliches mit einem Partner besprochen.

«Eine schreckliche Geschichte, nicht wahr?», sagte Georgette.

«Ja.»

«Möchtest du deinen Kaffee nicht austrinken? George?»

«Ja?»

«Am besten, du trinkst deinen Kaffee, und dann fahre ich dich zum Bahnhof.»

«Ja. In Ordnung.»

«Ist etwas?»

«Nein, natürlich nicht.»

«Um Gottes willen. Schau doch nicht so grimmig drein.»

Ich lächelte.

«Übrigens», fuhr sie fort, «habe ich noch gar nicht erwähnt, dass mir das neue Bild gefällt, das du mitgebracht hast. Das mit den zwei Händen. Aber es ist in einem verheerenden Zustand, nicht wahr?»

«Ja, das stimmt.»

«Es ist wieder ein Patterson, oder?»

Hunderte von Alarmglocken schrillten in meinem Inneren.

«Nun, mag sein.»

«Um Himmels willen, George, sei doch nicht so einsilbig! Fällt dir nicht mehr ein als ‹Ja›, ‹Nein›, ‹Vielleicht›? Ist irgendetwas?»

«Nein. Nichts Besonderes.»

«Woher hast du das neue Bild?»

«Also, ich habe es einfach irgendwo entdeckt.»

Ich war mir ganz sicher, dass ich beobachtet hatte, wie Earl das Gebäude am Samstag gegen zweiundzwanzig Uhr betrat.

Sie lebte noch, als die beiden hineingingen. Und jetzt behauptete er, die beiden hätten sich seit Tagen nicht gesehen. Warum? Es konnte nur eine Erklärung geben.

Aber hatte er mich erkannt?

Ob erkannt oder nicht, wo stand ich gerade? In diese Sache hineingezogen zu werden brächte mich schlagartig in ein grelles, unbarmherziges Scheinwerferlicht. Und das bedeutete, nebenbei, Georgette und Georgia zu vernichten, mein Heim, mein Leben.

Zudem steckte ich dann mitten in einem Mordfall. Und das behagte mir überhaupt nicht. Nichts könnte Janoth gelegener kommen.

Und doch musste er eigentlich wissen, dass jemand ihn dort gesehen hatte. Oder glaubte er nicht daran?

«George.»

«Ja.»

«Ich habe dich gefragt, ob du etwas über diese Pauline Delos weißt.»

«Nur sehr wenig.»

«Oh Gott. Also heute Morgen bist du wirklich nicht sehr gesprächig.»

Ich lächelte wieder, schüttete den restlichen Kaffee hinunter und erklärte: «Es ist schon ein elendes Geschäft, nicht wahr?»

Irgendwie packte Georgia ihre Schulsachen zusammen, und irgendwie gelangte ich zum Bahnhof. Im Zug Richtung City las ich alle Zeitungen und prägte mir ein, was über den Todesfall bekannt war, ohne dabei etwas wirklich Neues zu erfahren.

Im Verlag begab ich mich direkt in mein Büro, und im gleichen Augenblick meldete meine Sekretärin, Steve Hagen habe sich nach mir erkundigt und bitte mich umgehend zu sich.

Sofort eilte ich in die 32. Etage.

Hagen war ein kleiner dunkler Mann mit harten Zügen, dessen Seele der Blitz versengt hatte, zu seiner Freude. Seine Mutter wachte über das Geld einer Bank, sein Vater war ein großes Rad in der Maschinerie der internationalen Geschäftswelt. Ich wusste, dass er Janoth gegenüber beinahe so loyal war wie zu sich selbst.

Nachdem wir uns begrüßt und ein paar Höflichkeiten ausgetauscht hatten, bat er mich, einen ganz speziellen Auftrag zu übernehmen.

«Was immer Sie da unten gerade im Feuer haben», sagte er, «legen Sie es beiseite. Das hier ist wichtiger. Arbeiten Sie momentan an etwas Speziellem?»

«Nein, nichts.» Und dann, weil es sich wohl kaum umgehen ließ, sagte ich noch: «Ich habe übrigens gerade von der Sache mit Pauline Delos gelesen. Wirklich verdammt schlimm. Haben Sie eine Vorstellung ...?»

Steve reagierte kurz und kühl. «Ja, schlimm, aber ich habe keine Ahnung.»

«Ich nehme an, Earl geht es, nun ...»

«Ja. Aber ich weiß darüber nicht wirklich mehr als Sie.»

Er blickte auf seinen Schreibtisch und auf einige Notizblätter. Er schob sie zusammen, überflog sie und wandte sich wieder an mich. Und schwieg, wie um anzudeuten, dass wir nun mit der Arbeit beginnen würden.

«Wir haben einen Auftrag übernommen, nicht schwierig, aber delikat, und es scheint, als seien Sie der beste Mann im Team, um die Angelegenheit zu leiten.» Ich schaute ihn abwartend an, und er fuhr fort. «Im Kern geht es um Folgendes: Wir wollen jemanden ausfindig machen, den wir nicht kennen. Es ist so eine Art Vermisstensuche.» Wieder zögerte er, und da ich weiterhin schwieg, fragte er: «Wäre Ihnen das recht?»

«Aber natürlich. Um wen geht es?»

«Wir wissen es nicht.»

«Aber?»

Er wühlte in seinen Notizen.

«Die gesuchte Person hat am letzten Samstag abends ein Bar-Restaurant namens Gil's besucht. Der Mann war in Begleitung einer auffallend blonden Dame, ebenfalls nicht näher bekannt. Später begaben sie sich in einen Antiquitätenladen an der Third Avenue. Also, wohl in mehrere. In einem davon hat der Mann ein Bild gekauft, das *Judas* heißt oder so ähnlich. Er hat das Bild gekauft und dabei eine andere Kundin überboten, eine Dame, die ebenfalls an dem Bild interessiert war. Das Bild stammte von einer Künstlerin namens Patterson. Laut Archiv» – und Steve Hagen schob einen Umschlag aus unserer eigenen Kartei zu mir herüber – «war diese Louise Patterson vor zehn oder zwölf Jahren ziemlich bekannt. Sie können sich das alles selbst durchlesen. Das Bild, das dieser Mann gekauft hat, zeigt, glaube ich, zwei Hände und befand sich in schlechtem Zustand. Keine Ahnung, was er dafür bezahlt hat. Später haben er und seine Begleiterin dann die Cocktail-Bar des Van Barth besucht und ein paar Drinks bestellt. Möglicherweise hat er sich das Bild dort angeschaut, oder er hatte es zumindest dabei.»

Nein, hatte ich nicht. Ich hatte es im Auto liegenlassen. Steve hielt inne und blickte mich an. Meine Zunge war plötzlich wie Schmirgelpapier. Ich frage: «Warum suchen Sie diesen Mann?»

Steve verschränkte die Hände hinter dem Nacken und starrte ins Leere, durchs große klare Fenster der 32. Etage. Von hier aus konnten wir die Landschaften von New York und New Jersey wohl auf hundert Meilen überblicken.

Als er sich wieder zu mir umwandte, wirkte er wie ein Selbstporträt der Aufrichtigkeit in Person. Selbst seine Stimme klang wie die phonographische Reproduktion eines vertrauten Freundes.

«Offen gestanden wissen wir das selbst nicht.»

«Sie müssen doch eine Vorstellung haben. Warum sonst dieser Aufwand?»

«Ja, wir haben eine Vorstellung. Aber nichts Handfestes. Wir glauben, der Gesuchte ist eine wichtige Figur, nein, überhaupt die zentrale Figur in einer Verschwörung innerhalb der Geschäftswelt und Politik. Die inzwischen gewaltige Ausmaße angenommen hat. Unser Zielobjekt ist nicht zwangsläufig eine bedeutende Persönlichkeit, aber wir haben Grund zu der Annahme, dass er als Bindeglied zwischen einem Industrie-Syndikat und einer politischen Organisation fungiert. Dass er also derjenige ist, der die gesamte Konstruktion überblickt. Wir glauben, die Lage komplett beurteilen zu können, wenn wir ihn gefunden haben.»

Also war Earl sofort zu Hagen gegangen. Hagen war demnach der Geschäftspartner, der das Alibi lieferte. Was aber wollten sie von George Stroud?

Jetzt lag auf der Hand, dass Earl wusste, dass man ihn gesehen hatte, und dass er fürchtete, erkannt worden zu sein. Ich konnte mir ausmalen, wie er sich fühlte.

«Ziemlich vage, Steve», sagte ich. «Können Sie mir nicht weitere Details nennen?»

«Nein. Sie haben recht, es ist vage. Unsere Informationen beruhen einzig und allein auf Gerüchten und Hinweisen und gewissen, nun, auffälligen Koinzidenzen. Sobald wir unseren Mann identifiziert haben, halten wir zum ersten Mal etwas Verlässliches in Händen.»

«Was springt dabei raus? Eine Story für *Crimeways*?»

Hagen schien gründlich über diese Frage nachzudenken. Schließlich erwiderte er, erkennbar zögerlich: «Ich glaube nicht. Im Moment weiß ich noch gar nicht, wie wir uns zu den Fakten stellen werden, wenn sie uns endlich vorliegen. Vielleicht wird daraus am Ende eine große Geschichte in einer unserer Zeitschriften. Oder wir entscheiden uns, einen ganz anderen Gebrauch davon zu machen. Das ist noch in der Schwebe.»

Ich entwickelte die schattenhaften Umrisse einer Theorie. Und probierte sie aus.

«Wer sonst ist daran beteiligt? Werden wir mit irgendjemandem kooperieren? Der Polizei zum Beispiel?»

Vorsichtig, und mit Bedauern, erläuterte mir Steve: «Auf gar keinen Fall. Das ist unsere Geschichte, exklusiv. So muss es bleiben. Natürlich dürfen Sie sich an die Behörden wenden, um Erkundigungen einzuholen. Sie sammeln Informationen, geben aber keine weiter. Haben Sie das vollkommen verstanden?»

Allmählich verstand ich. «Vollkommen.»

«Also, glauben Sie, dass Sie ganz schnell ein Team zusammenbekommen, so groß, wie es Ihnen nötig erscheint, und diese Person ausfindig machen? Einen Hinweis kann ich Ihnen noch geben: Der Mann könnte George Chester heißen, von durchschnittlicher Größe und Statur, Gewicht zwischen 60 und 80 Kilo. Kann sein, dass er in der Werbebranche tätig ist. Am aussichtsreichsten ist aber dieser Schuppen namens Gil's, dann der Laden, wo er das Bild gekauft hat, vielleicht auch die Künstlerin selbst. Ich habe so eine Vorahnung, dass uns allein schon das Bild auf die richtige Spur setzen wird.»

«Das ist nicht auszuschließen», bestätigte ich.

«Wir brauchen diesen Kerl ziemlich schnell. Können Sie das übernehmen?»

Wenn ich Nein sagte, übernähme ein anderer. Ich musste es selbst tun.

«Ich habe ähnliche Aufträge ja auch früher schon erledigt.»

«Genau. Deshalb wurden Sie auch ausgewählt.»

«Was tue ich, wenn ich die Person gefunden habe?»

«Nichts.» Steves Stimme klang freundlich, aber mit Nachdruck.

«Sie nennen mir nur seinen Namen und wo man ihn findet. Das ist alles.»

Mir war, als lehnte ich mich hier im 32. Stockwerk aus dem Fenster und starrte in die Straße hinab. Ich musste aber noch ein zweites Mal hinunterschauen.

«Was geschieht nach der Identifizierung? Wie sieht der nächste Schritt aus?»

«Das überlassen Sie mir.» Hagen blickte mir in die Augen, ruhig und kalt, und ich erwiderte den Blick. Was ich in seinen Augen las, ließ keinerlei Zweifel zu. Janoth wusste, in welcher Gefahr er schwebte, Hagen wusste das auch, und Hagen kannte buchstäblich keine Grenzen. Gar keine. Zudem war diese kleine Dynamitstange intelligent, er hatte seine eigenen Methoden, seine ganz persönlichen Mittel.

«Also, dieser Auftrag hat absoluten Vorrang vor allem anderen, George. Sie können auf die Redaktionen aller Zeitschriften zugreifen, jedes Büro einschalten, jeden Redakteur oder Korrespondenten, sämtliche Ressourcen, die uns zur Verfügung stehen. Und Sie tragen die Verantwortung.»

Ich erhob mich und griff nach meinen Notizen. Ich spürte den Druck, als steckte ich in einem Schraubstock. Ginge ich zur Polizei, wäre mein Privatleben ruiniert. Bekämen mich Hagen und seine speziellen Freunde in die Finger, drohte der Tod.

«In Ordnung, Steve», sagte ich. «Ich nehme an, ich habe unbeschränkte Vollmacht?»

«Die haben Sie. Kosten, Personal, alles.» Er deutete zum Fenster mit dem Ausblick auf über zehn Millionen Menschen. «Unser Mann ist irgendwo da draußen. Ein einfacher Job. Finden Sie ihn.»

Ich schaute ebenfalls hinaus. Dort unten lag ein weites Land. Eine eigene Nation innerhalb einer Nation. Wenn ich die richtigen Mitarbeiter auswählte, die Suche behinderte, wo es ging, sie in Sackgassen führte, wo das nötig wurde, und dort vorpreschte, wo kein Risiko bestand, könnte es sehr, sehr, sehr lange dauern, bis sie George Stroud gefunden hatten.

GEORGE STROUD VII

Ich hielt nicht viel davon, die kommenden Ausgaben unseres eigenen Hefts auf Eis zu legen, deshalb beschloss ich, falls nötig, die Last möglichst gleichmäßig zu verteilen.

Allerdings war ich entschlossen, Roy hinzuzuziehen. Bert Finch, Tony, Nat, Sydney und der Rest der Truppe würden uns beide nicht vermissen. Ich mochte Roy persönlich, vor allem aber war Verlass darauf, dass er reichlich Sand in jedes noch so kleine Getriebe streute. Auch auf Leon Temple konnte man zählen. Und auf Edward Orlin von *Futureways*, einen schwerfälligen, ziemlich hölzernen Feingeist, äußerst ungeeignet für den anstehenden Job. Er würde für George Stroud arbeiten, in einem höheren Sinne.

Ich berichtete Roy von dem neuen Auftrag, erläuterte ihm die Dringlichkeit, dann überließ ich es seiner Entscheidung. Ich brauchte einfach jemanden, der im Büro ständig die Fäden in der Hand hielt. Dies konnte und würde wahrscheinlich ein Rund-um-die-Uhr-Job werden. Was bedeutete, dass zwei Leute sich die Verantwortung teilen mussten.

Roy wirkte reserviert, aber neugierig und sogar ein wenig beeindruckt. «Das hat Vorrang vor allem anderen?»

Ich nickte.

«In Ordnung. Ich bin dabei. Womit fangen wir an?»

«Lassen Sie mich erst die Laufburschen auswählen. Dann sehen wir weiter.»

Eine Viertelstunde später war der Kern des Teams in meinem Büro versammelt. Neben Roy und Leon waren das insgesamt sieben Männer und zwei Frauen, die ich aus anderen Abteilungen und Zeitschriftenredaktionen abgezogen hatte. Edward Orlin, stämmig und dunkel und fett; Phillip Best von *Newsways*, eine kleine, spöttische, mit Locken besetzte

Enzyklopädie. Die beiden Frauen, Louella Metcalf und Janet Clark, standen für den Fall bereit, dass wir weibliche Unterstützung benötigten. Louella, von *The Sexes*, war ein kleines, ernstes und sehr ansprechendes Geschöpf, die hartnäckigste und offensichtlichste Lügnerin, der ich je begegnet bin. Janet war eine ziemlich einfach gestrickte, aber beflissene, etwas grobknochige Brünette, die zuletzt für *Homeways* gearbeitet hatte; sie brauchte die vierfache Zeit für jeden Auftrag, am Ende war das Resultat dann ganz passabel. Don Klausmeyer von *Personalities* und Mike Felch von *Fashions* waren ebenfalls an Bord, zudem je ein Kollege von *Commerce* und *Sportland* und ein Mitarbeiter aus der Rechnungsprüfung. Sie würden einen überzeugenden Start hinlegen.

Von jetzt an musste alles gut aussehen. Besser noch als gut. Perfekt. Ich hielt eine knappe, geschäftsmäßige Einführung.

«Man bittet Sie, eine ungewöhnliche und ziemlich befremdliche Aufgabe zu übernehmen», sagte ich. «Sie muss rasch erledigt werden und so verschwiegen wie möglich. Ich weiß, dass Sie das können.

Wir haben einen Blankoscheck, was die Ressourcen des Unternehmens betrifft. Falls Sie für einen speziellen Auftrag Hilfe benötigen, ganz gleich welcher Art, können Sie darauf zählen. Handelt es sich um eine Routineangelegenheit, gehen Sie einfach in die entsprechende Abteilung. Handelt es sich um etwas Spezielles, sprechen Sie mich oder Roy an; er übernimmt die Zuständigkeit, falls ich selbst einmal nicht vor Ort sein kann.

Wir suchen jemanden. Wir wissen nicht viel über diese Person – wer er ist, wo er wohnt. Wir kennen nicht einmal seinen Namen. Der Name könnte George Chester lauten, aber das ist eher zweifelhaft. Möglicherweise ist er in der Werbebranche – und das wird Ihr Auftrag sein, Harry.» Ich wandte mich an Harry Slater, den Kollegen von *Commerce*. «Sie werden die Werbeagenturen unter die Lupe nehmen, die Clubs, falls nötig auch die Werbeabteilungen zunächst der innerstädtischen Zeitungen und Magazine, anschließend die der Zeitungen im

Umland. Falls Sie tatsächlich außerhalb der Stadt recherchieren müssen, benötigen Sie sicherlich ein Dutzend weiterer Helfer. Sie übernehmen die komplette Verantwortung für diesen Part der Suche.»

Mit Harrys Nachforschungen war man auf der sicheren Seite, sie durften ruhig eindrucksvoll ausfallen. Ich fügte also hinzu: «Schalten Sie so viele Mitarbeiter ein wie nötig. Und melden Sie sich regelmäßig, um neue Informationen über unseren Mann zu erhalten, die Stück für Stück von den verschiedenen Rechercheteams eintreffen dürften, die parallel an der Sache dran sind. Und das gilt für Sie alle.

Wir sind nicht nur ahnungslos, was den echten Namen dieses Mannes betrifft oder wo er wohnt – und das wird Ihre Aufgabe sein, Alvin.» Gemeint war Alvin Dealey, aus der Rechnungsprüfung. «Durchsuchen Sie alle Grundbucheinträge dieser Gegend, Steuerakten, die Unterlagen der Versorgungsbetriebe und alle Telefonbücher von Städten im Umkreis von, sagen wir, drei- oder vierhundert Meilen nach einem George Chester – oder nach anderen Namen, die wir Ihnen nennen werden. Spannen Sie so viele Helfer ein, wie Sie für nötig halten.

Wie schon erwähnt, fehlt uns nicht nur der Name oder die Adresse dieses Mannes, wir haben auch keine echte Personenbeschreibung. Und wissen nur, dass er von durchschnittlicher Größe ist, von durchschnittlicher Statur, vielleicht zwischen 60 und 80 Kilo.

Aber immerhin haben wir ein paar Fakten. Offenbar ist er ein Stammgast in einem Lokal an der Third Avenue namens Gil's. Hier eine Beschreibung.» Ich schilderte den Ort, hielt mich dabei aber strikt an die Angaben von Steve Hagen. «Unser Mann hat das Lokal am vergangenen Samstagabend besucht. An diesem Tag war er in Begleitung einer Frau, die als gutaussehende Blondine beschrieben wird. Vermutlich verkehrt er dort regelmäßig. Das ist Ihre Aufgabe, Ed. Sie werden dieses Restaurant, diesen Nachtclub, Saloon oder was auch immer ausfindig machen und dann vor Ort bleiben, bis unser Mann dort aufkreuzt.» Ed Orlins dunkle und ziemlich schlaffe

Gesichtszüge verrieten einen kurzen Augenblick lang Erstaunen und Missbilligung.

«Am gleichen Abend hat unser Kandidat einen Antiquitätenladen betreten, ebenfalls an der Third Avenue. Tatsächlich war er in mehreren, uns geht es aber um einen ganz bestimmten, der unschwer zu finden sein dürfte. Sie werden ihn finden, Phil. Denn der Knabe, nach dem wir suchen, hat dort ein Bild gekauft, ungerahmt, und er hat es gekauft, indem er das Angebot einer Kundin überboten hat.» Ich wich keinen Millimeter von Steves Notizen ab. «Das Gemälde stammt von einer Künstlerin namens Louise Patterson, es zeigt zwei Hände, befand sich in schlechtem Zustand und der Titel oder das Motiv haben irgendetwas mit Judas zu tun. Der Händler wird sich bestimmt an diesen Vorfall erinnern. Von ihm werden Sie eine verlässliche Beschreibung unseres Mannes erhalten. Vielleicht kennt er ihn sogar und kann uns seinen wahren Namen verraten.»

«Don, hier ist unsere Archivakte über diese Louise Patterson. Möglich, dass sich der Weg des Bildes von der Künstlerin zum Händler und von ihm zu unserem Unbekannten rekonstruieren lässt. Informieren Sie sich über Patterson, und falls sie verstorben ist, besuchen Sie ihre Freunde. Irgendjemand wird sich an das Bild erinnern, weiß, was daraus geworden ist, kennt vielleicht sogar den heutigen Besitzer. Finden Sie es heraus.» Ganz plötzlich wurde mir elend bei dem furchtbaren Gedanken, dass ich dieses Bild beseitigen musste. «Vielleicht ist unser Kandidat ein Kunstsammler, womöglich ein Patterson-Fan.»

«Leon, Sie und Janet begeben sich in die Bar des Van Barth, wo die blonde Dame mit dem gleichen Herrn am gleichen Abend gewesen ist. Dort hatte er das Bild dabei, hat es vielleicht sogar ausgerollt. Finden Sie es heraus. Befragen Sie die Barkeeper, die Garderobenfrauen, sammeln Sie alle Hinweise auf unseren Mann, und dann bleiben Sie wohl am besten vor Ort und warten, dass er auftaucht, denn höchstwahrscheinlich ist er dort Stammgast, ähnlich wie im Gil's. Kann sein, dass Sie mehrere Tage auf ihn warten müssen, deshalb werden Louella und Dick Englund sie ablösen.»

Leon und Janet schienen es nicht so eilig zu haben mit der Ablösung, während Louella und Dick sichtlich strahlten. Mir war es fast ein Vergnügen, so großzügig aufzutreten. Ich wünschte ihnen viele frohe Stunden, in denen sie mich erwarteten.

«Das ist so ziemlich alles, was ich Ihnen heute dazu sagen kann», schloss ich. «Sind Ihnen allen die unmittelbaren Aufträge klar?» Die Jäger des George Stroud schienen verstanden zu haben, jedenfalls erwiderte niemand etwas. «Haben Sie noch irgendwelche Fragen?»

Edward Orlin hatte eine. «Warum suchen wir eigentlich nach diesem Mann?»

«Soviel ich weiß», antwortete ich, «ist er in einen der größten Wirtschafts- und Politikskandale der Geschichte verstrickt. Er ist eine Art Mittelsmann, und wir brauchen ihn, um die Verschwörung aufzudecken. Unser Mann ist der Kontaktmann.»

Ed Orlin nahm die Erklärung entgegen und zog sich hinter eine Mauer der Nachdenklichkeit zurück, um alles durchzukauen und zu verdauen. Alvin Dealey fragte besorgt: «Inwieweit dürfen wir die Polizei bei der Suche nach Informationen hinzuziehen?»

«Sie können dort Fragen stellen, dürfen ihnen aber nicht das Geringste verraten», konstatierte ich knapp. «Es ist vor allem unsere Story, und so soll es auch bleiben. Und zweitens gibt es ja, wie gesagt, eine Verbindung in die Politik. Die Maschinerie der Polizei mag ja auf der einen Seite, unserer Seite, ganz verlässlich sein, aber in die andere Seite der Maschine haben wir keinen Einblick, und wir kontrollieren sie auch nicht. Ist das klar?»

Alvin nickte. Und dann durchschnitt die beinahe weibliche Stimme des scharfsinnigen Phillip Best die Stille. «Alle geschilderten Umstände betreffen den vergangenen Samstag», sagte er. «An jenem Abend wurde Pauline Delos ermordet. Jeder hier weiß, was das bedeutet. Gibt es eine Verbindung?»

«Jedenfalls keine, die mir bekannt wäre, Phil», antwortete ich. «Es handelt sich ausschließlich um einen Big-Business-Skandal, dem Hagen und ein paar andere seit einiger Zeit auf der Spur sind. Und jetzt ist eben die Zeit reif dafür.» Ich hielt einen Moment inne, um diese ziemlich dürftige Logik wirken zu lassen. «Soweit ich weiß, hält Earl an dieser Story fest, ganz unabhängig von der üblen Geschichte am vorigen Samstagabend.»

Phils kleine graue Augen leuchteten hinter seiner randlosen Brille. «Es ist eben nur ein erstaunlicher Zufall», sagte er. Ich nahm das unwidersprochen hin, und er fügte hinzu: «Soll ich mich auch nach der Dame erkundigen, die den Mann begleitet hat?»

«Das werden Sie alle tun müssen.» Ich wusste schon jetzt, was dabei herauskommen würde. Und doch spielte mir auch hier jede Verzögerung in die Karten, und ich ermahnte sie nachdrücklich: «Allerdings suchen wir weder nach dieser Frau noch nach irgendeiner dritten Person. Es geht um den Mann, nur um den Mann.»

Ich blickte sie alle nacheinander an, um ihre Reaktionen einzuschätzen. Soweit ich es sehen konnte, akzeptierten sie meine Geschichte. Und vor allem glaubten sie meinen Beteuerungen und meiner Entschlossenheit.

«In Ordnung», resümierte ich. «Wenn es keine weiteren Fragen mehr gibt, schlage ich vor, ihr Geistesvagabunden verzieht euch schleunigst und macht euch an die Arbeit.» Während sie sich erhoben, noch einen Blick auf ihre Notizen warfen und diese einsteckten, fügte ich hinzu: «Und vergessen Sie nicht, Meldung zu erstatten, entweder persönlich oder telefonisch. Bald, und häufig. Entweder bei Roy oder bei mir selbst.»

Als alle bis auf Roy den Raum verlassen hatten, erhob auch er sich aus seinem Stuhl neben mir am Schreibtisch. Er ging vor dem Tisch auf und ab, dann zur gegenüberliegenden Wand, die Hände immer in den Taschen. Er lehnte sich an die Wand und starrte auf den Teppich. Dann sagte er: «Das ist eine verrückte Geschichte. Ich kann mir nicht helfen, aber irgendwie könnte Phil den Nagel auf den Kopf getroffen haben. Ich bin mir sicher, dass es da eine merkwürdige Verbindung gibt, vor allem weil dies alles am letzten Samstag passiert ist.»

Ich wartete ab und ließ mir nichts anmerken.

«Ich will damit nicht sagen, dass es eine Verbindung zu der schrecklichen Geschichte mit Pauline Delos gibt», fuhr er fort, sehr nachdenklich. «Natürlich gibt es die nicht. Das wäre ja ein wenig zu offensichtlich. Ich kann mir nicht helfen, aber irgendetwas muss letzte Woche Freitag oder Samstag vorgefallen sein, vielleicht während Janoth in Washington war oder einige Tage davor oder erst gestern, also Sonntag – irgendetwas, das erklären würde, warum wir genau jetzt nach diesem geheimnisvollen Kunstsammler suchen und in solcher Eile. Glauben Sie das nicht auch?»

«Klingt logisch», sagte ich.

«Das ist verdammt logisch. Es kann jedenfalls nicht schaden, einmal die Pressemeldungen der letzten zwei Wochen durchzugehen, vor allem der letzten fünf oder sechs Tage, und nach allem zu suchen, das Janoth betreffen könnte. Dieses Angebot von Jennett-Donohue zum Beispiel. Vielleicht planen sie tatsächlich, mit ihren Zeitschriften in unseren Revieren zu wildern. Das würde Earl schlimme Kopfschmerzen bereiten, oder etwas nicht?»

Roy war unbezahlbar. Und er gab sein Bestes.

«Sie könnten recht haben. Und trotzdem könnte es auch um etwas ganz anderes gehen, etwas Tieferes, nicht so Offensichtliches. Angenommen, Sie folgen dieser Spur? Aber gleichzeitig kann ich eben nur mit den Fakten arbeiten, die man mir genannt hat.»

Tatsächlich arbeitete ich gerade fieberhaft an einem noch schemenhaften Plan, einer zweiten Verteidigungslinie, sollte sie denn erforderlich werden. Es lief auf einen Gegenangriff hinaus. Käme es hart auf hart, gab es da nur ein Problem: Wie ließe sich Janoth mit dem Mord in Verbindung bringen – durch einen dritten, unabhängigen Zeugen oder durch Indizien, die nicht auf mich selbst wiesen? Irgendwo auf diesem folgenreichen Abstecher hatte man vielleicht sein Nummernschild notiert, er selbst war gesehen und erkannt worden. Sollte ich Feuer mit Feuer bekämpfen müssen, ließe sich eine Verbindung herstellen.

Aber dazu würde es ja nicht kommen. Die Gänge waren eingelegt, die Räder setzten sich zur Jagd auf mich in Bewegung, sie waren groß, sie liefen tadellos, Treibstoff war reichlich vorhanden – aber die Maschine war eben auch blind. Blind, unbeholfen, dumm. «Nein, Sie müssen mit den Fakten arbeiten, die man Ihnen genannt hat», bestätigte Roy. «Ich glaube aber, es wäre trotzdem nicht verkehrt, wenn ich meiner eigenen Fährte folgte. Ich schaue mal, ob uns bei den jüngsten politischen Entwicklungen nicht irgendetwas entgangen ist.»

Während ich ihn stillschweigend ermutigte, fiel mir plötzlich das Bild über seinem Kopf ins Auge. Mir war, als habe es plötzlich laut aufgeschrien.

Natürlich. Ich hatte vergessen, dass ich dort ein Bild von Patterson aufgehängt hatte, zwei Jahre war das her. Ich hatte es in den Lewis Galleries erstanden, zwei Gesichter im Profil, zu sehen waren nur Augenbrauen, Augen, Nasen, Lippen und das Kinn. Die beiden schauten einander an, ganz typisch für Patterson. Das eine Gesicht blickte gierig, das andere skeptisch. Ich glaube, sie hatte es *Studie über den Zorn* genannt.

Das Bild gehörte so fest zum Inventar meines Büros, dass ich es jetzt auf gar keinen Fall entfernen konnte. Doch während ich hinschaute und dann zur Seite blickte, begann ich allmählich die Ausmaße der Gefahr zu begreifen, die mich bedrohte. Es musste dort hängen bleiben, auch wenn jederzeit jemand eine Verbindung herstellen konnte. Und es durfte keine geben, überhaupt keine, egal wie harmlos.

«Ja», bestätigte ich Roy, mechanisch, denn ich spürte den Schock noch in Form feiner Schweißperlen. «Warum nicht? Wir könnten durchaus wichtige Veränderungen in Wirtschaft und Politik übersehen haben.»

«Ich denke, das wird die Sache vereinfachen», sagte er und bewegte sich wieder fort von der Wand, an der das Bild hing. «Vergessen Sie nicht, Janoth war am Wochenende in Washington. Ich persönlich glaube, dass es eine Verbindung zwischen dieser Reise und unserem eiligen Auftrag gibt.»

Gedankenverloren ließ Roy die Wand hinter sich, überquerte den dickflorigen Teppich und verschwand durch die Tür in sein eigenes Büro.

Als er fort war, blieb ich einen Augenblick sitzen und starrte das Ding an der Wand an. Früher hatte es mir immer gefallen.

Aber nein. Jetzt musste es dort hängen bleiben.

EDWARD ORLIN

Von außen wirkte Gil's Tavern wie eine Spelunke, und drinnen war es nicht besser. Was für ein Pech, dass ich nicht dem Van Barth zugeteilt wurde. Aber gut, das war nicht zu ändern.

Die Kneipe stand im Telefonbuch, der Weg war nicht einmal weit, bis dahin alles in Ordnung. Ich brauchte zu Fuß nur zwanzig Minuten.

Ich nahm mein Exemplar von *Krieg und Frieden* mit, das ich gerade zum zweiten Mal las; unterwegs entdeckte ich eine neue Ausgabe der *Creative Quarterly Review*, die kaufte ich mir.

Als ich dort eintraf, war es kurz nach eins, Zeit fürs Mittagessen, also gönnte ich mir etwas. Das Essen war fürchterlich. Aber es kam auf die Spesenrechnung, und nach dem Essen zog ich mein Notizbuch hervor und legte es auf den Tisch. Mittagessen ein Dollar fünfzig, Taxi ein Dollar. Ich zögerte einen Moment und fragte mich, was Stroud wohl tun würde, falls er jemals in eine solche Kaschemme geriete, dann fügte ich hinzu: vier Longdrinks, zwei Dollar.

Nachdem ich meinen Kaffee intus hatte und ein Stück Pastete, das wenigstens drei Tage alt war, schaute ich mich um. Das erinnerte schon irgendwie an die Funde einer archäologischen Expedition, in Ordnung. In den Ecken lag Sägemehl, und ein großer Kranz an der Wand hinter meinem Rücken stammte wohl vom letzten Gelage; vermutlich mit dem Spruch: UNSEREM KUMPEL ALLES ERDENKLICH GUTE.

Dann erst entdeckte ich die Bar am Ende des langgezogenen Raumes. Es war unglaublich. Es schien, als hätte man mit dem Bagger einen kompletten Schrottplatz aufgeladen und hier wieder ausgekippt. Ich sah Räder, Schwerter, Schaufeln, Blechdosen, Papierfetzen, Fahnen, Bilder, buchstäblich Hunderte und Aberhunderte dieser Dinge, Schrott, einfach nur Schrott.

Nachdem ich meine 85 Cent fürs Essen bezahlt hatte, ein kleiner Schwindel, ich spürte auch schon Verdauungsbeschwerden, kramte ich meinen Tolstoi hervor und die *Creative Quarterly* und begab mich zur Bar.

Je näher ich herankam, desto mehr von dem Schrott sah ich, einfach tausenderlei Dinge. Ich nahm Platz und bemerkte einen kräftigen Burschen im Hintergrund, um die fünfzig Jahre alt, mit abwesenden Augen. Er näherte sich der Theke, und ich stellte fest, dass seine Augen mich fixierten, aber nicht recht fokussiert waren. Sie wirkten wie schwache Glühbirnen in einem leeren Zimmer. Seine Sprache war ein wortloses Grunzen.

«Ein Bier», sagte ich. Mir fiel auf, dass er etwas davon verschüttete, als er das Glas vor mir abstellte. Sein Blick erschien mir geradezu grimmig. Das war seltsam, ging mich aber nichts an. Ich hatte zu arbeiten. «Sagen Sie mal, was haben Sie da alles aufgestapelt? Sieht aus wie nach einem Bombeneinschlag im Trödelladen.»

Er sagte erst einmal gar nichts, schaute mich nur an und wirkte über irgendetwas verärgert.

«Mein Privatmuseum», sagte er, kurz angebunden.

Das also war mit den Angaben auf meinem Zettel gemeint. Kein Zweifel, ich befand mich am richtigen Ort.

«Ganz ordentliche Sammlung», sagte ich. «Darf ich Ihnen einen spendieren?»

Bevor ich den Satz beendet hatte, stand schon eine Flasche auf der Theke. Scotch, und eine der besten Marken. Aber gut, der Auftrag erforderte das. Mir gleichgültig; ging auf die Spesenrechnung.

Das erste Glas, das er griff, fiel ihm aus der Hand, er ließ es liegen und hatte Mühe, das zweite zu füllen. Betrunken schien er mir aber nicht. Nur nervös.

«Zum Wohl», sagte er. Er hob das Glas, und fort war der Whisky, in fünf Sekunden, in weniger als fünf Sekunden, fast in einem Rutsch. Als er das Glas wieder abstellte und das Geld einsteckte, das ich auf den Tresen gelegt hatte, leckte er sich geräuschvoll die Lippen. «Der erste Whisky des Tages», sagte er. «Das ist immer der beste. Abgesehen vom letzten.»

Ich nippte an meinem Bier, und als er mir das Wechselgeld hinschob, er hatte für seinen eigenen Scotch 75 Cent berechnet, sagte ich: «Das ist also Ihr Privatmuseum. Was findet man da?»

Er wandte sich um und betrachtete die Sammlung, und seine Stimmung schien sich zu bessern.

«Alles. Sie sagen mir etwas, und ich bringe es. Außerdem handelt es von mir und meiner Familie.»

«Also eine Art versteinerte Autobiographie – ist es das?»

«Nein, einfach nur mein Privatmuseum. Habe die Erde sechsmal umrundet, und meine Vorfahren waren überall. Und noch weiter. Nennen Sie mir etwas, das ich nicht im Museum habe, und die Drinks gehen aufs Haus.»

Es war bizarr. Wie sollte ich jemals irgendeine Information aus diesem Knaben herausholen? Er war ein Idiot.

«Geht klar», sagte ich, um ihn bei Laune zu halten. «Zeigen Sie mir eine Lokomotive.»

Er murmelte irgendetwas in der Art von «Lokomotive? Wo steckt nur die Lokomotive?» Dann wühlte er hinter einem Football-Helm, einem ausgestopften Vogel, einer Schüssel voller ausländischer Münzen und allerlei anderem Krimskrams, den ich nur erahnen konnte, und als er sich wieder umdrehte, legte er mir eine Spielzeugeisenbahn auf den Tresen. «Diese Lok hier», gestand er, wobei er sie liebevoll streichelte und sich zu mir hinüberlehnte, «war das einzige Spielzeug, das das berühmte Feuer in der Third Avenue beim Straßenbahndepot vor fünfzig Jahren überlebt hat. Habe sie höchstpersönlich gerettet. Ich war sechs Jahre alt.»

Ich leerte mein Bierglas und starrte ihn an; keine Ahnung, ob er sich über mich lustig machen wollte oder ob er mehr als nur halb betrunken war und komplett den Verstand verloren hatte. Sollte es sich um Humor handeln, war er jedenfalls ziemlich abgeschmackt – die Art von kindlichem Slapstick, die mich kaltlässt. Warum nur durfte ich nicht das Van Barth übernehmen, wo ich zumindest in Ruhe und gemütlich zum Lesen gekommen wäre und ohne einen Schizophrenen befragen zu müssen, vermutlich einen mordlustigen.

«Sehr schön», sagte ich.

«Fährt sogar noch», versicherte er mir, zog sie ein Stück weit auf, setzte sie auf den Tresen und ließ sie dort ein wenig rollen. Die Lokomotive stoppte beim Aufprall auf die *Creative Review*. Er klang tatsächlich stolz. «Haben Sie gesehen? Fährt immer noch.»

Oh Gott, einfach unglaublich! Da könnte ich genauso gut im Büro herumsitzen. Der Irre stopfte das Spielzeug wieder hinter die Bar, wo die Feder des Motors noch eine Weile im Leerlauf summte, dann drehte er sich wortlos zu mir um und füllte unsere Gläser erneut – meines mit Bier und seines mit Scotch. Noch erstaunter war ich, als er seinen Drink hinunterkippte, zu mir zurückkehrte und dort stehenblieb, offensichtlich in Erwartung. Zur Hölle, verlangte dieser Knabe, dass ich ihm jedes Mal etwas spendierte? Nicht, dass es darauf angekommen wäre. Man musste ihn vermutlich bei Laune halten. Nachdem ich bezahlt hatte, inzwischen wirkte er geradezu freundlich, fragte er noch: «Sir, das ist eines der besten Privatmuseen von New York. Noch etwas, das Sie gern sehen würden?»

«Sie haben vermutlich keine Kristallkugel, oder?»

«Also, ganz zufällig habe ich eine.» Er wühlte eine große Glasmurmel aus einem Abfallhaufen hervor, den ein Kruzifix und ein Schrumpfkopf krönten. «Lustig, dass alle immer die Lokomotive sehen wollen, oder manchmal auch das Flugzeug oder die Dampfwalze, und oft fragen sie auch nach der Kristallkugel. Diese kleine Kugel habe ich aus Kalkutta. Ich besuchte einen Hindu-Zigeuner, der wahrsagen konnte, und der sah im Glas, wie ich ertrinke. Ich also runter vom Schiff und einfach nur am Strand spazieren, und kaum sind zwei Tage um, ist das Schiff mit Mann und Maus abgesoffen. Heilige Scheiße, sag ich mir da, wie lange läuft das schon so? Also, ich hab mich vorher nie viel mit diesem Zeugs beschäftigt. Ich also wieder hin zu diesem Burschen und sage, dieses Dings hätte ich gern. Und er sagt, natürlich in seiner eigenen Sprache, das wäre schon seit vielen Generationen in seiner Familie, und er kann sich davon nicht trennen.»

Dieser kindische Unsinn fand kein Ende. Mein Gott, ich glaubte, er würde niemals mehr enden. Und ich musste auch noch interessiert dreinschauen. Schließlich wurde es so sterbenslangweilig, dass ich es nicht mehr ertrug. Also sagte ich: «Wäre schön, wenn Sie in diese Kugel schauen könnten und einen Freund von mir ausfindig machen würden.»

«Das ist wirklich seltsam. Als ich schließlich die zweitausend Rupien gezahlt hatte, die er verlangte, und die Kugel ins Hotel brachte, kriegte ich das verdammte Ding nicht ans Laufen. Nie mehr.»

«Vergessen Sie's», sagte ich. «Noch eine Runde?» Er brachte die Murmel zurück, zapfte mir ein weiteres Bier und schluckte selbst einen Scotch. Keine Ahnung, wie ein solcher Kerl eine Bar länger als eine Woche führen konnte.

Bevor er die Flasche zurückstellte, fuhr ich fort: «Ein Freund von mir, den ich jahrelang nicht gesehen habe, kommt hier manchmal vorbei, und ich frage mich gerade, ob Sie ihn nicht vielleicht kennen. Ich würde ihn gern wiedersehen. Vielleicht können Sie mir ja sagen, wann ich hier am besten auf ihn warte.»

Die Augen des Mannes blickten mich vollkommen ratlos an.

«Wie heißt er denn?»

«George Chester.»

«George Chester.» Er starrte in die Tiefe des Raums, offensichtlich grübelnd, und ein Stückchen seiner Maske fiel von ihm ab. «Diesen Namen kenne ich nicht. Aber die meisten Namen kenne ich sowieso nicht. Wie sieht er aus?»

«Oh, mittelgroß, mittlere Statur», sagte ich. «Ein gemeinsamer Bekannter hat mir erzählt, dass er ihn letzten Samstagabend hier gesehen hat. In Begleitung einer gutaussehenden blonden Dame.»

Er schüttete sich den Whisky in den Mund, und ich glaube, er berührte das Glas nicht einmal mit den Lippen. Brauchte dieser Bursche eigentlich nie etwas zum Nachspülen? Er runzelte die Stirn und schwieg.

«Ich glaube, ich weiß, wen Sie meinen. Kurze Haare, braun?»

«Ich denke, das trifft es.»

«An die Blonde erinnere ich mich. Zeitschriftentyp. Sie wollte den Raben sehen, über den dieser Mann geschrieben hat, ‹Nimmermehr sprach der Rabe›. Also habe ich ihn gezeigt. Ja, sie waren vor ein paar Abenden mal hier, aber er kommt nicht oft. Vor vier oder fünf Jahren, da ist er oft gekommen, fast jeden Abend. Cleverer Bursche. Ich hab ihm gern mein Museum gezeigt, bis wir ihn abstützen und hinaustragen mussten. Einen Abend wollte er überhaupt nicht nach Hause, er wollte direkt hier im Museum schlafen. ‹Buch mir die Fürstensuite auf deinem Ozeandampfer, Gil›, hat er immer gesagt. Wir haben ihn trotzdem nach Hause verfrachtet. Ist aber schon Jahre her.» Er blickte mich neugierig an. «Ihr Freund?»

Ich nickte. «Wir haben für die gleiche Werbeagentur gearbeitet.»

Er dachte weiter nach. «Ich glaube, das muss eine andere Zeit gewesen sein», entschied er. «Er war bei irgendeiner Zeitung, und davor haben er und seine Frau im Norden auch so einen Laden geführt, ähnlich wie ich. Natürlich ohne Museum. Gut möglich, dass er wirklich George Chester hieß. Ich musste seinen Wagen ein- oder zweimal wegbringen, wenn er zu viel im Kahn hatte. Aber er ist dann allmählich kaum noch hergekommen. Ich glaube nicht, dass er in den letzten drei oder vier Monaten mehr als zweimal hier war. Er kann aber jederzeit auftauchen, man weiß es nie. Ziemlich kluger Bursche. Was man so ‹exzentrisch› nennt.»

«Vielleicht kann ich ihn über die blonde Frau finden?»

«Vielleicht.»

«Wer ist sie denn, wissen Sie das?»

Dieses Mal war sein Gesicht vollkommen ratlos. «Keine Ahnung, Sir.»

Er ging fort, um andere Gäste zu bedienen, die eben eingetreten waren, und ich schlug die *Creative Review* auf. Darin gab es eine vielversprechende Neubewertung von Henry James, die ich lesen müsste, auch wenn mir die Unzulänglichkeiten dieses Kritikers bekannt waren. Ein längerer Artikel über tibetanische Tanzrituale schien ebenfalls lesenswert.

Ich leerte mein Glas und begab mich zu einer Telefonzelle. Ich wählte die Büronummer und fragte nach Stroud, bekam stattdessen aber Cordette an den Hörer.

«Wo ist Stroud?», fragte ich.

«Außer Haus. Wer ist da?»

«Ed Orlin. Ich bin in Gil's Tavern.»

«Sie haben sie gefunden, nicht wahr? Ist es die richtige?»

«Kein Zweifel. Was für eine Spelunke!»

«Etwas erfahren?»

«Unser Mann war letzten Samstag hier, mit der Blonden.»

«Sehr gut. Und?»

«Leider nicht viel. Der Barkeeper ist sich beim Namen nicht sicher, weil der Typ nicht mehr häufig herkommt.» Ich ließ die Nachricht wirken. Hoffte, aus diesem tristen Saloon mit dem langweiligen Schwachkopf hinter der Theke abberufen zu werden. «Er glaubt immerhin, der Name könnte tatsächlich George Chester sein. Der Barkeeper, der selbst entweder ein Idiot oder ein echter Kretin ist, beschreibt ihn als sehr intelligent und exzentrisch. Glauben Sie mir, Chester ist vermutlich das glatte Gegenteil davon.»

«Warum?»

«Dieser Ort. Exzentrisch, ja, aber nur ein Volltrottel würde ein solches Loch aufsuchen und stundenlang mit dem Kerl reden, der diesen Zirkus hier leitet.»

«Weiter.»

«Unsere äußere Beschreibung scheint nicht falsch zu sein, es gibt aber auch nichts hinzuzufügen, außer dass er kurz geschnittenes braunes Haar hat.»

«In Ordnung. Noch etwas? Irgendein Hinweis auf die blonde Begleitung?»

«Nichts.»

«Das ist wirklich nicht viel, oder?»

«Also, warten Sie. Unser Mann ist ohne Zweifel Alkoholiker. Vor vier oder fünf Jahren war er jede Nacht hier und musste mit dem Taxi nach Hause gebracht werden. Damals hat er für eine Zeitung gearbeitet, glaubt der Barkeeper, von einer Werbeagentur war da noch nicht die Rede. Und bevor er bei einer Zeitung war, hat er irgendwo weiter nördlich eine eigene Kneipe geführt, zusammen mit seiner Frau.»

«Also ein Trinker. Früher gemeinsam mit seiner Frau, einer Kneipenwirtin. Vermutlich ein Zeitungsmann, exzentrisch, knapper Haarschnitt. Viel ist das nicht, aber immerhin etwas. Ist das alles?»

«Das ist alles. Unser Knabe war in den letzten acht oder zehn Monaten nicht öfter als zweimal hier. Was soll ich denn jetzt tun? Zurück ins Büro kommen?»

Es gab eine Pause, und ich schöpfte Hoffnung.

«Ich denke nicht, Ed. Er war vor zwei Tagen noch da, also dauert es jetzt vielleicht nicht mehr so lange, bis er wieder auftaucht. Sie können ja den Barkeeper noch ein wenig ausquetschen. Agieren Sie wie ein Psychiater auf der Suche nach Hinweisen. Gönnen Sie sich gemeinsam ein paar Drinks.»

Oh Gott.

«Hören Sie, dieser Typ säuft wie ein Löschblatt.»

«In Ordnung, also lassen Sie sich ruhig gemeinsam volllaufen, wenn es der Sache dient. Nur werden Sie nicht zu betrunken. Fragen Sie auch einige andere Gäste. Bleiben Sie jedenfalls vor Ort, bis wir Sie abberufen oder eine Vertretung schicken. Wie lauten Adresse und Telefonnummer?»

Ich nannte beides.

«In Ordnung, Ed. Und wenn Sie noch irgendetwas herausfinden, rufen Sie uns sofort an. Sie wissen ja, das ist ein Eilauftrag.»

Das hoffte ich. Und kehrte zur Theke zurück, ein wenig benebelt nach dem Bier. Auf das Magazin würde ich mich nicht mehr konzentrieren können, das erforderte einen vollkommen klaren Kopf. Einer der Gäste redete mit dem Barkeeper und brüllte vor Lachen: «Okay, geben Sie zu, dass Sie es nicht haben! Ich frag noch einmal, holen Sie mir ein *mot de passe* aus dem berühmten Museum, dem sogenannten.»

«Keine Zweideutigkeiten bitte. Sie wollen etwas sehen – dann sagen Sie es einfach klar und deutlich.»

«Das ist klar und deutlich. Klares, einfaches Französisch. Geben Sie es zu und holen Sie uns ein Bier. Sie haben eben keins.»

«Okay, okay, ich hole Ihnen ein Bier. Aber was ist das für ein Dingens? Wie schreibt man das? Fragen Sie bloß nicht wieder was Französisches. Nicht hier bei mir, klar?»

Gott sei Dank lag hinten an der Bar eine Zeitung. Die von heute Morgen, aber gut genug, um ein paar Stunden totzuschlagen.

GEORGE STROUD VIII

Kurz nachdem alle mein Büro verlassen hatten, um sich der neuen Aufgabe zu widmen, ließ ich Emory Mafferson hereinbitten. Sein aufgedunsenes Gesicht wirkte wie in Trauer, sein Hirn gebar einen unablässigen Wirrwarr, seine braunen Augen schienen bemüht, hinter den dicken Gläsern zu verschwinden, und ich glaube nicht, dass er weiter als drei Meter sehen konnte – aber irgendwo in Emory, so schien mir, schlummerte ein rechtschaffener Zeitungsmann und ein geradezu poetischer Investigativjournalist.

«Wie läuft es mit dem Bürgerkredit?», fragte ich ihn.

«Ganz gut. Ich habe Bert alles erläutert, und wir stellen den Artikel gemeinsam fertig.»

«Sicher, dass Bert alles versteht?»

Emorys Gesicht verdüsterte sich.

«So gut wie ich selbst», gestand er schließlich. «Womöglich sogar besser. Wie gesagt, ich spüre, dass etwas sehr Großes hinter dieser Idee steckt. Eine neue, revolutionäre Vision im Bereich der sozialen Sicherheit.»

«Also, wo drückt denn der Schuh?»

«Wie bekommt man eine Revolution ohne eine Revolution?»

«Überlassen Sie das nur Bert Finch. Er hat Ihre *Futureways*-Unterlagen, und er kann die Daten interpretieren, jedenfalls so weit Sie damit gekommen sind. Angenommen, Sie überlassen Bert von jetzt an das Feld?»

Emory seufzte.

Wenn ich ihn richtig verstand, hatte er so manchen Nachmittag, den er vermeintlich mit gelehrten Studien in der Bibliothek oder im Gespräch mit Versicherungsfachleuten verbracht haben wollte, im Yankee-Stadion gesessen, manchmal auch daheim im Bett gelegen.

«Alle guten Dinge finden irgendwann ihr Ende, Emory.»
«Vermutlich.»
Ich kam sofort auf den Punkt.
«Momentan arbeite ich an einem ganz speziellen Auftrag. Gleichzeitig hat sich aber einer der spektakulärsten Mordfälle des Jahres ereignet, das Thema wird sicher noch weiter hochkochen, und irgendwann wird *Crimeways* darüber einen großen Beitrag bringen wollen.»
«Delos?»
Ich nickte.
«Und ich möchte nicht, dass *Crimeways* dabei zu kurz kommt. Sie wollten doch gern in unser Redaktionsteam wechseln. Dies könnte ein Einstieg sein. Also angenommen, Sie gehen herüber zum Polizeirevier an der Center Street, Mordkommission, und tragen alles zusammen – was wann geschehen ist. Sobald Sie etwas haben, geben Sie es mir bitte telefonisch durch. Ich bin mit diesem anderen Auftrag beschäftigt, aber ich möchte in der Delos-Sache am Ball bleiben, jederzeit.»
Emory wirkte noch niedergedrückter und besorgter als zuvor.
Dreimal wirbelten die braunen Goldfischaugen in ihrem Glas umher.
«Oh Gott, Sie erwarten doch nicht etwa, dass ich diese Sache ganz allein stemme, oder?»
«Natürlich nicht. Wenn wir selbst ermitteln wollen, passiert das in großem Rahmen, mit dreißig bis vierzig Hilfskräften. Ich hätte nur einfach gern alle Fakten parat, sobald die Polizei den Fall gelöst hat. Sie müssen also nur die Entwicklungen dort verfolgen. Und mir berichten, und zwar nur mir persönlich, und regelmäßig. In Ordnung?»
Emory schien erleichtert und bestätigte, dass er verstanden habe. Er erhob sich. Mein Privatdetektiv war im Stehen nicht viel größer als im Sitzen, er wirkte jetzt sogar noch weniger eindrucksvoll.
«Und an was soll ich sonst noch arbeiten?», fragte er.

«An nichts. Nur dieser Auftrag, mehr nicht.»

«Wird Bert das akzeptieren?»

Ich versprach, mich darum zu kümmern, und schickte ihn los. Kaum hatte er den Raum verlassen, setzte ich mich und betrachtete Pattersons *Studie über den Zorn* an der gegenüberliegenden Wand und dachte einfach nur nach.

Die Signatur war deutlich zu erkennen, und selbst wenn ich die Leinwand tiefer in den unteren Teil des Rahmens hineingeschoben hätte, wäre sie nicht verdeckt. Ich glaubte zwar nicht daran, ganz ausgeschlossen war es aber nicht, dass es im Unternehmen noch andere gab, die einen Patterson sofort am Stil erkannten.

Ich konnte das Bild nicht entfernen. Selbst wenn ich es gegen ein anderes austauschte, würde jemand den Wechsel bemerken. Vielleicht nicht Roy, vielleicht nicht unsere Autoren und die Reporter, aber doch irgendjemand. Lucille oder eines der Mädchen, die Sekretärin aus einer anderen Abteilung, jemand aus einem Rechercheteam.

Wenn nur dieses Bild dort nicht hinge! Und vor allem – wenn ich nur die *Versuchung des Judas* nicht nach Hause geschleppt hätte!

Denn Georgette hatte das neue Bild ja schon gesehen.

Hagen war überzeugt davon, dass das Bild seinen Käufer verraten würde. Sollte er das für angebracht halten, würde er eine sehr viel energischere Suche nach dem Bild verlangen als jene, mit der ich, sicherheitshalber, Don Klausmeyer beauftragt hatte. Mir war klar, dass Don den Weg von der Künstlerin zum Händler niemals nachvollziehen könnte, geschweige denn den Weg zu mir. Doch konnte Hagen jederzeit eigene Schritte einleiten; mir selbst fiele da so einiges ein, was mich in Gefahr brächte.

Also musste ich die *Versuchung* wohl vernichten.

Denn falls jemand seinen Job zu gründlich erledigte, falls Hagen auf eigene Faust ermittelte, falls ihn echte Hinweise erreichten, noch bevor ich sie bearbeiten konnte, würde das Ding mich verraten. Ich musste es loswerden.

Ich griff zum Hut und betrat Roys Büro mit zwei halbfertigen Ideen im Kopf – das Bild unverzüglich zu vernichten und Earl Janoth durch andere Zeugen mit der 58 East in Verbindung zu bringen. Beides konnte ich nur selbst erledigen.

«Ich gehe einer Spur nach, Roy», meldete ich mich ab. «Übernehmen Sie doch bitte für eine Weile. Übrigens habe ich jemanden gebeten, den Delos-Mord im Blick zu behalten. Wir sollten schon im Frühstadium dranbleiben, meinen Sie nicht auch?» Er nickte nachdenklich. «Ich habe Mafferson beauftragt.»

Wieder nickte er, knapp und beiläufig. «Ich denke, Janoth wird Wert darauf legen, dass wir zumindest dranbleiben», sagte er. «Übrigens habe ich die übliche Suchliste schon vorbereitet.»

Das war eine Tabelle für die einlaufenden Daten, benutzerfreundlich aufbereitet. Ich selbst hatte gelegentlich mitgeholfen, sie zu vereinfachen.

Halb über die Schulter kommentierte ich noch: «Genau das brauchen wir jetzt.»

Ich begab mich zu den Aufzügen, fuhr hinunter und überquerte die Straße in Richtung Parkgarage. Ich beschloss, mit dem Auto zurück in die Marble Road zu fahren und das Beweisstück unverzüglich abzufackeln.

In der Garage begegnete mir Earl Janoths Chauffeur, Billy, auf dem Weg nach draußen. Er hatte gerade Janoths Wagen abgestellt. Ich hatte vielleicht ein Dutzend Mal mitfahren dürfen, und er nickte mir zu, freundlich und ganz nebenher.

«Hallo, Mr. Stroud.»

«Hallo, Billy.»

Wir gingen aneinander vorbei, und urplötzlich empfand ich eine schneidende Kälte. Zwei Menschen traute Janoth bedingungslos, Steve Hagen und Billy, seinem Schatten. Falls und sobald der Unbekannte identifiziert werden sollte, wäre Billy der Bote, der das gefällte Urteil exekutieren würde. Er wäre es. Er wusste nichts davon, aber ich wusste es.

Drinnen polierte ein Bediensteter Janoths blitzblanken Cadillac. Ich ging daran vorbei und prägte mir das Kennzeichen ein. Irgendjemand musste den Wagen in jener Nacht gesehen haben, mit Earl darin, hoffte ich – und zwar an einem Ort, wo sie eigentlich nicht sein sollten.

«Ihren Wagen, Mr. Stroud?»

Ich grüßte ihn und bejahte die Frage. Mit genau diesem Angestellten hatte ich schon des Öfteren ein paar Minuten geplaudert und über Baseball, Pferde, Whisky und Frauen geredet.

«Habe heute Nachmittag einen kleinen Auftrag zu erledigen», sagte ich und lächelte ihm zu. «Ich wette, diese Kutsche macht Ihnen reichlich Arbeit.»

Er grinste zurück. «Nicht wirklich», gestand er. «Aber die Polizei hat den Wagen gründlich überprüft. Uns auch. Wurde er seit Samstagabend gereinigt? Wie lange war er am Samstag draußen? Ist mir beim Benzin oder den gefahrenen Meilen etwas Ungewöhnliches aufgefallen? Verdammt aber auch, unsereiner achtet nie auf diese Dinge. Außer natürlich, er war noch dreckig und der Tank war leer.»

Er bat einen Kollegen, meinen Wagen zu holen, und während ich wartete, fragte ich: «Ich vermute, die Cops haben den Chauffeur ins Kreuzverhör genommen?»

«Aber sicher. Einige von ihnen haben ihn sogar noch vor ein paar Minuten ausgequetscht. Der Fahrer muss sich aber keine Sorgen machen. Und Mr. Janoth auch nicht. Sie sind irgendwo zu einem Abendessen gefahren und von dort direkt zu jemand anderem. Zu Ihrem Freund Mr. Hagen. Sieht für uns ganz plausibel aus. Nachts oder am Wochenende bringen sie den Wagen nie hier in die Garage, also was soll unsereiner schon wissen? Nein, mit den Cops habe ich keine Probleme. Ich mag nur diesen Fahrer nicht. Ich weiß nicht einmal genau, warum. Ist einfach so.»

Er blickte mich an, und ich pflichtete ihm, nach außen kaum erkennbar, bei; dann wurde mein Wagen gebracht.

Ich stieg ein und fuhr Richtung Marble Road. Kaum hatte ich allerdings drei Blocks hinter mir gelassen, durchdachte ich meinen Plan noch einmal, jetzt in ganz anderer Stimmung.

Warum sollte ich dieses Bild zerstören? Ich mochte es. Und es gehörte mir.

Wer war der bessere Mensch, Janoth oder ich? Ich wählte mich selbst. Warum sollte ich seinetwegen mein Eigentum opfern? Wer war er denn? Nur ein weiteres mittelgroßes Rad in der großen Uhr.

Die große Uhr hatte für Bilder nicht viel übrig. Aber ich. Dieses besagte Bild hatte sie in den Müll befördert. Ich höchstpersönlich hatte es vor dem Vergessen bewahrt. Warum sollte ich es zurück in den Müll werfen?

So viele gute Bilder wurden daran gehindert, gemalt zu werden. Und wenn sie nicht abgetrieben werden konnten oder verlorengingen, wurde eben jemand wie ich geschickt, um sie zu zerstören.

So wie man Billy schicken würde, mich zu vernichten. Warum sollte ich in einem tödlichen Spiel wie diesem mitspielen?

Was brächte es mir denn, wenn ich mich anpasse?

Newsways, Commerce, Crimeways, Personalities, The Sexes, Fashions Futureways: Die gesamte Firma war randvoll mit gescheiterten Künstlern, Wissenschaftlern, Bauern, Schriftstellern, Naturforschern, Dichtern, Rechtsanwälten, Ärzten, Musikern – die ihr ganzes Leben damit zubrachten, sich anzupassen. An was? An eine Art von überdimensionierter, zielloser und willkürlicher Prägemaschine, die sie alle zu ihren Psychoanalytikern trieb oder in die Irrenhäuser, ihnen den Blutdruck in die Höhe jagte, Magengeschwüre erzeugte und die Leute an Schlaganfällen und Herzinfarkten zugrundegehen ließ, manchmal auch durch Selbstmord. Warum sollte ich dieser Todesmaschine ein weiteres Opfer bringen? Da wäre es doch besser, beim Stören ihrer Rädchen verletzt zu werden als am Ende zerschmettert dazuliegen, weil man ihr geholfen hat.

Zur Hölle also mit dem großen Ungetüm! Ich war ein Berufsdilettant. Ein ziemlich guter sogar, wie ich mir immer eingebildet habe. Ich beschloss, meiner Profession treu zu bleiben.

Ich bog in eine Seitenstraße und fuhr zur 58 East. Ein Kompromiss wäre ja denkbar. Ich konnte das Bild aus dem Verkehr ziehen, jedenfalls für eine Weile. Es zu zerstören wäre dagegen Zeitverschwendung. Das brächte mir allenfalls eine kurze Verschnaufpause. Die Vernichtung des Bildes wäre die Mühe nicht wert.

Und ich konnte die Maschine ja überlisten. Die Super-Uhr würde in alle Ewigkeit weiterticken, sie war zu groß, um angehalten zu werden. Sie hatte aber keinen Verstand, und ich hatte einen. Ich konnte ihr entkommen. Sollten doch Janoth, Hagen und Billy in ihren Rädern zugrundegehen! Die mochten so etwas. Sie litten gern. Ich nicht.

Ich fuhr an der 58 East vorbei und folgte dem Weg, den jener andere Wagen genommen haben musste. Janoth musste Billy entweder direkt nach Hause geschickt und dann ein Taxi genommen haben, oder er hatte Billy später noch einmal herbestellt. In jedem Fall hatte Janoth bei Waynes gegessen, so wurde übereinstimmend berichtet, und wie ich wusste, war er anschließend zur 58 East gefahren und von dort aus dann offenbar direkt zu Hagen.

Ich folgte der naheliegenden Route zu Hagen. In der Nähe gab es zwei Taxistände. Janoth musste einen davon aufgesucht haben, falls er mit dem Taxi weitergefahren war – jedenfalls sofern er zwischen beiden Orten nicht ein fahrendes Taxi angehalten hatte. Sicher war er nicht so unklug gewesen, direkt in der 58 East in ein Taxi zu steigen.

Der entferntere Taxistand war also der wahrscheinlichere. Ich konnte dort beginnen, mit einem Foto von Janoth, und dann den näher gelegenen ansteuern, und falls nötig könnte ich sogar die großen Taxiunternehmen aufsuchen und nach Fahrern fragen, die an jenem Abend in dieser Gegend Fahrgäste aufgenommen hatten. Für einen Einzelnen war das allerdings eine ziemliche Herausforderung.

Von Hagen aus fuhr ich zum Haus der Waynes, wobei ich die Zeit stoppte, dann wendete ich und fuhr langsam zurück zur 59 East. Für die Strecke, die Earl genommen haben musste, brauchte man rund dreißig Minuten. Rechnete ich weitere dreißig Minuten, bis der Streit eskaliert war, kam Earl auf ungefähr eine Stunde. Das passte zu den mir bekannten Fakten.

Denkbar, dass er unterwegs angehalten hatte – aber einen passenden Ort sah ich nirgends.

Blieben also nur zwei Möglichkeiten – ein Taxi, mit dem Earl sich davongemacht hatte, oder vielleicht eine Begleitperson bei Pauline oder bei Hagen.

Das war reichlich dünn. Aber immerhin etwas.

Ich fuhr zum Verlag zurück, brachte den Wagen in die Garage und fuhr hinauf in Raum 2619. Niemand war dort, es gab auch keine Notizen. Ich ging geradewegs ins Büro 2618.

Roy, Leon Temple und Janet Clark saßen beieinander.

«Erfolgreich?», fragte mich Roy.

«Weiß ich noch nicht», sagte ich.

«Nun, es treffen erste Berichte ein.» Roy wies auf eine Zeichnung mit Querverweisen auf einer riesigen Tafel, die eine halbe Wand bedeckte. «Ed Orlin hat vor einer Weile angerufen. Er hat Gil's ohne Probleme gefunden, und der Mann und die Frau waren definitiv dort. Interessanter Bericht. Ich denke, da kommen wir etwas weiter.»

«Gut», sagte ich.

Ich ging zur Tafel hinüber, die Überschrift lautete: *X.*

In der Spalte unter der Rubrik «Name, Pseudonyme» las ich: *George Chester?*

Unter «Äußere Erscheinung» stand: *braunes Haar, kurz geschnitten, durchschnittliche Größe und Statur.*

Danke, Ed, dachte ich.

«Verkehrt in:» *Antiquitätenläden, Van Barth, Gil's. Kam früher eine Zeitlang fast jeden Abend ins Gil's.*

Das stimmte tatsächlich.

«Hintergrund»: *Werbung? Zeitung? Hat früher im Norden eine Kneipe betrieben.*

Zu nah!

«Gewohnheiten»: *Sammelt Bilder.*

«Charakter»: *exzentrisch, nicht praktisch veranlagt. Ausgeprägter Alkoholiker.*

Diese letzte Spalte hatte Roy beim Isleman-und-Sandler-Auftrag hinzugefügt. Er glaubte, dass er sie erfunden hatte, und schätzte sie dementsprechend.

Ich stand neben meinem eigenen Porträt aus Worten und sagte: «Scheint so, dass wir irgendwie vorankommen.»

«Das ist noch nicht alles», berichtete Roy. «Leon und Janet sind gerade aus dem Van Barth zurück, mit weiteren Hinweisen. Wir sprachen gerade darüber, bevor wir etwas an die Tafel schreiben.»

Er schaute Leon an, und der gab seine Informationen in hübschen und präzisen Worten preis, in der dritten Person.

«Das trifft zu», sagte er. «Zunächst einmal hat man bestätigt, dass Chester am Samstagabend in der Bar war. Er hat das zuvor erworbene Judasbild dort nicht angeschaut, aber jemand hat gehört, wie er mit seiner Begleiterin darüber gesprochen hat. Und diese Begleiterin war Pauline Delos.»

Ich tat überrascht.

«Sind Sie sicher?»

«Kein Zweifel daran, George. Der Kellner, der Barkeeper und die Garderobenfrau haben sie anhand der Fotos in den Zeitungen von heute identifiziert. Delos war am Samstagabend dort, zusammen mit dem Mann, auf den die Beschreibung an der Tafel passt, und sie sprachen über ein Bild, das *Judas* und sonstnochwie hieß. Daran besteht kein Zweifel.»

Er fixierte mich eine Weile, während ich schwieg, und fragte schließlich: «Ich halte das für bemerkenswert, oder etwa nicht? Verändert das nicht unseren gesamten Auftrag? Das glaube ich jedenfalls. Jemand hat genau diese Frage heute Morgen gestellt, und nun scheint es sich zu bewahrheiten.»

Ich sagte: «Das liegt auf der Hand. Weiß die Polizei, dass Delos am Samstagabend dort war?»

«Aber sicher. Jeder dort hat es sofort der Polizei erzählt.»

«Weiß die Polizei, dass wir nach ihrem Begleiter suchen?»

«Nein. Aber sie werden inzwischen bestimmt auch nach ihm suchen. Wir haben nichts gesagt, weil wir den Auftrag ja diskret behandeln sollten. Aber wie gehen wir jetzt damit um? Wir suchen nach George Chester, aber diese Verbindung zu Delos ist ein Knaller, scheint mir.»

Ich nickte und griff nach Roys Telefonhörer.

«Stimmt», sagte ich. Als ich Steve Hagen am Apparat hatte, brüllte ich: «Steve? Passen Sie auf! Die Begleiterin unseres Mannes war Pauline Delos.»

Am anderen Ende der Leitung blieb es still – fünf, zehn, fünfzehn, zwanzig Sekunden lang.

«Hallo Steve? Sind sie noch dran? Hier George Stroud. Wir haben ermittelt, dass die Dame, die diesen Herrn begleitet hat, Pauline Delos war. Hat das irgendetwas zu bedeuten?»

Ich blickte Roy, Janet und Leon an. Sie warteten einfach nur, ohne Hintergedanken in den Augen. Am anderen Ende der Leitung hörte ich eine Art leises Seufzen.

«Nicht wirklich», sagte Hagen vorsichtig. «Ich wusste, dass sie diesen Mittelsmann getroffen hatte. Vielleicht hätte ich es Ihnen sagen sollen. Die Tatsache, dass sie ihn an jenem Abend begleitet hat, berührt unser Anliegen aber nicht. Was wir suchen und was wir dringend benötigen, sind Name und Adresse dieses Mannes selbst. Delos ist eine Sackgasse, was unsere Ermittlungen angeht. Der Mord ist die eine Sache. Dies ist eine ganz andere Geschichte, die hat damit nichts zu tun. War das deutlich?»

Ich bestätigte, dass ich ihn vollkommen verstanden hätte, dann beendete ich das Gespräch. Ich wiederholte die Aussage für die drei anderen nahezu wörtlich.

Roy war zufrieden.

«Gut», bestätigte er. «Aber ich habe ja schon die ganze Zeit vermutet, dass diese Angelegenheit mit einer Katastrophe aus den letzten Tagen verknüpft ist, und nun wissen wir, dass ich verdammt nochmal Recht hatte.»

Er stand auf und ging zur Tafel hinüber, griff dort nach einem Stück Kreide. Ich schaute zu, wie er unter «Partner» *Pauline*

Delos notierte. Wo die Linien sich kreuzten – bei «Antiquitätenläden», «Gil's» und «Van Barth» – wiederholte er diesen Namen. Dann fügte er eine neue Spalte hinzu.

«Im Übrigen haben Leon und Janet noch etwas Greifbareres mitgebracht», fuhr er fort. «Berichten Sie George davon!»

Leons bedächtige Stimme setzte den Bericht fort. «Beim Verlassen der Cocktail-Bar im Van Barth hat unser Subjekt etwas vergessen und zurückgelassen.»

Nichts an mir bewegte sich, von den Lippen abgesehen.

«Und?»

Leon deutete mit dem Kopf auf Roys Schreibtisch, die Augen waren auf einen Umschlag gerichtet. Es drängte mich förmlich dorthin und ich fragte mich, ob hier vielleicht gerade eine extravagante, kaltblütige Farce ablief, die sie gemeinsam mit Hagen inszeniert hatten, und ob ich tatsächlich etwas liegengelassen oder vergessen hatte, das mich gänzlich zu Boden brachte. Doch der Umschlag war unbeschriftet.

«Ein Taschentuch», hörte ich Leons Stimme, wie aus großer Entfernung. «Vermutlich lässt es sich zurückverfolgen, denn es ist ziemlich wertvoll, und darauf findet sich, jedenfalls nach meiner Einschätzung, eine alte Kennmarke einer Wäscherei.»

Aber natürlich. Sie hatte es sich ausgeliehen. Als sie den Cocktail verschüttet hatte, habe ich es gebraucht und ihr dann überlassen. Und es war dort liegengeblieben.

Ich drehte den Umschlag um und schüttelte das Taschentuch aus der Öffnung. Tatsächlich. Ganz blass konnte ich sogar noch den alten Fleck erkennen.

«Ich würde es nicht anfassen, George», sagte Leon. «Vielleicht finden wir darauf Fingerabdrücke. Es ist ein sehr feiner, glatter Stoff.»

Also musste ich es tun. Ich nahm das Taschentuch und faltete es auf. Ich legte es hin und breitete es aus, sehr sorgfältig und vorsichtig.

«Ich denke, es sind bereits eine ganze Menge drauf», sagte ich. «Von der Kellnerin, vom Kassierer, von Ihnen, auf einen mehr kommt es da nicht an.» Nachdenklich inspizierte ich das vertraute Quadrat aus Leinen. Es gehörte zu einem Stapel, den ich bei Blanton's & Dent's gekauft hatte, vor etwa einem Jahr. Und da war auch diese blasse, verwaschene, aber entzifferbare Markierung der Wäscherei am Saum, schon ein paar Monate alt, denn sie muss dort hingeraten sein, als ich zum letzten Mal eine ganze Woche in New York verbrachte und einige meiner Sachen in irgendeine Wäscherei in der Innenstadt geschickt hatte.

«Ja, ich denke, das lässt sich zurückverfolgen.»

Ich faltete das Taschentuch wieder zusammen und steckte es in den Umschlag zurück. Nun gab es also eine Erklärung für meine eigenen Fingerabdrücke, aber natürlich konnte ich das Taschentuch nicht aus dem Verfahren heraushalten.

Ich reichte Leon den Umschlag.

«Möchten Sie es zu Sacher & Roberts bringen?» Ein großes Labor, das wir in solchen Fällen einzuschalten pflegten. «Was immer wir finden, übergeben wir einem weiteren Team. Ich nehme an, Dick und Louella haben Sie im Van Barth abgelöst?»

«Selbstverständlich. Unser Mann kommt ein- oder zweimal pro Woche dorthin, haben sie gesagt.»

«Wir haben diesen Burschen in der Kneipe namens Gil's identifiziert und im Van Barth», resümierte Roy. «Er wird wiederkommen, und dann haben wir ihn.»

Ich nickte bedächtig. Und sagte: «Aber gewiss. Er wird an den einen oder anderen Ort zurückkehren. Das war's dann.»

Ich weiß gar nicht mehr, wie diese Besprechung endete. Ich denke, Leon machte sich auf den Weg zu Sacher & Roberts. Und ich glaube, dass Roy weitere Bemerkungen auf die große Tafel schrieb, als ich aufbrach. Ich bat ihn, etwas zu essen und sich ein wenig auszuruhen, sobald er fertig sei; ich selbst würde gegen sieben Uhr fortgehen.

Falls sie auf jenem Taschentuch tatsächlich Fingerabdrücke sichtbar machen konnten, müssten wir alle freiwillig unsere eigenen abgeben, die anderen und ich selbst. Dafür hatte ich vorgesorgt. Doch dann saß ich eine lange, lange Zeit in meinem eigenen Büro und versuchte mich zu erinnern, ob meine Fingerabdrücke irgendwie an Paulines Reisetasche geraten sein könnten. Dafür gäbe es keine Erklärung. Keine einzige.

Also konzentrierte ich mich darauf, jenen letzten Tag mit Pauline noch einmal in Gedanken durchzugehen. Nein. Ich hatte sie allenfalls am Handgriff berührt, und Paulines eigene Hand hatte meine Spuren sicher vollständig weggewischt.

Irgendwann am Nachmittag erhielt ich einen Anruf von Don Klausmeyer.

«Aber ja, Don», sagte ich. «Erfolg in Sachen Patterson?»

Dons träge, hämische und pedantische Stimme berichtete mir: «Es war nicht ganz einfach, aber ich habe sie gefunden. Ich habe etwa eine Stunde lang mit ihr geredet, wir sind alte Ausstellungskataloge durchgegangen, haben uns ihre fünftklassigen Bilder angesehen und versucht, ihre vier Kinder von meinen Haaren fernzuhalten.»

«In Ordnung. Also los!»

«Ich habe eine bemerkenswerte Erkenntnis. Louise Patterson selbst war die Kundin, die an jenem Abend im Laden vergeblich für ihr eigenes Bild geboten hat. Eine Freundin hatte das Bild dort entdeckt und ihr davon erzählt, und sie wollte es gern zurückkaufen. Warum auch immer.»

«Ich verstehe. Noch etwas?»

«Verstehen Sie? Patterson selbst war an diesem Abend im Laden.»

«Das habe ich verstanden. Und?»

«Und sie beschreibt den Käufer des Bildes sehr ausführlich. Sind Sie bereit, das mitzuschreiben?»

«Aber ja.»

«Also in den Worten von Patterson. Zitat: Er war ein arroganter, selbstzufriedener, besserwisserischer Bastard, Typus des mittleren Angestellten, wie es sie zu Hunderttausenden gibt. Er hatte braunes Haar, braune Augen, hohe Wangenknochen, ein symmetrisches und hageres Gesicht. Sein Gesicht wirkte, als ob er sich fünfmal täglich rasiert. Er wog zwischen siebzig und fünfundsiebzig Kilo. Grauer Tweedanzug, dunkelblauer

Hut, dunkelblaue Krawatte. Er kennt sich mit Bildern aus, sagt sie, und ist bestimmt mit den Arbeiten von L. Patterson vertraut, zweifellos sammelt er sie sogar, aber nur aus Wichtigtuerei. – Ich glaube allerdings, dass die Dame sich überschätzt. Sie gibt zu, dass man in den letzten zehn Jahren nichts mehr von ihr gehört hat. Aber weiter. Unser Mann hat etwas von einem Exhibitionisten. Er hält sich für Superman, und so tritt er auch auf. Seine Begleitung war attraktiv, wenn man auf Lesben steht, im Park-Avenue-Stil. Zitat Ende. Haben Sie alles?»

«Ja.»

«Hilft das.»

«Ein wenig», sagte ich.

«Ich habe mich in ihrem Studio-Loft umgesehen, wo sie auch wohnt – Gott, was für ein Paradies für Ratten und Termiten! Ich habe mir hektarweise Bilder angeschaut. Künstlerisch ist sie ganz unmöglich.» Woher wollte Don das wissen? «Aber sie erinnern mich an etwas, das ich erst kürzlich gesehen habe. Wenn ich mich nur erinnern könnte, wo das war, hätten wir vielleicht eine weitere Spur.»

Er lachte, und ich gab sein Echo, starrte dabei aber direkt auf die *Studie über den Zorn* an der Wand mir gegenüber.

«Vielleicht passiert das ja noch, aber machen Sie sich deswegen keine Sorgen. Wir sehen uns morgen.»

Nachdem er aufgelegt hatte, starrte ich immer noch auf das Bild, ohne es wirklich zu sehen, wohl fünf Minuten lang. Dann nahm ich meine Notizen, ging in Roys leeres Büro hinüber und übertrug Dons Bericht pflichtgemäß auf die Tafel. In der Tat kristallisierte sich da ein sehr unschönes Selbstporträt heraus. Anschließend besorgte ich mir drei gute neuere Fotos von Earl Janoth aus unserem Archiv.

Kurz nach sieben kehrte Roy zurück. Wir besprachen, wie wir uns am nächsten Tag ablösen würden, dann verließ ich das Gebäude mit dem Gefühl, für heute alles Notwendige erledigt zu haben. Und doch gab es noch etwas zu tun.

Am Taxistand, der mir heute Nachmittag am wahrscheinlichsten erschienen war, legte ich meine erste wirkliche Pause ein. Eine erfolgreiche. Ein Fahrer identifizierte Janoth als den Fahrgast, den er am vergangenen Samstagabend kurz nach zehn mitgenommen hatte. Der Fahrer war sich sicher. Er wusste, wann und wo er für Janoth angehalten und wann und wo er ihn wieder abgesetzt hatte. Einen Block von Hagens Wohnung entfernt.

Ich wusste, das könnte mir den Hals retten, als ein letzter verzweifelter Schachzug. Nur meine Familie wäre damit noch nicht aus dem Spiel.

Gegen Mitternacht war ich wieder daheim in der Marble Road. Georgia und Georgette schliefen schon.

Ich fand *Die Versuchung des Judas,* wo ich sie zurückgelassen hatte, in einem Schrank im Erdgeschoss, und binnen zwanzig Minuten hatte ich sie hinter einer anderen Leinwand versteckt.

Finden konnte man sie dort, und sogar mühelos, falls sie mir tatsächlich dicht auf die Fersen kämen. Aber falls jemand mir so nahe käme, wäre ich ohnehin verloren.

EARL JANOTH III

Fünf Tage, nachdem Steve die Jagd organisiert hatte, war genügend Material beisammen für eine ausführliche Biographie unseres verdammten Phantoms. Wir kannten Daten, Adressen, seinen Hintergrund, hatten eine komplette Beschreibung vorliegen, hatten alle Gedanken, Gefühle und Instinkte, die je durch seinen Kopf gegangen waren, durchleuchtet. Ich kannte diesen verdammten Idioten besser als seine eigene Mutter. Wenn ich die Augen schloss, sah ich ihn geradezu vor mir, ein hirnloses Grinsen im gutaussehenden Gesicht, ich hörte seine ruhige, gewählte, charmante Stimme, wie sie sich in banalen Nichtigkeiten erging, die der Herr offenbar so liebte; ich konnte beinahe nach ihm greifen und ihn berühren, dieses schreckliche Gespenst, das aus dem Nichts in mein Leben gestolpert war und Pauline den Tod gebracht hatte und mir womöglich mein Verderben.

Und doch hatten wir den Mann selbst nicht. Wir hatten gar nichts.

«Um ganz offen zu sein – ich glaube, Sie halten etwas zurück», sagte George Stroud. Er unterhielt sich mit Steve. Ich hatte dabeisein wollen, als es um die Analyse jener Lähmung ging, die unsere Pläne befallen hatte, auch wenn ich nicht selbst eingreifen würde. «Und ich vermute, dass diese Sache, was immer es sein mag, jener Faktor ist, der uns noch fehlt, um die Angelegenheit abzuschließen.»

«Bleiben Sie bei den Fakten», erwiderte Steve. «Ihre Fantasie geht mit Ihnen durch.»

«Ich denke nicht.»

Wir saßen in Steves Büro, Steve hinter seinem Schreibtisch, ich selbst ein wenig seitwärts davon, Stroud Steve gegenüber. Sonnenlicht füllte den Raum, auf mich aber wirkte alles trübe, wie der Boden in einem mit Wasser gefüllten Pool. Ich glaube nicht, dass ich letzte Woche mehr als zwei Stunden pro Nacht geschlafen habe.

Die verdammten Wölfe haben Witterung aufgenommen. Dutzende Kommissare und Angehörige der Staatsanwaltschaft haben mich drei-, vier-, manchmal fünfmal am Tag befragt, jeden Tag. Anfangs waren sie noch höflich. Inzwischen geben sie sich damit keine Mühe mehr.

Und Wayne wusste es. Carr wusste es. Alle wussten es. Nur die Öffentlichkeit wusste es nicht. In Downtown und in der 42. Straße war es ein offenes Geheimnis. Seit Tagen hat mich niemand mehr angerufen oder sich auch nur blicken lassen. Je dichter mir die Bande der Staatsmacht auf den Leib rückt, desto mehr ziehen sich meine eigenen Leute zurück. Je mehr sie mich isolieren, desto einfacher wird es für die Polizei. Mit *einer* Wolfsmeute werde ich fertig, aber nicht mit zweien zugleich.

Man hat keine stichhaltigen Indizien, die gegen mich sprechen. Noch nicht. Aber es sieht auch nicht danach aus, als würden sie schon aufgeben.

Das alles könnte ich ertragen. Aber wir müssen dieses verdammte Irrlicht finden, und zwar bevor das jemand anderem gelingt. Er war die einzige wirkliche Gefahr, die mir drohte. Sollte die Polizei ihn als Erste finden, was jeden Moment passieren konnte und am Ende wohl auch passiert, weiß ich genau, was er sagen wird und was dann geschieht.

Es ergab keinen Sinn. Wir hatten diesen ganzen Berg an Daten, und doch standen wir faktisch noch immer am Anfang.

«In Ordnung, bleiben wir bei den Fakten», wandte sich Stroud an Steve. «Sie behaupten, dieser Mann sei die Schlüsselfigur in einer politisch-industriellen Affäre. Wir haben aber überhaupt keine einzige Verbindung in die Politik gefunden, und auch keine erwähnenswerten Wirtschaftskontakte. Warum nicht? Ich behaupte, weil es sie nicht gibt.»

Steve reagierte scharf: «Es gibt sie. Sie haben nur nicht tief genug gegraben. Ich halte nichts zurück außer Gerüchten und

Verdächtigungen. Die helfen Ihnen nicht weiter. Im Gegenteil, die würden Sie nur von der Spur abbringen.»

Strouds Stimme klang weich und angenehm und doch energisch.

«Von der Spur bin ich vor allem abgekommen, weil Sie wussten, dass Delos eine Schlüsselrolle in dieser Konstellation spielt, aber irgendwie vergessen hatten, das zu erwähnen.»

Dieses sinnlose Hickhack würde uns nicht weiterbringen. Ich musste einschreiten.

«Was ist denn Ihre eigene Meinung, George?», fragte ich ihn. «Wie erklären Sie sich die Tatsache, dass wir uns offenbar im Kreis drehen? Es sieht Ihnen gar nicht ähnlich, dass Sie für eine so einfache Aufgabe so lange brauchen. Ganz ehrlich – was denken Sie über diese Angelegenheit?»

Stroud wandte sich zur Seite und musterte mich lange. In meinen Augen zählt er zu den hypersensiblen Menschen – nicht gemacht für die Tat, aber logisch und theoretisch versiert. Er war der Typ, der eine schwierige Bridge-Partie auf einen Blick durchschaute, der aber bei den einfachsten Fragen des Geschäftslebens hilflos wirkt. Die eiskalten Nerven eines Kämpfers wie Steve fehlten im völlig, und was wir planten, erschiene ihm wohl gänzlich fremd und unmenschlich, wenn er die Zusammenhänge tatsächlich begriffe.

Nach fünf Tagen in diesem Job konnte man Stroud den Druck anmerken. Das war gut, denn er musste verstehen, dass dies mehr war als eine schlichte Routineangelegenheit.

«Ja, ich habe eine Theorie», gestand er mir. «Ich glaube, der Delos-Mord und der Mann, nach dem wir suchen, sind so eng verknüpft, dass die Fälle identisch sind. Ich muss Steves Theorie widersprechen, wonach beides nur zufällig miteinander verwoben ist.»

Ich nickte. Natürlich war das jetzt unvermeidlich. Wir hatten Stroud die Leitung dieser Untersuchung schließlich nicht wegen seines guten Aussehens anvertraut oder wegen seiner Fantasie oder wegen seiner Eitelkeit, die wirklich ausgeprägt war.

Ich blickte Steve an und hoffte, er würde nun vernünftiger fortfahren.

«Ich kann Ihren Schlüssen folgen, George», sagte Steve. «Und ich glaube, dass Sie recht haben. Allerdings gibt es etwas, das Sie übersehen und das wir nun in Betracht ziehen müssen. Wir wissen, dass Pauline von dieser großen Verschwörung wusste. Sie war dabei im Hintergrund tätig, so unbedeutend ihre Rolle auch immer gewesen sein mag. Sie wäre dem natürlich nachgegangen, wenn sie gekonnt hätte. Angenommen, sie hat genau das versucht? Angenommen, jemand hat sie dabei ertappt? Und ist ihr zuvorgekommen? Haben Sie das schon bedacht?»

Stroud schwieg, er schien nachzudenken. Ließ das nur ein klein wenig zu deutlich sehen.

«Wenn der Einsatz bei diesem Spiel derart hoch ist, und wenn die Parteien bereits so weit gegangen sind», sagte er und schwieg noch ein wenig länger, «dann bewegen wir uns in rauem Fahrwasser. Dann ist unser Mann entweder in Mexiko und reist noch weiter Richtung Süden, oder man hat bereits mit ihm abgerechnet – so dass niemand ihn jemals findet.»

«Das ist unmöglich», erwiderte Steve scharf. «Und ich sage Ihnen auch warum. Ein Mann wie dieser, exzentrisch, mit zahlreichen unterschiedlichen Bekanntenkreisen, verheiratet und mit wenigstens einem Kind, in verantwortungsvoller Position, würde eine ziemlich große Lücke reißen, wenn man ihn plötzlich aus dem Verkehr zöge. Und Sie waren ja in engem Kontakt mit der Vermisstenstelle – seit wann?»

«Dienstag morgen.»

«Dienstag. Und niemand, auf den unsere Beschreibung passt, wurde dort gemeldet. Sein Verschwinden hätte sich gewiss irgendwie herumgesprochen. Hat es aber nicht, und das heißt, dass er immer noch in der Nähe ist.»

Stroud nickte vorsichtig, und Steve sprang rasch zum nächsten Punkt. «Schauen wir uns die anderen Spuren ein wenig genauer an. Sie prüfen immer noch die Liste mit den widerrufenen oder nicht verlängerten Alkohollizenzen im Norden?»

Stroud wischte sich mit einem Taschentuch den Schweiß aus dem Gesicht.

«Ja, aber das ist ein Riesenjob. Es gibt Hunderte.» Stroud schaute wie abwesend aufs Taschentuch, dann faltete er den Stoff sehr sorgfältig zusammen und steckte ihn langsam und bedächtig ein. «Die Liste geht direkt an mich persönlich. Wenn ich etwas finde, werden Sie es als Erste erfahren.»

Das klang seltsam. Natürlich wären wir die Ersten.

«Sie haben den Artikel in *Newsways* über diese Patterson gelesen?», fragte Steve, und Stroud bejahte. «Für Ergebnisse ist es noch zu früh. Unser Ziel ist es, diese Frau einzubeziehen. Irgendjemand wird sich anhand unserer Beschreibung an das *Judas*-Bild erinnern. Da wir es als ‹unbezahlbar› eingestuft haben, wird es sich schon finden. Ich habe so eine Ahnung, dass wir unseren Mann schon allein mit dem Bild zur Strecke bringen.»

Stroud lächelte ein wenig, sagte aber nichts, und dann redeten sie über andere Recherchewege, darunter Steuerlisten, Werbeagenturen, Zeitungen, Fingerabdrücke auf einem Taschentuch – und alles verrann in Rauch und Nebel. Schließlich hörte ich, wie Steve sagte: «Und nun zu den Bars, Kunstgalerien etcetera.»

«Überall Leute vor Ort.»

«Genau. Und warum ist unser Mann bisher nicht aufgetaucht? Das erscheint mir bizarr. Niemand ändert seine Lebensgewohnheiten. Jedenfalls nicht ohne einen triftigen Grund.»

«Ich habe ja bereits erwähnt, dass er das Land verlassen haben könnte oder ermordet wurde», sagte Stroud. «Hier noch ein paar Varianten der gleichen Theorie: Er selbst könnte Delos getötet haben, und in diesem Fall wird er sich natürlich eher unauffällig verhalten. Oder er weiß, dass er sich auf halbseidene Kontakte eingelassen hat, kennt den Preis und ist abgetaucht, damit ihm nicht das Gleiche zustößt.»

Ich schaute weder Steve noch Stroud an. Auf seltsame Weise traf Strouds Schlussfolgerung geradezu den Kern. Im Zimmer war es einen Moment lang zu still.

«Sie glauben, er ahnt, dass er sich in Gefahr befindet?», fragte Steve.

«Er weiß, dass jemand es todernst meint. Warum sollte er dann unbesorgt sein?»

«Und er versteckt sich wirklich raffiniert.» Steve schien nach etwas zu suchen. «Jedenfalls hält er sich von allen Orten fern, die er sonst immer aufgesucht hat.» Steve blieb einen Moment still, dann fragte er: «Wie viele Leute in der Firma wissen von diesem speziellen Auftrag?»

Stroud schien ihn nicht zu verstehen.

«Unsere eigenen?»

«Hier bei Janoth Enterprises. Wie viele, geschätzt?»

Stroud deutete ein dünnes Lächeln an. «Nun, bei dreiundfünfzig Leuten, die inzwischen an diesem Auftrag arbeiten, würde ich sagen, dass jeder davon weiß. Alle zweitausend.»

«Ja», räumte Steve ein. «Das dürfte zutreffen.»

«Warum?»

«Nichts. Eine Sekunde lang glaubte ich, da wäre etwas.» Steve wurde wieder der Alte, lehnte sich angriffslustig nach vorn. «In Ordnung, ich denke, damit ist alles klar. Aber wir haben immer noch nichts.»

«Glauben Sie, ich habe irgendwo etwas übersehen?», drängte Stroud.

«Bleiben Sie einfach dran, das ist alles.»

«Das werde ich. Da wir uns ja nun einig sind, dass der Mordfall und unser spezieller Freund quasi Zwillinge sind, gibt es viele weitere Linien, denen wir folgen können.»

«Was für Linien?»

Stroud erhob sich. Er schob sich eine Zigarette in den Mund, dachte aber noch nach, bevor er sie anzündete.

«Zunächst schicke ich einige Männer zu allen Taxiständen in der Nähe von Pauline Delos' Apartment. Am Abend ihres Todes, nur wenige Minuten später, hat jemand dort ein Taxi bestiegen, und er wird auffällig gewesen sein.» Er zündete sich die Zigarette an, nahm einen tiefen Zug, atmete den Rauch aus. «Der Fahrer wird sich erinnern und den Mann beschreiben.»

Meine Augen wanderten zu Steve und verharrten dort. Ich wusste, dass er mich verstand, denn er schaute nicht in meine Richtung, keine Sekunde lang.

«Ich kann nicht ganz folgen, George», sagte er mit tonloser Stimme.

«Ganz einfach. Unser Mann nahm Pauline mit zu Gil's, in einige Antiquitätenläden und ins Van Barth. Warum sollte er sie nicht nach Hause begleiten? Selbstverständlich tat er das. Unser Ablaufplan stimmt mit dem der Polizei überein. Er brachte sie nach Hause und musste dann von dort wegkommen. Egal, was dort geschah, egal, wer sie getötet hat, egal, was er gesehen oder gewusst hat – er musste von dort wegkommen. Die erste und naheliegendste Möglichkeit wäre ein Taxi.»

Ich warf ein: «Vielleicht war er mit dem eigenen Wagen dort.»

«Vielleicht.»

«Er könnte zu Fuß gegangen sein», sagte Steve. «Oder einen Bus genommen haben.»

«Das trifft alles zu. Aber wir können diese Chance nicht auslassen, nur weil er vielleicht nichts von alledem getan hat. Er könnte ein Taxi genommen haben. Setzen wir doch einfach darauf und hoffen auf Sieg.» An Selbstvertrauen hatte es Stroud nie gemangelt, und jetzt sprühte es aus jeder Pore. Er bewegte sich in Richtung Tür. «Ich habe so eine Ahnung, dass er tatsächlich ein Taxi genommen hat, wir werden den Fahrer finden, erfahren, wohin er gefahren ist, und damit ist unser Fall abgeschlossen.»

Als er den Raum verlassen hatte, herrschte lange eine vollkommene Stille; Steve starrte auf die Tür, die sich hinter Stroud geschlossen hatte. Ich glaubte, seine Gedanken zu lesen. «Ja. Du hast recht.»

«Mit was?»

«Wir beenden den Auftrag. Wir blasen alles ab.»

«Nein, tun wir nicht. Warum sollten wir? Ich habe an etwas anderes gedacht. An Stroud. Ich mag den Bastard nicht.»

«Das ist gleichgültig. Ich mag nicht, dass Stroud sich nach dem Taxi erkundigt.»

In Steve kochte ein Ärger, der zu brodeln begann.

«Das ist eine Lappalie. Daraus wird man dir keinen Strick drehen. Unser Team ist gut, aber nicht gut genug. Was mir Sorgen macht, ist die Frage, warum wir so ausgebremst werden? Warum ist die einzige clevere Idee, mit der Stroud daherkommt, eine, die uns gar nicht gefällt? Irgendwo wählt er Abkürzungen – aber wo?»

«Zieh ihn von diesem Job ab. Sofort. Bevor er ein Team losschickt, das diesen Fahrer sucht. Ich hasse die Art, wie sein Verstand arbeitet.»

Steves Augen leuchteten wie die eines Tieres, mitleidlos.

«Wir können die Nachforschungen jetzt nicht abbrechen, und es bringt auch nichts, Stroud auszutauschen. Wir müssen das jetzt durchstehen, und Stroud muss liefern. Er muss nur verdammt noch mal schneller werden, das ist alles. Wir sind auf der Innenbahn gestartet, aber diesen Vorsprung verspielen wir gerade, Stunde um Stunde.»

Mir kamen Großwildjäger in den Sinn, die sich an ihre Beute anpirschen, aber währenddessen von den Tieren eingekreist werden – und ist der Ring erst einmal geschlossen, spüren sie anfangs noch immer nicht, wie ihr eigenes Ende naht. Das ist ein Verhängnis. Ich sagte: «Du überblickst die Lage nicht ganz. Es gab kürzlich einige informelle, wirklich geheime Aufsichtsratssitzungen, und das Essen am letzten Samstag …»

Steve unterbrach mich, ohne den Blick abzuwenden. «Ja. Das sagtest du schon.»

«Also, wenn dieses Geschäft auf falsche Bahnen gerät oder sich auch nur in die Länge zieht, haben sie genau das, was ihnen noch fehlte, um offener zu agieren. Ich bin mir sicher, dass sie in den letzten vier oder fünf Tagen darüber gesprochen haben. Sollte das geschehen – wäre es sogar noch schlimmer als diese Angelegenheit.»

Steve schien nicht zuzuhören. Sein Blick galt mir und dem Leben insgesamt – tief und unbewegt wie bei einem unmenschlichen bronzenen Götzenbild. Überraschend fragte er mich dann aber: «Du hast nicht viel geschlafen, nicht wahr?»

«Seitdem nicht mehr.»

Er nickte und entschied sachlich: «Du begibst dich ins Krankenhaus. Eine Halsentzündung. Vergiss das alles. Dr. Reiner steckt dich für ein paar Tage ins Bett. Keine Besucher. Außer mir.»

GEORGETTE STROUD

Ich hatte George nicht mehr gesehen, als er gestern sehr spät nach Hause kam. Er hatte lange gearbeitet, obwohl es ein Sonntag war. Eigentlich hatte ich ihn letzte Woche an keinem einzigen Abend zu Gesicht bekommen. Es war aber nicht ungewöhnlich, dass er lange arbeiten musste, entweder hier oder im Büro. Manchmal kehrte er nachts überhaupt nicht zurück.

Am heutigen Montagmorgen spürte ich aber, dass etwas anders war. Es war nicht einfach nur ein zeitraubender und harter Auftrag, auch wenn er mir das so geschildert hatte.

Als er zum Frühstück herunterkam, sah ich, was ich schon gespürt hatte, ohne es zu wissen. Jetzt wusste ich, dass irgendetwas sehr Ungewöhnliches geschehen war, und ich nahm mir vor, das herauszufinden.

Er küsste Georgia und mich und setzte sich. Immer, wenn er mit dem Frühstück anfing, kommentierte er sonst den ersten Teller, der ihm ins Auge fiel. Heute aber begann er mit seiner Grapefruit und sagte gar nichts.

«Erzähl mir eine Geschichte, George», forderte Georgia sofort, so als sei ihr gerade etwas vollkommen Neues eingefallen.

«Geschichte? Geschichte? Was ist denn überhaupt eine Geschichte? Nie davon gehört.»

Das war in Ordnung, wenn auch ein wenig mechanisch.

«Fang schon an. George sagte, du würdest es tun. Sie hat es versprochen.»

«Also gut, ich erzähle dir eine Geschichte. Sie handelt von einem kleinen Mädchen namens Sophia.»

«Wie alt?»

«Sechs.»

Und wieder ein falscher Ton. Sie musste ihn sonst immer bedrängen, damit er ihr wirkliches Alter nannte.

«Also was hat sie getan?»

«Die Geschichte handelt eigentlich von Sophia und ihrer allerbesten Freundin, einem anderen kleinen Mädchen.»

«Und wie hieß die?»

«Zufällig Sonja.»

«Wie alt?»

«Sechs.»

«Und was haben sie getan?»

Jetzt erst fiel mir auf, dass er sichtlich abgenommen hatte. Und während er mit mir redete, war er überhaupt nicht anwesend. Normalerweise hüllte er sich regelrecht in Konfettiwolken, doch wer ihn kannte, verstand genau, was er sagen wollte und wo er sich gerade befand. Jetzt aber war er wirklich überhaupt nicht bei uns. Seine feinen Ausflüchte waren nicht mehr fein. Es waren echte Ausflüchte. Die Konfettiwolken waren Stahltüren.

Mir fiel ein, dass er sich vor zwei Jahren ganz ähnlich verhalten hatte, während der Affäre mit Elizabeth Stoltz, von der ich wusste. Was diese eine Affäre betraf, war ich mir sicher. Und es hatte vorher schon andere gegeben, das hatte ich damals geahnt und ahnte es jetzt mehr denn je.

Eine Woge äußerster Unwirklichkeit rollte über mich hinweg. Diese Stimmung kannte ich leider nur zu gut, es war wie der erste Anflug einer immer wiederkehrenden Krankheit. Es war zu abscheulich, um wirklich zu sein. Das machte es am Ende so grässlich.

«Also, Sophia bekam ihre Freundin Sonja nie zu sehen, außer in ganz bestimmten Momenten. Nur wenn Sophia auf einen Stuhl kletterte und in den Spiegel schaute, um ihr Gesicht zu waschen und ihr Haar zu kämmen. Wann immer sie das tat, schaute sie ausgerechnet Sonja ins Gesicht.»

«Und was taten sie dann?»

«Sie führten lange, lange Gespräche. ‹Was soll das, immer vor mir aufzukreuzen?›, fragte Sophia. ‹Verschwinde von hier, Sonja, und lass mich in Ruhe.›»

«Und was hat Sonja geantwortet?»

«Das ist das Allerseltsamste: Sonja hat nie ein Wort gesagt. Kein einziges Wort. Aber was immer Sophia vor diesem Spiegel tat, Sonja macht es nach. Selbst wenn Sophia ihre Zunge herausstreckte und Sonja eine alte Nachäfferin nannte.»

«Und was passierte dann?»

«Das ging eine ganze Weile so, und Sophia war richtig wütend, das kannst du mir glauben.» Ja, George, Sophia war verdammt wütend. Wie viele Jahre, George, ging das schon so? «Aber sie dachte darüber nach, und eines Tages sprach sie zu Sonja: ‹Wenn du nicht damit aufhörst, mir jedesmal im Weg zu stehen, wenn ich zum Spiegel gehe – dann werde ich *dir* auch nie aus dem Weg gehen.›»

«Und was dann?»

«Genau das hat Sophia getan. Jedes Mal, wenn Sonja, das kleine Mädchen, das niemals sprach, zum Spiegel ging, um sich das Haar zu kämmen, tat Sophia dasselbe. Alles, was Sonja tat, hat Sophia gleich nachgeäfft.»

Nein. Glaube ich nicht. Ich glaube, beide taten etwas anderes. Sie haben sich einfach voneinander entfernt.

Es darf nicht wahr sein. Ich kann diesen Horror nicht noch einmal durchmachen.

Was ist los mit ihm? Ist er wahnsinnig? Ich möchte nicht noch einmal von dieser schrecklichen Klippe stürzen.

Kann er sich jemals ändern und erwachsen werden? Seit dem Stoltz-Mädchen war er eigentlich ganz in Ordnung. Ich dachte, sie wäre die Letzte gewesen, weil sie die Letzte sein musste. Für das Zerren und Verletzen von Nerven gibt es eine äußerste Grenze, jedenfalls solange sie noch am Leben sind. Falls es das ist, kann ich es nicht noch einmal ertragen.

Ist er wirklich noch bei Sinnen? Er kann doch nicht so blind sein.

«Ich habe eine beste Freundin», verkündete Georgia.

«Das hoffe ich doch.»

«Eine neue.»

«Was treibt ihr beiden denn so?»

«Wir spielen. Aber manchmal klaut sie mir meine Wachsmalstifte. Sie heißt Pauline.»

«Aha. Und was passiert dann?»

Das klang alles zu oberflächlich, wie etwas Geprobtes aus einem Apparat, einem Radio oder Plattenspieler.

Der Schulbus ließ seine Hupe tönen, und Georgia sprang auf. Ich fuhr ihr mit der Serviette durchs Gesicht und folgte ihr in den Flur, wo sie sich ihre Schultasche griff, darin ein Zeichenblock, ein Bilderbuch und – jedenfalls als ich zum letzten Mal nachgeschaut hatte – eine Handvoll loser Perlen, einige vergessene Erdnüsse und die abgebrochene Spitze eines Füllers.

Ich gab ihr einen Abschiedskuss und blieb noch einen Moment stehen, während sie hinunter zur Straße lief. Vielleicht hatte ich unrecht.

Ich musste unrecht haben. Ich würde unrecht haben. Solange ich nicht gezwungen wäre, recht zu haben.

Auf dem Weg zurück zum Frühstückszimmer bemerkte ich die neueste Ausgabe von *Newsways*, und mir fiel etwas ein. Ich nahm sie mit.

«George», sagte ich, «du hast vergessen, die *Newsways* mitzubringen.»

Er beschäftigte sich weiter mit seinen Eiern und dem Kaffe und antwortete abwesend: «Habe ich vergessen. Heute Abend bringe ich ganz sicher eine mit. Und gleich auch die *Personalities*.»

«Vergiss die *Newsways*, ich habe mir gestern eine gekauft.»

Er blickte mich an und sah die Zeitschrift, und für einen ganz kurzen Augenblick waren da etwas Fremdartiges und Zeichen der Erschöpfung in seinem Gesicht zu sehen, die ich dort nie zuvor gesehen hatte – und dann war alles ganz schnell vorbei und ich war mir nicht mehr sicher, ob es wirklich so gewesen war. «Da gibt es etwas, wonach ich dich fragen wollte. Hast du den Artikel über Louise Patterson gelesen?»

«Ja, ich habe ihn gelesen.»

«Großartig, nicht wahr? Genau das, was du schon seit Jahren gesagt hast.» Ich zitierte einen Satz aus dem Beitrag:

«Homunculus wächst zu monströser Größe heran, mit all der Stärke einer wirklich beachtlichen Explosion, dank einem neuen Talent, das plötzlich, einem Meteor gleich, durch den ansonsten eher schwülstigen Himmel der zeitgenössischen Kunstszene schießt. Louise Patterson mag ihre Motive wie durch ein Mikroskop betrachten, doch ihre Pinselführung ist die einer Riesin.»

«Ja, das ist großartig. Ist aber nicht das, was ich all die Jahre erklärt habe.»

«Immerhin erkennen sie ihr Talent an. Sei doch nicht so kritisch, nur weil sie andere Worte gebrauchen als du. Aber sie geben ja zu, dass sie eine große Malerin ist, oder nicht?»

«Ja, das tun sie.»

Irgendwo steckte ein Misston. Die Worte sollten ein wenig skeptisch klingen, aber sein Tonfall war einfach nur flach.

«Um Himmelswillen, George, tu doch nicht so, als gefiele es dir nicht. Du besitzt doch sieben oder acht Pattersons, und jetzt sind sie plötzlich alle wahnsinnig wertvoll.»

«Unbezahlbar. Ich glaube, so heißt es im *Newsways*.»

Er legte die Serviette zur Seite und erhob sich. «Ich muss mich beeilen. Ich denke, ich fahre wie immer, außer wenn du den Wagen brauchst.»

«Nein, natürlich nicht. Aber warte, George. Hier ist noch etwas.» Ich wählte einen anderen Abschnitt des Artikels und las ihn vor: «‹In dieser Woche sorgt sich die Kunstwelt um den Verbleib von Pattersons verlorenem Meisterwerk, ihrem berühmten *Judas*, das ohne Zweifel wertvollste Gemälde unter all den unbezahlbaren Arbeiten, die aus dem Atelier der Künstlerin hervorgegangen sind. Es zeigt zwei große Hände, die eine Münze austauschen – eine vollendete Studie in flammendem Gelb, Rot und Rotbraun; diese Komposition war vor einigen Jahren noch allgemein bekannt, bevor sich ihre Spur verlor.› Und so weiter.»

Ich hob den Blick. George sagte: «Hübsch und gar nicht kitschig. Klingt wie ein Regenbogen um Mitternacht.»

«Darauf wollte ich nicht hinaus. Weißt du irgendetwas über dieses Bild?»

«Wie sollte ich?»

«Habe ich hier nicht ein ungerahmtes Bild gesehen, das du vor einer Woche hergebracht hast, etwas in dieser Art?»

«Das hast du, Georgialein. Eine Kopie davon.»

«Ach so. Und was ist damit passiert?»

George blinzelte mir zu, aber es lag keine Wärme in seinen Augen. Da war überhaupt nichts. Einfach nur Leere.

«Ins Büro gebracht natürlich. Was denkst du denn, woher diese Schreiberlinge eine so akkurate Beschreibung des Originals haben?» Er tätschelte mir die Schulter und gab mir einen flüchtigen Kuss. «Ich muss mich beeilen. Ich rufe dich heute Nachmittag an.»

Als er fort war und ich hörte, wie der Wagen die Einfahrt hinabrollte, legte ich das Heft zur Seite und stand ganz langsam auf. Ich ging zu Nellie in die Küche hinüber und wusste jetzt, wie es sich anfühlt, alt zu sein, wirklich alt.

EMORY MAFFERSON

Bis vor kurzem kannte ich Stroud kaum, und eigentlich kenne ich ihn auch jetzt nicht. Deshalb könnte ich auch gar nicht sagen, ob oder wie er in das Schema von Janoth hineinpasst.

Als er meinte, ich sei nicht der *Crimeways*-Typ, hatte das nichts zu bedeuten. Das war nur der übliche Ratschlag, der für alle unsere Magazine galt, und meines Wissens war auch Stroud nur einer von vielen beflissenen, um sich selbst kreisenden ehrgeizigen Herren in unserer Firma, die von Büro zu Büro zogen, von einer Allianz zur nächsten, von einer moralischen oder politischen Mode zur anderen, und vom Leben erwarten sie einzig und allein, im nächsten Jahr mehr Geld zu verdienen als im Jahr zuvor – und immer mehr als die Kollegen.

Und doch hatte ich von Anfang an das Gefühl, dass Stroud nicht ganz so einfach gestrickt war. Tatsächlich wusste ich nicht viel mehr über ihn, als dass er sich selbst für ziemlich geschmeidig hielt, seinen eigenen Scharfsinn schätzte und sich nichts von dem kaufte, was hier publiziert wurde.

Auch ich nicht. Bis heute.

Als ich am Montagmorgen ein wenig verspätet eintraf, stand Leon Temple in Strouds Büro und bat Stroud um seine Unterschrift unter eine Zahlungsanweisung; er brauchte das Geld für diesen neuen, ziemlich exzentrischen Auftrag, an dem fast alle arbeiteten, ich selbst ausgenommen. Temple, so deutete ich das jedenfalls, tat nichts anderes, als mit einem niedlichen Ding namens Janet Clark in der Cocktail-Bar des Van Barth herumzulungern. Während ich im Büro auf und ab lief und mir die bestmöglichen Worte für Stroud zurechtlegte, empfand ich mich als Außenseiter. Alle anderen feierten eine lange, fröhliche Party, während ich meine Tage in den uralten Büros der Mordkommission zubrachte oder in den bröseligen Ruinen der Staatsanwaltschaft.

Nachdem Stroud die Zahlungsanweisung abgezeichnet und Leon Temple uns verlassen hatte, durchquerte ich den Raum und schwang mich auf die Fensterbank hinter seinem Schreibtisch. Er drehte seinen Stuhl in meine Richtung, und im hellen Licht sah ich nun, was mir vorher nie aufgefallen war, dass nämlich das Gesicht dieses Mannes hart und zerfurcht war.

«Irgendetwas Neues, Emory?», fragte er.

«Nun ja. Weitgehend Routineangelegenheiten. Aber ich würde mit Ihnen gern über etwas anderes reden.»

«Raus mit der Sprache.»

«Wissen Sie von der seltsamen Angelegenheit, die am Samstagabend vor einer Woche geschah?»

«Die Mordnacht?»

«Ja. Aber jetzt geht es um den Bürgerkredit. An jenem Abend habe ich mich mit Fred Steichel, dem Redaktionsleiter bei Jenett-Donohue, getroffen. Kennen Sie ihn?»

«Ich bin ihm schon begegnet. Aber ich sehe noch nicht, worauf Sie hinauswollen.»

«Nun, ich kenne Fred ziemlich gut. Seine Frau und meine waren Klassenkameradinnen, und sie verabreden sich immer noch ziemlich häufig. Jedenfalls haben wir uns zum Abendessen getroffen, und nachher wurde es eine richtige Party. Fred war ziemlich betrunken, und er hat mir dann alles Mögliche über den Bürgerkredit erzählt. Er wusste darüber fast genauso viel wie ich.»

Stroud wirkte unbesorgt. «Warum auch nicht? Es ist kein Staatsgeheimnis. Solche Dinge sprechen sich rum.»

«Natürlich, in einem allgemeinen Sinn. Aber dies hier war anders. Fred ist ganz in Ordnung, solange er nüchtern ist, er wird aber unausstehlich, wenn er getrunken hat, und an jenem Abend hat er sich alle Mühe gegeben, so unangenehm wie möglich aufzutreten. Er machte sich einen Heidenspaß daraus, unsere Berechnungen vorzutragen, unsere Schlussfolgerungen zu zitieren, ja, er kannte sogar einige Ansätze, denen wir eine Weile nachgegangen sind, bevor wir sie verworfen haben. Was ich sagen will: Er kannte unsere Zahlen, kannte alle unsere Schritte und sogar viele Sätze, die ich selbst in meinen Berichten verwendet habe. Nicht allgemein, sonder absolut wörtlich. Mit anderen Worten, irgendwo gab es ein Leck, er hat unsere Rechercheergebnisse gesehen, die Berichte, die Erkenntnisse.»

«Und dann?»

«Ich war ziemlich sauer. Wenn Jennett-Donohue gerüchteweise hört, womit wir uns beschäftigen, mag das ja noch angehen, aber es ist doch etwas anderes, wenn sie Zugriff auf vertrauliche Unterlagen bekommen. Ich meine – was zum Teufel! Mir gefiel einfach die Art und Weise nicht, wie Fred vom Bürgerkredit schwätzte. Als sei es eine Totgeburt. Seiner Meinung nach verschwendete ich damit meine Zeit. Es sei nur noch eine Frage von Wochen oder Tagen, bis das ganze Projekt abgeblasen würde. Je mehr ich darüber nachdachte, desto weniger gefiel mir das. Er ist nicht zufällig an diese Unterlagen gekommen, und hinter seiner Dreistigkeit steckt mehr als nur ein paar Drinks.»

Stroud nickte.

«Ich verstehe. Und Sie dachten, wir sollten das wissen.»

«Ja, das dachte ich und das denke ich auch immer noch. Ich will ja nicht behaupten, dass ich selbst das Konzept verstehe, aber es ist doch irgendwie mein Baby, ich habe viel Arbeit hineingesteckt, und es ist doch etwas mehr als die Allerweltsphantome, denen wir hier sonst nachjagen. Es fasziniert mich. Etwas daran ist beinahe greifbar.» Stroud hörte mir wenigstens interessiert zu, vielleicht sogar zustimmend, und so brachte ich mein Argument vor. «Es ist nicht einfach irgendein neuer Visionspfeil, den jemand in die Luft schießt. Es ist ein handfester Deal. Und sobald wirklich klar ist, dass jeder Mensch tatsächlich über ein Vermögen von einer Million Dollar verfügt und dass er die Dividende an sich selbst auszahlt, folgt ja unweigerlich, dass niemand mehr zur Waffe greift oder verhungert oder dieses vollkommen sinnvolle Investment torpediert.»

Stroud deutete ein Lächeln an – verständnisvoll, aber eisig.

«Ich weiß», sagte er. «In Ordnung, ich werde Hagen oder Earl von diesem speziellen Zugriff auf unser vertrauliches Material berichten.»

«Aber das ist es ja gerade, ich habe das schon getan. Das war ja das Seltsame an diesem Samstagabend. Zuerst habe ich Sie angerufen, aber ich konnte Sie nicht erreichen, dann habe ich es bei Hagen probiert. Er war zu Hause, und er stimmte mir darin zu, dass die Angelegenheit verdammt wichtig sei. Er versprach mir, alles mit Earl zu besprechen, und am Montagmorgen wollte er zuallererst mit mir darüber reden. Und dann habe ich von ihm kein Sterbenswörtchen mehr gehört.»

Stroud lehnte sich in seinem Bürostuhl zurück, schaute mich an und dachte offensichtlich über etwas nach. «Sie haben Hagen an jenem Abend angerufen?»

«Ich musste mit jemandem darüber reden.»

«Selbstverständlich. Um wie viel Uhr war das?»

«Beinahe unverzüglich. Ich habe Steichel das angedroht, und der Bastard hat mich nur ausgelacht.»

«Ja, aber um wie viel Uhr?»

«Hm, etwa um halb elf. Warum?»

«Und Sie haben nur mit Hagen gesprochen? Sie haben also nicht mit Earl selbst gesprochen?»

«Ich habe nicht mit ihm gesprochen, nein. Aber er muss zum Zeitpunkt meines Anrufs dort gewesen sein. Sie wissen doch, er hat dort den Abend verbracht.»

Stroud wandte den Blick ab und zog die Stirn in Falten.

«Ja, ich weiß», sagte er mit einer sehr müden, sehr fernen Stimme. «Aber was genau hat Hagen gesagt, erinnern Sie sich noch?»

«Nicht exakt. Er sagte, er wolle die Sache mit Earl besprechen. Also eine Gegenkontrolle, was Earls Anwesenheit betrifft, nicht wahr? Und dann sagte Hagen, er wolle mich am Montagmorgen sehen. Doch am Montagmorgen habe ich nichts von ihm gehört, ich habe seitdem überhaupt noch nichts von ihm gehört, und ich habe mich seither gefragt, was geschehen ist.

Ich dachte, womöglich hat er Ihnen die ganze Angelegenheit übertragen.»

«Nein, tut mir leid, das hat er nicht. Aber ich werde dem natürlich nachgehen. Ich bin ganz Ihrer Meinung, der Vorfall ist bedeutsam. Und ich spreche mit Hagen.» Wieder zeigte er das winterkalte Lächeln, jetzt unter dem Gefrierpunkt. «Ein Menschenleben für eine Million Dollar in Banknoten, das ist doch eine Geschichte, nicht wahr? Keine Sorge, Emory, Ihr Wunschkind wird nicht untergehen.»

Er war einer dieser unwiderstehlichen Kerle, die ich immer mochte und bewunderte und natürlich auch beneidete und hasste, und ich war so töricht, ihm das alles zu glauben. Ich wusste, dass es nicht wahr würde, und doch glaubte ich tatsächlich, dass er mit ganzem Herzen dafür brannte, den Bürgerkredit zu schützen und dass er schon irgendwie einen Weg finden würde, die Idee in großem Rahmen öffentlich vorzustellen, so dass es zu einem wirklich großen Probelauf käme. Ich lächelte, zog ein paar Notizzettel aus der Tasche und sagte: «Das ist alles, worüber ich reden wollte. Und hier noch die letzten Hinweise, die die Polizei im Mordfall Delos erhalten hat. Ich habe Ihnen ja schon berichtet, dass sie von Freitagabend bis zum Nachmittag des Samstags nicht in New York war.» Stroud deutete ein Nicken an und lauschte konzentriert. Ich fuhr fort: «Gestern haben sie ermittelt, wo genau sie sich aufgehalten hat. Sie war in Albany, zusammen mit einem Mann. In ihrem Apartment hat man eine Streichholzschachtel aus einem Nachtclub in Albany gefunden, der seine Schachteln nicht in alle Welt verschickt, sondern nur vor Ort verteilt, und bei einem Routinecheck der Hotels in Albany ließ sich das bestätigen. So weit klar?»

Er nickte knapp, wie in Erwartung und abwesend und wiederum verhärtet. Ich sagte: «Übrigens wissen die Cops alles über Ihre Nachforschungen, und sie sind überzeugt davon, dass der Mann, nach dem Sie suchen, und der Mann, der am vergangenen Freitag und Samstag mit Delos im Albany war, ein und dieselbe Person sind. Hilft Ihnen das weiter oder erschwert es die Arbeit?»

Er sagte: «Weiter.»

«Das wäre schon ungefähr alles. Sie schicken heute Nachmittag oder morgen früh einen Mann mit vielen Fotos dorthin, die wird er im Nachtclub vorzeigen, im Hotel und sonst überall. Ich habe ja schon erwähnt, dass sie das Adressbuch der Frau Delos besitzen. Heute morgen durfte ich einen Blick darauf werfen. Sie haben Bilder von allen Männern auf dieser langen Liste zusammengetragen, höchstwahrscheinlich ist der Kerl, der mit ihr im Albany war, darauf zu finden. Folgen Sie mir?»

«Ich folge Ihnen.»

«Aus der telefonischen Beschreibung dieses Mannes durch das Personal im Hotel und im Club wissen sie, dass es ziemlich sicher nicht Janoth war. Im Hotel haben sie sich als Mr. und Mrs. Andrew Phelps-Guyon eingetragen, ein Schwindel, wie er im Buche steht. Sagt der Name Ihnen irgendetwas?»

«Nein.»

«Übrigens stand auch Ihr Name im Adressbuch der Dame.»

«Ja», sagte er. «Ich kannte Pauline Delos.»

«Das wäre dann alles.»

Stroud schien über meinen Bericht nachzudenken.

«Sehr schön, Emory», sagte er und warf mir ein flüchtiges, kühles Lächeln zu. «Nebenbei: Braucht die Polizei ein Foto von mir?»

«Nein. Sie haben schon eins. Das Sie irgendwann wegen einer Lizenz oder für einen Pass eingereicht haben. Der Mann, den sie in den Norden schicken, reist mit einer ordentlichen Sammlung. Er hat fünfzig oder sechzig Fotos.»

«Verstehe.»

«Ich könnte diesen Burschen nach Albany begleiten, wenn Sie mögen», sagte ich. «Wenn er sich nicht noch nebenher um anderes kümmern muss, wird er Ihren Mann vermutlich identifizieren.»

«Da bin ich mir sicher», sagte Stroud. «Aber keine Sorge. Ich denke, wir werden das hier vor Ort noch besser hinbekommen.»

GEORGE STROUD IX

Die beiden Stränge der Ermittlung, die Nachforschungen der Firma und die amtlichen, näherten sich einander wie die Schneiden einer unsichtbaren Schere. Ich spürte, wie die Schere sich schloss.

Ich redete mir ein, es sei ja nur ein Werkzeug, eine große Maschine, und die Maschine sei blind. Nur hatte ich ihre zerstörerische Kraft unterschätzt. Das war der Wahnsinn. Die Maschine kann man nicht herausfordern. Sie erschafft und löscht aus, beides mit eiskalter Sachlichkeit. Sie misst Menschen auf die gleiche Weise, wie sie Geld misst und das Wachstum der Bäume, die Lebenszeit von Moskitos, moralische Normen und den Fortgang der Zeit. Und wenn die große Uhr die Stunde schlägt, ist dies in der Tat die Stunde, der Tag, der richtige Zeitpunkt. Sagt die Uhr, dass ein Mann recht hat, dann hat er recht, und wenn sie findet, er habe unrecht, ist er erledigt, da gibt es keine Berufung. Die Maschinerie ist taub und blind.

Natürlich hatte ich es so gewollt.

Ich kehrte von einem Mittagessen ins Büro zurück, von dem ich nicht sagen konnte, wie es geschmeckt hatte. Es war bloß ein Zwischenspiel, anschließend wollte ich mich auf neue Möglichkeiten einstellen und nach neuen Fluchtwegen suchen.

Das Janoth-Gebäude bedeckte einen halben Block und schaute mit fünfhundert blinden Augen in die Welt, als ich mich abermals und aus freien Stücken seinen steinernen Eingeweiden auslieferte. Die Innenwelt dieses gewaltigen Götzen war blitzsauber, angenehm beleuchtet und angefüllt mit dem unablässigen Echo zahlloser Füße. Ein Besucher hätte es genossen.

Auf meinem Schreibtisch fand ich das Verzeichnis nicht erneuerter Schanklizenzen für Lokale im Umland, aus der Zeit vor sechs Jahren. Ich wusste, dass ich dort auch meinen eigenen Namen finden würde. Darum musste ich mich später kümmern. Im Moment konnte ich nichts tun, als die Papiere in die unterste Schreibtischschublade zu stopfen.

Ich ging zu Roy hinüber und fragte ihn: «Hunger?»

«Und wie.»

«Die Bernhardiner sind im Anmarsch.»

Er erhob sich langsam und schob die Ärmel seines Hemdes wieder nach unten.

«Tut mir leid, wenn ich Sie habe warten lassen. Irgendetwas Neues?»

«Nicht dass ich wüsste, aber Hagen möchte Sie sehen. Vielleicht sollte ich das Mittagessen lieber aufschieben, bis Sie mit ihm gesprochen haben.»

«In Ordnung. Aber ich glaube nicht, dass Sie lange warten müssen.»

Ich stieg die Treppe hinauf nach oben. Diese täglichen Besprechungen waren immer länger geworden, immer häufiger und immer zermürbender. Da war es nur ein schwacher Trost, wenn man vor Augen hatte, in welchen Abgrund Hagen und Janoth, vor allem Janoth, hinabblickten.

Zum hundertsten Mal fragte ich mich, warum Earl so etwas getan hatte. Was konnte bloß an jenem Abend in diesem Apartment vorgefallen sein? Gott, was für ein hoher Preis. Aber es war nun einmal geschehen. Und dabei fiel mir auf, dass ich gar nicht wirklich an Janoth gedacht hatte, sondern an mich selbst.

Als ich Hagens Büro betrat, reichte er mir eine Notiz, einen Umschlag und ein Foto.

«Das hier ist gerade hereingekommen», sagte er. «Wir bringen das Bild halbseitig in *Newsways*, mit einer Fortsetzung des letzten Artikels.»

Papier und Umschlag stammten aus einer Galerie in der 57. Straße. Das Foto, ein gutes, scharfes Bild im Format 4 x 6, zeigte die Wand einer Louise-Patterson-Ausstellung, an der fünf ihrer Gemälde hingen. Auf dem Zettel des Händlers war vermerkt, dass die Aufnahme bei einer Ausstellung vor neun Jahren entstanden war und, soweit bekannt, als einzige authentische Abbildung jenes Bildes enthielt, dass *Newsways* für verloren erklärt hatte.

Kein Zweifel – das waren die beiden Hände meines *Judas*. Das Bild hing genau in der Mitte. Wahrheitsgetreu wies der Kunsthändler darauf hin, dass der Originaltitel schlicht und einfach *Studie über Fundamentales* lautete.

Die übrigen Bilder kannte ich nicht, bis auf das eine rechts außen – das war die *Studie über den Zorn,* die unten an meiner Wand hing.

«Scheint zur Beschreibung zu passen», sagte ich.

«Zweifellos. Wenn wir das veröffentlichen und auf den Kunsthändler verweisen, werden wir das Bild gewiss finden.»

Schon möglich. Es steckte immer noch hinter der Leinwand in der Marble Road. Aber nun wusste ich, dass meine Geschichte mit der Kopie nicht standhalten würde, wenn Georgette die Fortsetzung las – und das würde sie. Denn das Foto wäre ja nun die einzige bekannte Wiedergabe. «Ich hoffe nur, dass wir die Angelegenheit dann schon längst geklärt haben.» Ich erstarrte, als er das Foto erneut inspizierte, und fürchtete schon, er hätte den *Zorn* erkannt. Aber nein. Er legte das Bild zurück und musterte mich mit einem ätzenden Blick. «George, was zum Teufel stimmt hier nicht? Das zieht sich schon mehr als eine Woche hin.»

«Wir haben drei Wochen gebraucht, um Isleman zu finden», sagte ich.

«Wir suchen aber keinen Mann, der seit mehreren Monaten vermisst wird. Wir suchen jemanden, der vor einer Woche verschwunden ist und eine breite Spur hinterlassen hat. Irgendetwas passt nicht. Was ist es?» Ohne eine Antwort abzuwarten, verwarf er die Frage und erkundigte sich nach unseren neuesten Hinweisen. «Was ist mit den abgelaufenen Lizenzen?»

Ich erklärte, sie seien noch auf dem Weg und ich würde sie sofort überprüfen, sobald sie einträfen. Und dann gingen wir noch einmal methodisch über alle Spuren, denen wir bereits nachgegangen waren. Inzwischen ein regelrechtes Gewirr. Ich habe ganze Arbeit geleistet.

Vor dem Weggehen fragte ich nach Earl und erfuhr, dass er seit zwei Tagen im Krankenhaus lag. Und das war auch schon alles, was ich darüber hörte.

Etwa eine Stunde, nachdem ich hinaufgegangen war, kehrte ich in mein Büro zurück. Dort saßen schon Roy, Leon Temple und Phil Best. Offenbar hatten sie ihr Gespräch in dem Moment unterbrochen, als ich den Raum betrat.

«Wir haben ihn», sagte Leon.

Sein kleines und sonst sehr farbloses Gesicht leuchtete. Ich wusste, ich würde nie wieder Atem holen.

«Wo ist er?»

«Genau hier. Er hat dieses Gebäude erst vor kurzem betreten.»

«Wer ist es?»

«Das wissen wir noch nicht. Aber wir haben ihn.» Ich wartete, schaute ihn an, und er erläuterte: «Ich habe den Leuten im Van Barth etwas Geld zugesteckt und ihnen noch mehr versprochen, und sie haben sich in ihrer Freizeit ein wenig in der Gegend umgesehen. Einer der Portiere hat ihn erkannt und ist ihm bis hierher gefolgt.»

Ich nickte und fühlte mich, als habe man mir in den Magen getreten.

«Gute Arbeit», sagte ich. «Wo ist dieser Portier jetzt?»

«Unten. Als er mich anrief, habe ich ihn gebeten, die Aufzüge im Auge zu behalten und dem Burschen zu folgen, falls er herauskommt. Ist er aber nicht. Jetzt bringt Phil den Antiquitätenhändler, Eddy bringt die Kellnerin von Gil's, damit können wir alle sechs Aufzüge kontrollieren. Ich habe die Undercover-Polizisten schon instruiert, was sie tun sollen, wenn unser Mann versucht, das Gebäude zu verlassen. Sie werden ihn schnappen und dafür sorgen, dass er alles ausplaudert, von seinem ersten Geburtstag bis zum heutigen Tag.»

«Ja», sagte ich, «das wär's dann vermutlich.» Es war, als hätten sie ein Tier in die Enge getrieben – und genau das war ja geschehen. Ich war dieses Tier. Ich sagte: «Prima Arbeit, Leon. Sie haben Ihren Kopf gebraucht.»

«Dick und Mike sind unten im Hauptflur und helfen den Leuten aus dem Van Barth. In etwa zwei Minuten sind dann alle Türen und Ausgänge unter Kontrolle.»

Ganz plötzlich griff ich nach meinem Mantel, hielt aber inne. Jetzt konnte ich nicht mehr, es war zu spät. Stattdessen holte ich einige Zigaretten heraus, ging hinter meinem Schreibtisch auf und ab und nahm schließlich Platz.

«Sie sind sicher, dass es der richtige Mann ist?», fragte ich.

Aber natürlich stand das außer Frage. Man hatte mich auf dem Rückweg vom Mittagessen aufgespürt. Und war mir gefolgt.

«Der Portier ist sich sicher.»

«In Ordnung», sagte ich. Das Telefon läutete, und mechanisch nahm ich den Hörer ab. Es war Dick, mit der Nachricht, dass die Aufzugtüren nun vollständig überwacht seien. Neben dem Portier waren auch der Nacht-Barkeeper des Van Barth, die Kellnerin von Gil's und der Händler eingetroffen. «In Ordnung», wiederholte ich. «Bleiben Sie dort. Sie wissen ja, was zu tun ist.»

Pedantisch führte Phil Best mit seiner krähenden Stimme aus, was ohnehin auf der Hand lag.

«Wenn er im Laufe des Nachmittags nicht herauskommt, fassen wir ihn um halb sechs, wenn das Haus sich leert.» Ich nickte, doch meine zunächst betäubten und durcheinandergewirbelten Gedanken begannen sich neu zu sortieren. «Es wird voll sein wie immer, aber wir können jeden Zentimeter des Hauptflurs abdecken.»

«Er sitzt in der Falle», pflichtete ich bei. «Wir können ihn nicht verfehlen. Ich werde ab jetzt hierbleiben, bis wir ihn haben. Ich lasse das Abendessen bringen, und falls nötig schlafe ich oben im Bad auf der 27. Etage. Also ich selbst werde dieses Büro nicht mehr verlassen, bis wir den Sack zumachen. Was ist mit Ihnen?»

Ihre Antworten hörte ich nicht.

Selbst Roy wüsste, dass ein Mann, der ein Gebäude betritt und nicht mehr herauskommt, sich logischerweise noch darinnen aufhält. Und diese unausweichliche Schlussfolgerung würde am Ende zu der einzig logischen Reaktion führen müssen.

Früher oder später müssten meine Leute das gesamte Gebäude durchkämmen, Etage für Etage und Büro für Büro, auf der Suche nach dem einzigen Mann, der noch nicht heimgegangen war.

Wenn es dazu käme, würde es schnell gehen. Die Frage war bloß: Wer würde das als Erster vorschlagen?

LOUISE PATTERSON

Die Klingel hatte in den letzten Tagen keine Ruhe gegeben; als ich jetzt an die Haustür ging, stand dort dieser große, schlanke, romantische Fatzke aus dem schrecklichen Magazin, ein Mr. Klausmeyer. Es war schon sein dritter Besuch, aber das störte mich nicht. Er war ein so höflicher, würdevoller Wurm und der spießigste Kerl, der mir je untergekommen ist; durch ihn erhielt mein Apartment einen etwas irren Anstrich von Vornehmheit oder dergleichen.

«Ich hoffe, ich störe Sie nicht, Mrs. Patterson», begrüßte er mich und beging denselben Fehler wie zuvor.

«MISS Patterson», brüllte ich lachend. «Sie stören, aber kommen Sie schon rein. Haben Sie Ihren Mörder immer noch nicht gefasst?»

«Wir suchen doch gar nicht nach einem Mörder, Miss Patterson. Ich habe Ihnen doch schon erklärt ...»

«Sparen Sie sich das für die Abonnenten Ihres *Mumpitz-Magazins*», sagte ich. «Nehmen Sie doch Platz.»

Vorsichtig umkreiste er die vier Kinder; Pete und Mike, die beiden Jüngeren, halfen den Älteren, die an irgendwelchen Brettern und Kisten herumhämmerten und -sägten und einen Waggon zusammenbastelten, vielleicht war es auch eine neue Art von Roller. Mr. Klausmeyer krempelte sich sorgfältig die Hosenbeine nach oben, bevor er in dem großen Ledersessel versank, der früher ein Schaukelstuhl gewesen war.

«Sie verwechseln uns mit *True Facts*», korrigierte er mich. «Das ist ein vollkommen anderes Format, es liegt gar nicht auf der Linie unserer Publikationen. Ich arbeite für Janoth Enterprises. Bis vor kurzem gehörte ich zur Redaktion von *Personalities*.» Und auf wunderbar ironische Weise fügte er hinzu: «Ich bin sicher, Sie haben schon davon gehört. Vielleicht haben Sie uns sogar schon gelesen. Gerade jetzt arbeite ich allerdings an einem speziellen …»

«Ich weiß, Mr. Klausmeyer. Sie haben diesen Schwachsinnsartikel über mich im *Newsways* geschrieben.» Er blickte mich an wie ein Irrer, und wäre er nicht wegen seines Jobs hergekommen, wäre er jetzt sicherlich aufgesprungen und zur Tür hinausgestürmt. «Halb so wild», jauchzte ich. «Mir hat es gefallen, Mr. Klausmeyer. Wirklich gefallen. Und ich weiß es sogar zu schätzen, auch wenn sie alles ziemlich durcheinandergebracht haben, und mir ist schon klar, dass Sie all diese netten Sachen, die Sie da über mich gesagt haben, gar nicht wirklich so meinen. Ich weiß, dass es Ihnen nur um diesen Mörder geht. Möchten Sie einen Muskateller? Das ist alles, was ich habe.»

Ich schleppte den Rest vom Wein herbei, der in einem Kanister übriggeblieben war, dazu eines meiner letzten guten Gläser. Es war beinahe sauber.

«Nein danke», sagte er. «Was den Artikel betrifft, Miss Patterson …»

«Nicht mal einen winzigen Schluck?»

«Nein, wirklich nicht. Aber was den Artikel betrifft …»

«Er ist nicht besonders gut», räumte ich ein. «Ich meine den Wein», ergänzte ich, und dann erst fiel mir auf, wie laut ich das herausgeprustet hatte, und es war mir peinlich. Mr. Klausmeyer hatte mir ja nichts getan, er wirkte wie ein sensibler Mensch, der alles gleich persönlich nimmt, also konnte ich doch zumindest darauf verzichten, ihn zu beleidigen. Ich beschloss, mich genau so zu benehmen, wie man es von einer Künstlerin erwartet. Ich füllte mir ein Glas mit Muskateller und bat ihn ganz liebenswürdig: «Ich wünschte, Sie würden mit mir anstoßen.»

«Nein danke. Miss Patterson, der Artikel im *Newsways* stammte gar nicht von mir.»

«Oh, er war nicht von Ihnen?»

«Nein.»

«Also, ich fand, das war einfach eine ganz wunderbare Geschichte.» Mir fiel auf, dass ich schon wieder etwas ganz Falsches gesagt hatte, und ich lachte schon wieder schallend.

«Ich meine, innerhalb gewisser Grenzen. Bitte, Mr. Klausmeyer, beachten Sie mich einfach nicht. Ich bin es nicht gewohnt, dass man meine Bilder ‹teuer› nennt. Oder war es ‹unbezahlbar›? Das Bild, für das der Mörder fünfzig Dollar hingelegt hat.»

Mr. Klausmeyer verzweifelte, ich konnte es sehen, und vermutlich langweilte ich ihn auch. Ich schwor mir also, mein Mundwerk im Zaum zu halten und mindestens eine Viertelstunde lang vernünftig zu reden, egal, was er sagte, und egal, wie es mir dabei erging. Eine Viertelstunde. Das ist nicht so viel.

«Ich habe nur einige Informationen beigesteuert», erklärte mir Mr. Klausmeyer gewissenhaft. «Zum Beispiel habe ich dem Autor bei *Newsways* die Beschreibung des *Judas*-Bildes geliefert, exakt so, wie ich sie von Ihnen erhalten hatte.»

Dieser Hundesohn.

«Verdammte Scheiße», brüllte ich, «woher nehmen Sie immer diesen Judas-Mist? Ich habe Ihnen doch gesagt, dass das Bild *Studie über Fundamentales* heißt. Warum zum Teufel geben Sie meinem eigenen Bild einen Fantasietitel, der gar nicht von mir stammt? Wie können Sie es wagen, Sie elender kleiner Wurm, wie können Sie es wagen, mein Werk mit Ihrer Idiotie zu verunstalten?»

Ich betrachtete ihn durch einen Nebel der Wut. Also war er auch nur einer dieser Bilderstürmer. Das sah ich gleich beim Blick auf sein weißes Biedermannsgesicht. Einer dieser höflichen, ehrenwerten Fanatiker, die nichts lieber täten, als mit ihrem Schlachtermesser Bilder aufzuschlitzen, sie mit Farbe zu beschmieren und zu verbrennen. Bei Gott, er ähnelte Pete. Aber nein, Pete hatte mit ihnen zerbrochene Fensterscheiben abgeklebt, Ritzen zugestopft und Löcher in der Decke. Dieser hier war eher der Behördentyp. Er würde die Bilder irgendwo in einem lizensierten Lagerhaus beisetzen, das Register vernichten und sie dort für immer verrotten lassen.

Ich leerte mein Glas, schenkte mir nach und versuchte, ihm zuzuhören.

«Ich habe ja den von Ihnen angegebenen Titel verwendet, das versichere ich Ihnen, aber irgendwo im Ablauf des Schreibens und Redigierens muss dieser Fehler sich eingeschlichen haben. Wir werden das aber in einem zweiten Artikel bei *Newsways* richtigstellen, mit einem Foto der *Studie über Fundamentales.*»

«Ich kenne euch, ihr verdammten Brandstifter.»

Seine großen grauen Augen quollen hervor wie die von Ralph, als er mir den Haufen mit Fetzen und Asche und verkohlten Resten präsentierte – die Überreste von fünf Jahren Arbeit, aufgehäuft im Kamin. Wie stolz er darauf gewesen war! Vermutlich fühlt man sich ganz groß, wenn man etwas Neues und Schöpferisches zerstört hat. «Was wollen Sie denn jetzt eigentlich?», fragte ich. «Warum sind Sie hergekommen?»

Mr. Klausmeyer wirkte kreidebleich. Wäre er keine zahme Raupe im Auftrag von *Nur keine Nachrichten*, hätte er jetzt wahrscheinlich nach Elroys Pfadfinderbeil gegriffen und wäre auf mich losgegangen.

«Wir haben den Herrn, der Ihr Bild gekauft hat, lokalisiert, Miss Patterson», sagte er mit großer Beherrschung. «Wir glauben zu wissen, wo er sich aufhält, und wir können ihn jeden Augenblick fassen. Wir hätten gern, dass Sie zu uns ins Büro kommen, um ihn zu identifizieren. Selbstverständlich werden wir Sie für Zeit und Aufwand entschädigen. Wir zahlen Ihnen hundert Dollar, wenn Sie uns helfen. Einverstanden?»

«Also haben Sie den Mörder gefunden», sagte ich.

Erkennbar gereizt wiederholte Klausmeyer: «Wir suchen keinen Mörder, Miss Patterson. Ich versichere Ihnen, dass wir diesen Herrn in einer vollkommen anderen Angelegenheit suchen.»

«Einen Scheiß suchen Sie», sagte ich.

«Pardon?»

«Unsinn. Die Polizei war auch schon hier und hat mir dieselben Fragen gestellt. Sie beide suchen den gleichen Mann – der mein Bild gekauft und diese Delos ermordet hat. Für wen halten Sie mich eigentlich? Offenbar glauben Sie, ich sei komplett vertrottelt.»

«Aber nein», betonte Mr. Klausmeyer. «Ganz im Gegenteil. Möchten Sie mich jetzt ins Büro begleiten?»

Hundert Dollar waren hundert Dollar.

«Ich wüsste nicht, warum ich Ihnen dabei helfen sollte, einen Mann zu fassen, der so verständig ist, dass ihm meine *Studie über Fundamentales* gefällt. Ich habe nicht so viele Bewunderer, dass ich es mir leisten könnte, einen davon auf den elektrischen Stuhl zu schicken.»

Mr. Klausmeyers Gesicht verriet vollkommene Zustimmung, was er sich aber nicht zu äußern traute.

«Aber vielleicht können wir Ihnen dabei behilflich sein, Ihr Bild zurückzufordern. Sie wollten es doch zurückkaufen?»

«Nein. Ich wollte es nicht zurückkaufen, ich wollte einfach nur nicht, dass es in der schwarzen Höhle von Kalkutta verrottet.»

Nun wusste ich, dass kein Mensch dieses Bild jemals wieder zu Gesicht bekommen würde. Es lag schon am Grunde des East River. Der Mörder musste es loswerden, um seine eigene Haut zu retten. Er musste alles loswerden, was ihn mit der toten Frau in Verbindung brachte.

Noch so ein braver kleiner Racheengel.

Ich begriff das, und ich empfand Verzweiflung und auch eine Art von Kälte. Es half nichts, mir einzureden, dass es mir nichts ausmachte. Das Bild zählte nicht zu meinen besten Arbeiten. Aber trotzdem machte es mir etwas aus. Es war anstrengend genug, diese Dinge zu malen – und sie anschließend gegen selbsternannte Zensoren und eifersüchtige Liebhaber und winzige Gottheiten zu verteidigen. Wie Mr. Klausmeyer eine war.

«In Ordnung», stimmte ich zu. «Ich komme mit. Aber auch nur für die hundert Dollar.»

Klausmeyer sprang auf wie ein Springteufel aus der Kiste. Gott, war er elegant! Nach seinem Tod bräuchten sie ihn nicht einzubalsamieren. Die Konservierungsstoffe flossen ihm schon durch die Adern.

«Aber gewiss», sagte er warmherzig.

Ich schaute mich suchend um und entdeckte meinen besten Hut auf dem obersten Bücherregal. Edith, die Vierjährige – sie stammte von Mike –, beschwerte sich, weil ich ihr das Vogelnest wegnahm. Ich versprach ihr, dass das Nest noch vor Sonnenuntergang zurück sei. Im Gehen legte ich die Verantwortung für die gesamte Niederlassung bis auf Weiteres in die Hände von Klein-Ralph. Er blickte auf, und ich glaube, dass er mich sogar hörte. Jedenfalls verstand er mich.

Im Taxi auf dem Weg zur Firma gab Mr. Klausmeyer sich leutselig.

«Großartige Kinder», bemerkte er. «Sehr clever und kerngesund. Ich glaube, über Ihren Ehemann haben wir kaum gesprochen?»

«Ich war nie verheiratet», prustete ich wieder los, ganz gegen meinen Willen. Gott, ich musste endlich lernen, mich anständig zu benehmen, und zwar gleich morgen, und sollte es das Letzte sein, was ich täte. «Alles Kinder der Liebe, Mr. Klausmeyer.» Der saß so aufrecht und ernsthaft und blickte so kultiviert, dass ich meinen eigenen Abschied aus der Kinderwelt wenigstens noch um eine Minute aufschieben musste. Dann aber packte mich dieses schreckliche Gefühl – und ich wusste, dass ich mich wie eine echte Närrin aufgeführt hatte. Die ich selbstverständlich war. Keiner wusste das besser als ich selbst. Doch Mr. Klausmeyer war einfach so perfekt, ich fragte mich, ob ihm das womöglich bewusst war. Vermutlich nicht. Perfekte Menschen verstehen nie irgendetwas.

«Entschuldigen Sie, Mr. Klausmeyer, dass ich Ihnen das anvertraue. Das habe ich noch niemals getan. Aber ihr *Factways*-Leute wirkt einfach in jeder Hinsicht so vertrauenerweckend.»

Ich fürchte, diese Lüge war ein wenig zu offensichtlich, denn er antwortete mir nicht, und kurz darauf kletterten wir auch schon aus dem Taxi. Mr. Klausmeyer wirkte hocherfreut und ein wenig um Worte verlegen, denn gleich würde er mich los sein. Verdammt. Hätte ich mich vor seinem Erscheinen richtig in Schale geschmissen und hätte ich wirklich Eindruck machen wollen, hätte ich ihn im Nullkommanichts um den Finger gewickelt. Aber wer hat schon gern einen Wurm am Finger?

Während der drei Minuten auf dem Weg ins Gebäude und mit dem Fahrstuhl hinauf war ich beduselt und schweigsam. Würde war ein Spiel, das man zu zweit spielt. Nachdem meine eigene aufgebraucht war und wir den Fahrstuhl verlassen hatten, fragte ich: «Was genau soll ich hier eigentlich tun, Mr. Klausmeyer? Außer hundert Dollar einstecken?»

Ohne es zu wollen, lachte ich schon wieder ordinär.

«Machen Sie sich wegen Ihrer hundert Dollar keine Sorgen», sagte er, jetzt kurz angebunden. «Der Mann, der Ihr Bild gekauft hat, befindet sich irgendwo in diesem Gebäude. Es ist nur eine Frage der Zeit, dass wir ihn orten. Sobald wir ihn haben, müssen Sie ihn einfach identifizieren.»

Plötzlich kotzte mich das alles nur noch an – Mr. Klausmeyer, die Polizisten, die mich ausgequetscht hatten, und die ganze verrückte Angelegenheit. Was ging mich das überhaupt an? Ich hatte genau eine einzige Aufgabe im Leben, nämlich Bilder zu malen. Wenn andere Freude dabei empfanden, sie zu zerstören – gut, sollten sie; vielleicht war das die Art, wie sich ihre eigene Kreativität entfaltete. Und wenn sie bedeutende Kunst unterdrückt oder vernichtet hatten, verspürten sie wahrscheinlich Triumphgefühle.

Das war ein finsterer Gedanke, und ich wusste, dass ich ungerecht war. Als Mr. Klausmeyer seine Hand auf einen Türgriff legte und die Bürotür öffnete, sagte ich: «Sie müssen ein schrecklich zynischer und kultivierter Mensch sein, Mr. Klausmeyer. Sehnen Sie sich nie nach einem Atemzug an guter, reiner, gesunder und natürlicher frischer Luft?»

Er blickte mich höflich, aber gereizt an.

«Ich habe Zynismus immer gemieden», sagte er. «Immer, bis zu diesem Augenblick.»

Wir betraten einen Raum, der angefüllt war mit vielen anderen Bürowürmern.

«Wie viele Kinder haben Sie, Mr. Klausmeyer?», fragte ich, ums Flüstern bemüht, aber offenbar brüllte ich wieder einmal, denn viele Leute wandten sich um und schauten uns an.

«Zwei», flüsterte er, und es klang wie ein Fluch. Dann setzte er ein Lächeln auf und führte mich weiter. Doch als wir den Raum durchquerten und ich mich umschaute, blickte ich sofort wie gebannt auf ein Bild an der Wand. Eines von mir. *Studie über den Zorn*. Das war erstaunlich. Ich konnte es kaum glauben. «George», sagte Mr. Klausmeyer, «hier ist Miss Patterson, die Künstlerin.» Schön gerahmt war es auch noch. «Miss Patterson, dies hier ist George Stroud, der Leiter unserer Recherche. Sie ist bereit, hier zu bleiben, bis wir den Gesuchten haben. Ich denke, sie kann uns ein wenig helfen.»

Ein gutaussehender Wurm erhob sich hinter einem Schreibtisch, kam vor und schüttelte mir die Hand.

«Miss Patterson», sagte er, «welch unerwartete Freude.»

Ich schaute ihn an, prustete schon wieder los, musste aber nach Luft schnappen. Irgendetwas war hier ziemlich verrückt. Er war ja der Mörder, derselbe Mann, der das Bild im Trödelladen an der Third Avenue gekauft hatte.

«Sehr erfreut», grüßte ich ihn. Ich wandte mich zu Klausmeyer um, doch der war jetzt einfach nur müde und erleichtert. Also wandte ich mich wieder an Stroud. «Nun also», sagte ich unsicher, «wie kann ich Ihnen helfen?»

Für den Bruchteil einer Sekunde schauten wir einander in die Augen, in vollkommener Klarheit. Ich wusste, wer er war, und er wusste, dass ich es wusste. Doch verstand ich die Lage nicht und zögerte.

Dieser gewöhnliche, langweilige, dabei liebenswürdige und belanglose Mann hatte diese Delos umgebracht? Das schien unmöglich. Woher sollte er den Mut dazu nehmen? Was wusste er denn schon von den abgründigen und tiefen Momenten des Lebens? Ich musste mich irren. Ich musste die Situation vollkommen missverstanden haben. Aber er war dieser Mann. Daran bestand kein Zweifel.

Seine Augen waren wie Krater, und ich sah, dass ihre Höhlen hart waren und eiskalt, trotz des gefälligen Lächelns. Ich begriff es, und gleichzeitig wusste ich, dass niemand sonst in diesem Raum das begreifen könnte, weil sie alle wie der arme kleine Mr. Klausmeyer waren, einfach perfekt.

«Es ist sehr nett von Ihnen, uns zu helfen», sagte er. «Ich denke, Don hat Ihnen schon erklärt, worum es geht.»

«Ja.» Meine Knie zitterten plötzlich. Das alles war mir viel zu verworren. «Ich weiß alles, Mr. Stroud. Wirklich alles.»

«Daran zweifle ich nicht», sagte er. «Ich bin mir sogar ganz sicher.»

Konnte denn nicht irgendjemand diesen Nachmittagsalbtraum anhalten? Denn natürlich war es ein Albtraum. Warum gab niemand zu, dass dies nur ein dummer Scherz war? Welche bizarren Lügen würde dieser Stroud erfinden, falls ich ihn hier und jetzt bloßstellte?

Instinktiv lachte ich wieder dröhnend, zog meine Hand aus der seinen und sagte: «Jedenfalls freue ich mich, dass hier jemand meine *Studie über den Zorn* mag.»

«Ja, ich mag sie sehr», sagte der Mörder.

«Ihr Bild?», kreischte ich.

«Natürlich. Ich schätze alle Ihre Arbeiten.»

Im Raum standen gerade etwa fünf Leute, auch wenn es sich anfühlte wie fünfzig, und jetzt starrten alle auf den *Zorn*. Mr. Klausmeyer sagte: «Nicht zu fassen! Tatsächlich ein Bild von Miss Patterson. Warum haben Sie uns das nicht gesagt, George?»

Er zuckte die Achseln.

«Gesagt? Was gibt es da zu sagen? Ich mochte es, ich habe es gekauft, und da hängt es nun. Es hängt dort schon seit einigen Jahren.»

Mr. Klausmeyer blickte diesen Stroud jetzt sehr neugierig an, während die übrigen mich anstarrten, als seien sie endlich davon überzeugt, eine Künstlerin vor sich zu haben.

«Darf ich Ihnen einen Drink anbieten, Miss Patterson?», lud mich der Mörder ein. Er lächelte tatsächlich. Ich aber sah, dass es kein Lächeln war, nur dessen verzweifelte Imitation.

Ich nahm einen Schluck, mein Mund war rau und trocken, dann folgte wieder ein etwas leiseres Gelächter, das sich nicht unterdrücken ließ. Noch während ich lachte, wusste ich, dass es kein Lachen war. Sondern pure Hysterie.

«Wo zum Teufel steckt meine *Studie über Fundamentales*?», drängte ich. «Das Bild, das Ihr lausiges Magazin *Judas* nennt.»

Stroud war sehr still und kreidebleich. Die anderen starrten nur ausdruckslos vor sich hin. Mr. Klausmeyer sagte, an Stroud gewandt: «Ich habe ihr versprochen, dass wir versuchen, ihr das Bild wiederzubeschaffen.» Dann erklärte er mir geduldig: «Ich habe nicht gesagt, dass wir es haben, Miss Patterson. Ich meinte nur, dass wir das Bild automatisch finden, sobald wir den Mann gefunden haben.»

«Tatsächlich?», fragte ich und schaute Stroud streng ins Gesicht. «Ich halte es für wahrscheinlicher, dass es zerstört wurde.»

Hinter dem eingefrorenen und scheinbar lässigen Lächeln regten sich die strengen Züge.

«Nein», sagte er schließlich. «Das glaube ich nicht, Miss Patterson. Ich habe Grund zu der Annahme, dass Ihr Bild in Sicherheit ist.» Er wandte sich wieder seinem Schreibtisch zu und nahm den Telefonhörer ab. Während er ihn in der Hand hielt, warf er mir einen strengen, unerbittlichen Blick zu, den ich nicht missverstehen konnte. «Man wird es wiederfinden», sagte er mir. «Unter der Voraussetzung, dass alles andere ordnungsgemäß verläuft. Verstehen Sie mich vollumfänglich?»

«Ja», sagte ich. Verflucht sollte er sein. Versuchte er doch glatt, mich zu erpressen. Wo ich doch eigentlich ihn erpressen müsste. Und das würde ich noch. «Es wäre verdammt wichtig, dass es in Sicherheit ist. Ich habe gelesen, dass es Tausende Dollar wert ist.»

Er nickte.

«So sehen wir das. Also – was möchten Sie trinken?»

«Sie mag Muskateller», sagte Klausmeyer.

«Whiskey», platzte ich los. Was kümmerte es mich, warum er sie getötet hatte? Wenn die *Studie über den Zorn* in Sicherheit war, war vermutlich auch die *Studie über Fundamentales* sicher, und sie war viel mehr wert – jetzt. Und falls das Bild nicht mehr vorhanden war, konnte ich später ja immer noch reden. Außerdem sammelte er tatsächlich meine Bilder. ‹Nicht nur eins. Einen ganzen Stapel. Ordern Sie ein Dutzend!›

Trotzdem war es eine Herausforderung, mit einem Mörder im gleichen Zimmer zu sitzen. Und gleichzeitig daran zu denken, dass Würde sich auszahlte, jedenfalls in der Öffentlichkeit.

GEORGE STROUD X

Irgendwann am sehr frühen Morgen erwachte ich auf der Couch, die ich in mein Büro geschoben hatte, ich schlüpfte in die Schuhe und band mir die Krawatte, die einzigen Kleidungsstücke, die ich nachts abgelegt hatte, und wie in einem Nebel ging ich hinüber zum Schreibtisch.

Meine Uhr zeigte wenige Minuten nach acht. Der Tag war gekommen. Ich wusste immer noch nicht, wie ich ihm begegnen würde. Ich wusste nur, dass es dieser Tag sein würde. Die Polizei würde ihre Nachforschungen inm Albany abschließen. Und irgendjemand käme auf die Idee, das Gebäude vollständig zu durchkämmen.

Eigentlich wäre es schon gestern so weit gewesen, und warum es nicht dazu kam, würde ich niemals vollständig herausfinden. Als diese Patterson aufkreuzte, war ich im Grunde schon geliefert. Ich weiß, warum sie mich nicht identifiziert hat – weil ich ihr Bild nicht zerstört habe und weil ich damit gedroht habe, das zu tun, sollte sie den Mund aufmachen. Künstler sind seltsam. Mich schauderte beim Gedanken daran, wie nah ich dem Punkt gekommen war, das Bild tatsächlich zu beseitigen. Sie konnte immer noch Ärger machen, sobald sie Lust dazu hatte, und vielleicht würde das sogar geschehen. Unberechenbar genug war sie ja. Gegen acht Uhr abends ist sie abgezogen. Aber sie könnte zurückkehren. Jederzeit und aus jedem beliebigen Grund könnte sie ihre Meinung ändern.

Niemand reagierte, als ich auf den Knopf drückte und einen Laufburschen bestellte; am Ende rief ich den Laden draußen vor der Tür direkt an. Schließlich brachte man mir mein Sandwich und den schwarzen Kaffee ins Haus. In Roys Büro saßen Harry Slater und Alvin Dealey und hielten die Totenwache.

Kurz vor neun trudelten allmählich die übrigen Mitglieder des Teams ein. Leon Temple war der Erste, es folgten Roy, Englund – und Don und Eddy betraten das Büro beinahe gleichzeitig.

«Warum fahren Sie nicht nach Hause?», fragte mich Roy. «Hier können Sie doch nichts mehr tun, oder?»

Ich schüttelte den Kopf. «Ich bleibe.»

«Sie wollen das Finale miterleben?»

«Genau. Wie sieht es unten aus?»

Leon Temple antwortete: «Alles dicht besetzt. Phil Best hat gerade Mike abgelöst. Wir hatten die komplette Nachtschicht des Van Barth hier unten, dazu noch einige verdeckte Ermittler der Polizei. Ich verstehe es einfach nicht.»

Jetzt war es so weit. Ich spürte es.

«Was verstehen Sie nicht?», fragte ich.

«Warum dieser Bursche nicht herausgekommen ist. Verdammte Scheiße! Er ist hier drinnen, aber wo steckt er?»

«Vielleicht war er schon weg, bevor wir alles umstellt haben», warf ich ein.

«Unmöglich.»

«Oder er ist einfach zur einen Tür reinmarschiert und zur anderen wieder raus», schlug ich vor. «Vielleicht hat er gemerkt, dass ihm jemand gefolgt ist.»

«Nein», sagte Leon. «Dieser Portier ist ihm bis zu den Aufzügen gefolgt. Er hat einen Express-Aufzug genommen. Er kann überall oberhalb der 18. Etage sein. Vermutlich steckt er irgendwo hier oben, in unserer eigenen Firma.»

«Was kann man da machen?», fragte Englund.

«Er wird sich zeigen», sagte ich.

«Aber ich dachte, die Zeit wäre ein wesentlicher Faktor, George», ermahnte mich Roy.

«Ist sie auch.»

«Da fällt mir ein», sagte Leon, «also wenn er sich nicht zeigt ...» Leon Temple also. Ich schaute ihn an und wartete. «Wir könnten diese Augenzeugen mitnehmen, die Polizisten und einige unserer Leute und das komplette Gebäude von oben bis unten absuchen. Wir würden durch jedes Büro gehen. Damit wäre der Fall gelöst. Es würde einige Stunden dauern, aber dann wüssten wir Bescheid.»

Ich musste so tun, als zöge ich diesen Vorschlag in Betracht. Es sah ohnehin schon übel genug aus, dass ich nicht selbst mit dieser Idee gekommen war. Ich nickte und sagte: «Das hat etwas.»

«Also, sollen wir loslegen?»

Wenn ich wüsste, wo diese Augenzeugen jeweils steckten, wenn ich über alle Fortschritte von Etage zu Etage und von Büro zu Büro informiert würde, gab es vielleicht immer noch einen Ausweg. Kein Spiel endet vor dem Schlusspfiff.

«Also los», sagte ich. «Leon, Sie führen das Kommando. Und ich möchte über jeden Schritt im Bilde sein. Geben Sie mir Bescheid, in welcher Etage Sie anfangen, in welche Richtung Sie sich vorarbeiten und wohin Sie sich als Nächstes wenden.»

«In Ordnung», stimmte er zu. «Zunächst verteilen wir die Zeugen und die Polizisten auf allen Etagen oberhalb der achtzehnten. Sie sichern die Treppenhäuser und die Aufzüge ab. Und ich werde sie bitten, auf alle Bewegungen zwischen den Büros zu achten, auch auf die Postsammelstellen und Toiletten – alles.» Ich nickte, sagte aber nichts. «Ich glaube, so müsste es gehen, nicht wahr?»

Gott, was für ein Preis! Hier lag die Rechnung, sie musste beglichen werden. Natürlich war ich jetzt wehleidig – aber hat je ein Mann auf Erden mitansehen müssen, wie sein gesamtes Leben zu Bruch ging, wie auch das Leben seiner Liebsten in den Dreck gezogen wurde – und alles ohne den leisesten Protest? Der Mann, der sein Schicksal aus tiefstem Herzen annimmt, sich ohne zu zittern vor dem großen Spiel verneigt, das er gespielt und verloren hat – das alles ist eine Lüge, ein Mythos. Einen solchen Mann gibt es nicht, es gab ihn nie und es wird ihn niemals geben.

«In Ordnung», sagte ich. «Halten Sie mich auf dem Laufenden.»

«Ich rede mit Dick und Eddy und Don. Und noch ein paar anderen, sobald sie auftauchen.»

«Nehmen Sie sie mit.»

«Und ich denke, wir sollten diese Zeugen ein wenig aufmuntern.»

«Geben Sie ihnen Geld. Ich unterzeichne Ihnen die Zahlungsanweisung.» Ich setzte meinen Namen auf das Formblatt, ließ den Betrag offen und reichte es Leon. «Weidmanns Heil», rief ich, und ich glaube, dass mir sogar ein kurzes Lächeln gelang.

Rasch leerte sich das Büro, dann meldete sich Leon und berichtete, man durchkämme nun den achtzehnten Stock, habe sämtliche Ausgänge geschlossen, und sämtliche Aufzüge nach unten würden angehalten und inspiziert. Es gab nur noch einen Ausweg. Den nach oben.

Ich hatte eine vage Ahnung, dass es womöglich im Zentrum des Feindeslandes ein wenig Sicherheit gäbe – also in Steves oder Earls Büros in der 32. Etage. Ich grübelte gerade, wie ich dorthin gelangen könnte, als das Telefon klingelte – und Steve selbst am Apparat war. Seine Stimme klang verwaschen, gepresst und irgendwie bestürzt, und er bat mich, sofort heraufzukommen.

In Hagens Büro saßen neben Steve selbst noch Earl Janoth und unser Syndikus Ralph Beeman, außerdem John Wayne, unser Hauptaktionär, und vier Redakteure. Und dann entdeckte ich auch noch Fred Steichel, den Redaktionsleiter bei Jennett-Donohue. Sie alle wirkten sehr betroffen. Alle außer Steichel, der ein wenig verzagt schien, und Earl, der mehr als sein übliches Selbstbewusstsein ausstrahlte. Earl trat vor und drückte mir kräftig die Hand, und da bemerkte ich, dass sich hinter dem Selbstvertrauen eine nervöse Spannung verbarg, die an Hysterie grenzte.

«George», rief er. «Jetzt bin ich aber froh.»

Ich glaube aber nicht, dass er mich wirklich wahrnahm, und ich glaube auch nicht, dass er irgendjemanden der Anwesenden bemerkte, während er sich umwandte und fortfuhr: «Ich kann keinen Grund erkennen, warum wir warten sollten. Was ich jetzt zu sagen habe, kann später noch aufgesetzt und an alle Mitarbeiter verteilt werden – mit dem Ausdruck des Bedauerns darüber, dass mir das Vergnügen versagt blieb, mit jedem von ihnen persönlich zu sprechen.» Ich nahm Platz und blickte in die gebannten Gesichter der anderen. Sie spürten so wie ich, dass jetzt das Unvermeidliche drohend bevorstand. «Wie Sie wissen dürften, hat es in unserem Aufsichtsrat eine gewisse Unstimmigkeit gegeben, was die verlegerische Linie von Janoth Publications angeht. Ich habe stets für einen freien, flexiblen und kreativen Journalismus gekämpft – nicht nur gemäß meinen eigenen Auffassungen, sondern im Sinne sämtlicher Mitarbeiter der Redaktionen. Ich glaube, dass dies die richtige Politik war, und ich bin stolz auf unsere Erfolge, stolz darauf, so viele Talente in unserem Haus versammelt zu haben.» Er hielt inne und blickte zu Hagen hinüber, der niemanden anschaute und mit eiserner Miene ein Gewirr aus Linien und Kreisen auf einem Notizblock anstarrte. «Allerdings ist der Aufsichtsrat nicht der Ansicht, dass meine Linie den wohlverstandenen Interessen des Unternehmens noch dienlich ist. Die jüngste Tragödie, die Ihnen allen ja bewusst sein dürfte, hat das Vertrauen der Opposition in meine Führung noch weiter geschwächt. Das kann ich ihnen unter diesen Umständen auch nicht verdenken. Statt nun die Zukunft des gesamten Unternehmens aufs Spiel zu setzen, habe ich dem Vorschlag zugestimmt, zur Seite zu treten und einer Fusion mit Jennett-Donohue nicht im Wege zu stehen. Ich hoffe, Sie alle werden den Geist unseres alten Unternehmens auch in der neuen Firma zu bewahren wissen. Ich hoffe, Sie werden Mr. Steichel, Ihrem neuen Verlagsleiter, die gleiche Loyalität entgegenbringen wie mir selbst und Steve.»

Anschließend griff Beeman, der Syndikus, das gleiche Thema auf und erläuterte Einzelheiten, und Wayne redete davon, Earls Rückzug sei nur vorübergehend und ein jeder hoffe auf seine baldige Rückkehr. Er sprach immer noch, als die Tür sich öffnete und Leon Temple eintrat. Ich ging zu ihm herüber.

«Bisher kein Erfolg», berichtete er mir. «Aber um ganz sicher zu gehen, sollten wir wohl auch die Büros von Janoth und Hagen kurz kontrollieren.»

In der Sekunde, da die Tür sich geöffnet und wieder geschlossen hatte, sah ich die Menschentraube auf dem Korridor, darin ein Portier von Gil's und ein Kellner aus dem Van Barth.

«Machen Sie Schluss», sagte ich. «Der Auftrag ist abgesagt.»

Leons Blick wanderte langsam durch den Raum und über eine Szenerie, wie man sie in einem Geschichtsmuseum hätte aufstellen können. Seine Augen kehrten zu mir zurück, und ich nickte.

«Sie meinen, ich soll alle fortschicken?»

«Schicken Sie sie fort. Es gibt eine große Umwälzung. Ein zweites Pompeji.»

Hinter mir hörte ich Wayne, wie er zu Hagen sagte: «… entweder das Büro in Paris oder in Wien. Ich vermute, Sie können sich eines davon aussuchen.»

«Ich werde darüber nachdenken», beschied Hagen ihn.

«Die Firma steht über allem», wiederholte Earl ein bisschen zu aufgeräumt und vertrauensselig. Das war gruselig und heroisch. «Was immer geschieht, der Mechanismus muss weiterlaufen. Er ist größer als ich, größer als jeder von uns. Ich möchte ihn nicht beschädigen oder gefährden.»

Nur Steichel, unser neuer Chef vom Dienst, gab den unbeteiligten Beobachter. Ich ging zu ihm hinüber.

«Nun?», fragte ich.

«Ich weiß, Sie wollen mehr Geld», sagte er mir. «Aber was brauchen Sie sonst noch?»

Ich sah schon, besser würde es mit ihm auch nicht. Ich sagte: «Emory Mafferson.»

Ich dachte, das brächte ihn aus der Fassung, und so war es auch.

«Was? Sie wollen tatsächlich Mafferson?»

«Wir wollen den Bürgerkredit bringen. Aber als Comic-Strip. Dramatisiert und in Bildern.» In Steichels Augen lagen noch Zweifel und Misstrauen, und doch hatte er schon ein wenig Feuer gefangen. «Heute liest doch keiner mehr», fuhr ich fort. «Fakten als Bilder, das ist die Zukunft. Lassen Sie Emory am Bürgerkredit arbeiten, in einem eigenen Heft, fünffarbig, auf Bilderdruckpapier.»

Zögernd konzedierte er: «Ich werde darüber nachdenken. Wir werden sehen.»

GEORGE STROUD XI

Der restliche Tag verging wie ein Film auf einem wild gewordenen Projektor – teils rasend schnell, teils viel zu langsam.

Ich rief Georgette an und verabredete mich mit ihr zu einem Abendessen im Van Barth. Sie klang ganz besonders fröhlich, einen Grund dafür wusste ich nicht. Denn ich war schließlich der einzige in der Familie, der wusste, was es bedeutet, ganz tief in die Abgründe des Lebens einzutauchen und am Ende lebend herauszukommen.

Ich erklärte ihr, der letzte Auftrag sei nun zu Ende, und dann übergab sie den Hörer an Georgia. Das Gespräch verlief wie folgt:

«Hallo? Hallo? Bist du das, George? Hier ist George.»

«Hallo George. Hier ist George.»

«Hallo.»

«Hallo.»

«Hallo? Hallo?»

«Okay, nun haben wir Hallo gesagt.»

«Hallo George, du must mir eine Geschichte erzählen. Wie heißt sie?»

«Claudia. Und sie ist mindestens fünfzehn Jahre alt.»

«Sechs.»

«Sechzehn.»

«Sechs. Hallo? Hallo?»

«Hallo. Ja, sie ist sechs. Und hier ist ihre Geschichte. Eines Tages begann sie an einem losen Faden ihres Taschentuchs zu zupfen, und es begann kleiner zu werden, und schon sehr bald hatte sie ihr Taschentuch so weit zerzupft, dass es verschwunden war, und noch bevor sie das bemerkt hatte, zog sie an irgendeinem Garn an ihrem Pulli und dann an ihrem Kleid, und sie zog und zog und schon sehr bald verhedderte sie sich an einem ihrer Haare, aber sie zog immer noch daran, und sehr bald war die arme Claudia nur noch ein Häufchen Garn, das auf dem Boden herumlag.»

«Und was tat sie dann? Hallo?»

«Dann lag sie einfach nur dort auf dem Boden und schaute auf den Stuhl hinauf, auf dem sie gesessen hatte, nur dass er jetzt natürlich leer war. Und sie fragte: ‹Wo bin ich?›»

Erfolg – ein regelrechter Lachkrampf!

«Und was habe ich dann getan? Hallo? Hallo?»

«Dann hast du gar nichts getan», sagte ich. «Außer dass du nun immer sehr darauf geachtet hast, keine losen Fäden mehr herauszuziehen. Jedenfalls nicht zu weit.»

«Hallo? Ist das alles?»

«Das ist alles für heute.»

«Auf Wiederhören. Hallo?»

«Hallo haben wir schon gesagt. Jetzt sagen wir Auf Wiederhören.»

«Auf Wiederhören, Auf Wiederhören, Auf Wiederhören, Auf Wiederhören.»

Anschließend reservierte ich zwei Karten für eine Aufführung am heutigen Abend. Und dann rief ich aus einer Eingebung heraus jenen Kunsthändler an, der uns die Fotos von der Louise-Patterson-Ausstellung geschickt hatte. Ich stellte mich vor und fragte: «Wie viel sind die Bilder von Patterson denn jetzt wirklich wert?»

«Das kommt drauf an», sagte er. «Möchten Sie kaufen, oder haben Sie eines, das Sie verkaufen wollen?»

«Beides. Ich brauche nur eine grobe Einschätzung.»

«Also, das kann Ihnen niemand sagen. Ich vermute, Sie denken an den Artikel neulich in *Newsways*?»

«Mehr oder weniger.»

«Also das war natürlich alles arg übertrieben. Und der Markt ist immer recht volatil, was Künstler wie Patterson angeht. Aber ich sag mal, jedes ihrer Bilder würde heute so um die zwei- oder dreitausend bringen. Ganz zufällig habe ich einige ihrer Arbeiten hier, außergewöhnliche Stücke, ich könnte sie Ihnen für ungefähr diesen Preis überlassen.»

«Was würde der *Judas* einbringen? Ich meine den mit den Händen. Sie haben uns ein Foto davon geschickt.»

«Nun, das ist etwas anderes. Das Bild hatte gerade eine ziemlich gute Presse, also vermute ich, dass es etwas mehr wert sein wird. Aber leider besitze ich dieses Bild selbst nicht. Es scheint tatsächlich verschollen zu sein.»

«Es ist nicht verschollen», sagte ich. «Ich besitze es. Wie viel ist es wert?»

Kurzes Schweigen.

«Sie haben es wirklich?»

«Ich habe es.»

«Wissen Sie, Mr. …»

«Stroud. George Stroud.»

«Wissen Sie, Mr. Stroud, ich kaufe die Bilder ja nicht an. Ich stelle sie bloß aus und bekomme eine Provision für jedes Bild, das meine Galerie verkauft. Aber wenn Sie den *Judas* wirklich haben, könnte ich mir vorstellen, dass Sie ihn überall für, sagen wir, fünf- bis zehntausend Dollar loswerden können.»

Ich dankte und legte auf.

Die große Uhr war allgegenwärtig, sie übersah niemanden, ließ niemanden aus, sie vergaß nichts, erinnerte sich an nichts, wusste nichts. Und war nichts, hätte ich gern hinzugefügt, aber ich wusste es besser. Sie durchdrang ja gewissermaßen alles. Alles, was da ist.

An diesem Nachmittag platzte Louise Patterson lärmend in mein Büro, mehr als nur angeheitert. Ich hatte sie schon erwartet. Sie wollte mit mir reden, und ich nahm sie mit zu Gil's.

Als wir dort an der Theke saßen, sagte sie: «Was ist jetzt mit meinem Bild? Was haben Sie damit angestellt?»

«Nichts. Ich habe es zu Hause. Warum sollte ich damit irgendetwas anstellen?»

«Sie wissen schon warum», donnerte sie. «Weil es beweist, dass Sie Pauline Delos ermordet haben.»

Drei Gäste drehten neugierig die Köpfe in unsere Richtung. Und so musste ich ihr erläutern, dass ich niemanden ermordet hatte. Vorsichtig, ohne allzu viele Details preiszugeben, skizzierte ich ihr den Stand der polizeilichen Ermittlungen. Schließlich sagte sie, ganz enttäuscht: «Also sind Sie am Ende gar kein wirklicher Mörder?»

«Nein, tut mir leid.»

Sie brach in ein Gelächter aus, das einem Wirbelsturm glich. Sie konnte nicht einmal nach Luft schnappen. Ich fürchtete schon, sie würde von ihrem Barhocker herunterfallen.

«Tut mir auch leid, Mr. Stroud. Und ich war gestern Nachmittag in Ihrem Büro so tapfer, Sie machen sich gar keinen Begriff. Gott, was ich nicht alles täte, um meine Bilder zu retten! Je mehr ich Sie anschaute, desto finsterer wurden Sie. Also – Sie sind schon wirklich ziemlich finster, nicht wahr?»

Sie war eine wirkliche Frau. Sie gefiel mir immer besser. Gestern war sie wie eine heruntergekommene Sängerin aufgetreten, heute hatte sie sich offensichtlich Mühe gegeben mit ihrem Aussehen. Sie war groß, dunkel und lebendig.

Gil kam zu uns herüber.

«'N Abend», begrüßte er uns beide, dann wandte er sich an mich: «Einer Ihrer Freunde ist hier die ganze letzte Woche herumgelungert, er hat Sie gesucht. Er wollte Sie unbedingt sehen. Dringend. Aber jetzt ist er nicht mehr da. Eine Menge Leute haben nach Ihnen gesucht.»

«Ich weiß», sagte ich. «Ich habe sie alle getroffen. Bringen Sie uns Highballs mit Whiskey und lassen Sie die Dame das Spiel spielen.»

Nun waren Gil und die Patterson eine Weile beschäftigt. Sie fragte zunächst nach einem Ballon, ein Kinderspiel, Gil brachte das einzige Spielzeug, das er beim großen Brand am Straßenbahndepot hatte retten können, am Ende forderte sie einen Raffael, ebenfalls ziemlich einfach – eine Postkarte, die Gil seiner Frau aus Italien geschickt hatte, von einer langen Reise.

Ungefähr acht Drinks später erinnerte Patterson sich an etwas, es war wohl unvermeidlich.

«George, da gibt etwas, das ich nicht verstehe. Warum solllte ich dich identifizieren? Was steckte dahinter?»

Sie war mehr als angetrunken, und ich antwortete sehr ernst: «Sie wollten herausfinden, wer dieses Bild von Ihnen besaß. Es galt als verschollen. Erinnern Sie sich? Und es ist unbezahlbar. Erinnern Sie sich noch? Unser Verlag hätte es gern ausfindig gemacht.»

Sie blickte mich einen Augenblick an, nur halb überzeugt, dann toste erneut ein Gelächter wie ein Sturm.

«Ausflüchte. Ich möchte die Wahrheit wissen. Wo ist mein Bild? Ich hätte es gern zurück. Ich hätte es haben können, wenn man Sie entdeckt hätte, laut Mr. Klausmeyer.» Der Gedanke an Don löste abermals ohrenbetäubende Heiterkeit aus. «Der Wurm. Zur Hölle mit ihm. Also, wo ist es?»

«Louise», sagte ich.

«Es ist viel Geld wert, es gehört mir, und ich will es. Wann geben Sie es zurück?»

«Louise.»

«Du redest mit gespaltener Zunge. Typen wie dich kann ich auf hundert Meilen erkennen. Du hast eine Frau, keine Kinder und ein Haus, das noch nicht abbezahlt ist. Heute Abend versumpfst du hier, und morgen prahlst du überall herum, dass du eine echte Künstlerin kennst, die berühmte Louise Patterson.» Sie schlug mit der Faust auf die Theke. Gil kehrte zu uns zurück und schaffte träge zwei weitere Gläser herbei. «Aber zur Hölle damit! Ich will meine *Studie über Fundamentales*. Das hat man mir versprochen, und sie ist viel Geld wert. Wo ist sie?»

«Du kannst sie nicht haben», sagte ich grob. «Sie gehört mir.»

Ihre Augen blitzen, und sie fauchte:

«Du Bastard, ich glaube, du meinst das ernst.»

«Aber gewiss meine ich es ernst. Schließlich gehört sie ja mir. Ich habe dafür bezahlt, nicht wahr? Und sie bedeutet mir etwas. Dieses Bild ist ein Teil meines Lebens. Ich mag es. Ich brauche es.»

Sofort war sie wieder halbwegs liebenswürdig.

«Warum?»

«Weil dieses spezielle Bild mich etwas gelehrt hat. Und es hilft mir immer noch.» Ich blickte auf die Uhr. Wenn ich es in zehn Minuten ins Van Barth schaffte, war ich noch ungefähr pünktlich. «Aber ich schlage dir einen Deal vor. Ich habe den *Zorn* im Büro, und vier weitere Arbeiten von dir zu Hause. Du kannst sie alle haben, alle bis auf *Die Versuchung des Judas*. Die verkaufe ich für kein Geld der Welt. Niemandem.»

Wehmütig fragte sie mich: «Du magst das Bild wirklich so gern?»

Ich hatte keine Zeit für Erklärungen, und so sagte ich einfach nur: «Ja.»

Nun war sie still, und ich schaffte sie irgendwie nach draußen. Vor Gil's setzte ich sie in ein Taxi, nannte dem Fahrer die Adresse und zahlte.

Ich hielt das nächste Taxi an, das vorbeikam. Ich wusste, dass ich ein paar Minuten zu spät im Van Barth wäre. Aber so wichtig war das jetzt wohl nicht.

Die große, schweigsame, unsichtbare Uhr bewegte sich wie gewöhnlich. Aber sie schien mich vergessen zu haben. An diesem Abend suchte sie sich jemand anderen. Ihre Pfeile und Hebel und Stahlfedern waren gespannt und bereit für die Suche nach einer anderen Person – auf die gleiche blinde, unbeteiligte Art und Weise, mit der sie am Abend zuvor nach mir gegriffen hatte. Und sie hatte mich verfehlt, irgendwie. Dieses Mal. Aber ich zweifelte nicht daran, dass sie mir wieder näherkommen würde. Unvermeidlich. Bald.

Ich steckte mein Notizbuch in eine der Innentaschen. Darin standen jetzt Louises Adresse und ihre Telefonnummer. Natürlich würde ich sie niemals anrufen. Es reichte, dass ich mich an dieser Beinahe-Katastrophe fast verbrannt hätte. Trotzdem war es eine reizvolle, interessante Nummer.

Mein Taxi bremste und hielt vor einer roten Ampel. Ich schaute aus dem Fenster und bemerkte am Zeitungsstand an der Ecke eine Schlagzeile:

EARL JANOTH, ALS VERLAGSLEITER GEFEUERT, SPRINGT IN DEN TOD.

NACHWORT

Martin Compart

Die große Uhr war Kenneth Fearings vierter Roman und mit Abstand sein erfolgreichster – künstlerisch wie kommerziell. Er schuf damit einen Klassiker, der seit der Erstveröffentlichung von 1946 fast durchgehend lieferbar war und ist. Und das nicht nur im englischsprachigen Raum; auch im romanischen.

The Big Clock hat eine mörderische Prämisse: Ein Unschuldiger muss sich selbst als Mörder jagen.

Der Protagonist, der gegen sich selbst ermitteln soll – das ist einer der ganz großen Plots der Kriminalliteratur. Vergleichbar nur mit den besten von Agatha Christie *(Murder of Roger Ackroyd, Murder at the Orient Express)*, Nicholas Blake *(The Beast Must Die)* oder Anthony Berkeley Cox *(Before the Facts, Trial and Error)*. Im Unterschied zu den genialen Plots der genannten britischen Großmeister des «Golden Age» ist Fearings Werk ein Noir-Roman, in dem der Plot in düstere Zivilisationskritik eingebettet ist. Und da diese Literatur eine Welt ohne moralisches Zentrum porträtiert, stellt sich eine der klassischen Noir-Fragen: Wer wird mit was davonkommen?

Der Schriftsteller Michael Gilbert nahm *The Big Clock* in seine Liste der zehn besten Kriminalromane aller Zeiten auf. Der Roman erscheint auf fast jeder der Listen mit den besten Kriminalromanen/Thrillern, die je geschrieben wurden. Die meisten Theoretiker des Genres preisen das Werk, und sogar Großmeister Raymond Chandler, bekannt und berüchtigt für seine oft bösartige Kritik, nannte es eine *tour de force.*

Nie wieder sollte Fearing ein ähnlicher wirtschaftlicher Erfolg gelingen. Zwar gingen im Laufe der 1950er Jahre auch weiterhin Einnahmen aus Lizenzgeschäften bei ihm ein, aber die Beträge etwa aus Auslandsgeschäften waren vergleichsweise gering.

Der Roman aber wurde weltweit zum Klassiker und zweimal verfilmt. Im Oktober 1973 gab es eine neue Adaption für den Hörfunk: Rod Serling (unvergessenes Mastermind der *Twilight Zone*) stellte sie unter dem Titel *Desperate Witness* in der Reihe *The Zero Hour* vor[1]. 1976 nahmen die renommierten Kritiker Jacques Barzun und Wendell Hertig Taylor den Roman mit einem ausführlichen Nachwort in ihre Hardcover-Reihe «Fifty Classics of Crime Fiction 1900-1950» bei Garland auf. Robert Polto veröffentlichte den Roman 1997 in seinem klassischen Sammelband *Crime Novels: American Noir of the 1930s & 40s*. 2012 gehörte er dann auch in die zweibändige «Library of America»-Edition der Noir-Klassiker.

Fearing war eine seltene und beneidenswerte Leistung gelungen: ein Page-Turner, der gekonnt geplottet und so eng wie eine Uhrfeder gewickelt ist und dessen erzählerische Zahnräder auch als existenzielle Metapher dienen.

Der einzige Noir-Autor dieser Zeit, den man mit Fearing vergleiche könnte – jedenfalls mit dem Autor von *The Big Clock* – ist m. E. Cornell Woolrich (1903–1968). Seine paranoiden Plots gingen häufig in eine ähnliche Richtung (scheinbar aussichtslose Situationen der isolierten Protagonisten), aber seine zahlreichen Kurzgeschichten und Romane erreichen nicht die subtextliche Tiefe wie Fearings Buch.

Fearings Roman erschien zu einem Zeitpunkt, als die USA in einen großen paranoiden Abgrund glitten: Der Zweite Weltkrieg war beendet, der Kalte Krieg hatte begonnen und der McCarthyismus begann seinen zerstörerischen Siegeszug. Diese Atmosphäre der Verunsicherung fängt *The Big Clock* ein. Das Buch spiegelt neben der existenzialistischen Dimension den bewusster werdenden Kontrollverlust des Individuums angesichts wirtschaftlicher Systeme – symbolisiert durch «die große Uhr». Den Amerikanern, stellvertretend für alle kapitalistischen Volkswirtschaften, wurde zunehmend deutlich, dass die Verfügungsgewalt über ihr Leben nicht in ihrer vermeintlichen Selbstbestimmung angesiedelt war.

Paranoia ist eine der stärksten Triebfedern der Noir-Kultur. *The Big Clock* stützt besonders intensiv die Erkenntnisse von Gilles Deleuze und Félix Guattari: Ursachen für Paranoia sind nicht psychologische oder gar psychopathologische Fehlentwicklungen, sondern eine psychopathologische Kultur, auf die sich das Individuum bezieht.[2]

In seinem Buch *American Night: The Literary Left in the Era of the Cold War* (dessen Cover ein Porträt von Fearing ziert), schreibt der Literaturwissenschaftler Alan M. Wald, ein Historiker der amerikanischen Linken, über den Roman, er fasse die «beängstigende und fragmentierte Hohlheit» zusammen, die Fearing in der Nachkriegsgesellschaft der USA erkannte.

«Das bedrohliche Ambiente der Verwerfung, das *The Big Clock* durchdringt, wird strukturell und symbolisch als Industriekapitalismus dargestellt, eine sozioökonomische Ordnung, in der sich die Kommunikationswege, insbesondere Printprodukte und Rundfunk, zu einer Wissenschaft der geplanten Manipulation entwickeln, die darauf abzielt, die Rentabilität sicherzustellen. Gut bezahlte Betrüger werden zusammen mit den Naiven und Getäuschten als Rädchen in den Apparat der modernen Institutionen des Privatunternehmens gesperrt ... Das Geniale an *The Big Clock* ist die Vorwegnahme der vielfältigen mythologischen Dimensionen einer Konsumrepublik, die die anbrechende Ära prägen sollte.»[3]

Walde spricht außerdem von «einem psychosexuellen Roman Noir, der die unheimliche Wirkung der Marktsegmentierung in der Verlagsbranche betont».

Die im Roman geäußerte Medienkritik erscheint noch immer aktuell. Fearing orientierte sich damals an gewissen Zuständen in der Time Incorporated, für die er zeitweilig arbeitete.

Fearing war ein modernistischer Romancier und proletarischer Lyriker. Im Modernismus stand er besonders dem Symbolismus nahe und Motive wie apokalyptische Endzeitstimmung, individuelle Wahrnehmungen, das Unterbewusste, Dekadenz, Verfall und Tod und zivilisatorischer Pessimismus finden sich auch mehr oder weniger ausgeprägt in *The Big Clock*.

Die innovative Struktur des Romans beruht auf der Sicht von sieben verschiedenen Charakteren. Die ersten fünf Kapitel werden von George Stroud erzählt, der für einen New Yorker Zeitschriftenverlag arbeitet. Er scheint den Umständen kaum gewachsen, bewegt sich aber intelligent durch ein Labyrinth von Möglichkeiten.

Die Erzähler sind Stroud, Janoth, Hagen, Strouds Frau, zwei Reporter und die exzentrische Künstlerin Louise Patterson. Fearing leistet hervorragende Arbeit, um die Stimme jedes einzelnen Erzählers einzufangen.

Trotz der unterschiedlichen Erzählperspektiven entwickelt Fearing den Plot chronologisch. Jeder Erzählerwechsel treibt die Handlung weiter voran.

Symbolismus

Fearing war mit dem vom Verlag vorgegeben Titel nicht glücklich. Er warf seinem Lektor vor: «Damit wird der Roman gnadenlos als *action*-orientierter Kriminalroman eingeordnet ... das Letzte, was mir vorschwebte, als ich ihn schrieb.»[4]

Offensichtlich hatte der Autor die philosophische Dimension des Titels nicht erkannt. Stattdessen bevorzugte er seinen eigenen Titel *The Temptation of St. Judas*, der sich auf ein Gespräch zwischen Stroud und Pauline Delos bezieht. Aber egal, welche Ebenen der Roman über seinen Unterhaltungswert hinaus beinhaltet: *The Big Clock* ist ein Thriller! Der Streit erinnert an vergangene Zeiten, als beispielsweise das deutsche Feuilleton gern von einem Kriminalroman behauptete, er sei «mehr als ein Krimi», bevorzugt angewandt auf Bücher von Patricia Highsmith, George Simenon, Eric Ambler oder Raymond Chandler. Tatsächlich enthüllt diese Floskel lediglich das dichotomische Literaturverständnis eines wilhelminischen Bildungsbürgertums (das sich bis heute in einige verkrampfte Literatursendungen des deutschen Fernsehens gerettet hat).

Die große Uhr ist aber auch eine Metapher für die Gesellschaft des Spektakels, eine Maschine zum Abschleifen der Lebensdauer in immer gleiche und austauschbare Einheiten. «Sie misst Menschen auf die gleiche Weise, wie sie Geld misst und das Wachstum der Bäume, die Lebenszeit von Moskitos, moralische Normen und den Fortgang der Zeit.»

Diese große Uhr ist der unerbittliche Zeitnehmer unserer Sterblichkeit. Jeder versucht ihr zu entkommen, aber niemandem gelingt es. Rücksichtslos zählt sie die verschwendeten Stunden für entfremdete Lohnarbeit herunter.

Jeder in der Arbeitswelt kennt das Gefühl, die Kontrolle über das eigene Leben und seine eigene Zeit verloren zu haben. Die Uhr steht hier im Dienst eines Medienkonzerns, der weder freie Menschen will noch Kultur. Indem er Kultur zum reinen Konsumgut degradiert, reduziert er sie auf ein reines Handelsgut.

Sie repräsentiert den unaufhaltsamen Lauf der Zeit und die Tyrannei eines Medienunternehmens als seelenlose Geldmaschine in einer mechanisierten Gesellschaft ohne Glauben und Hoffnung auf ein sinnvolles Dasein. Die große Uhr bewacht die verschwendeten Stunden des arbeitenden Menschen, zieht seine Existenz herunter, degradiert das Leben zur Zeitnahme der Sterblichkeit; eine reine Metapher für den unsichtbaren Rahmen, der das Schicksal der Menschen kontrolliert.

Der Titel bezieht sich auf die Lebensphilosophie der Hauptfigur Stroud. Die große Uhr, mächtiger als alle Uhren und Kalender des Menschen, mehr als ein Chronometer, ist der Diktator, an den man automatisch sein ganzes Leben anpasst.

Der Mensch rennt wie eine Maus in das «Labyrinth der Maschine mit all ihren Scheintüren, den gefährlichen Sackgassen und steilen Pisten, den Fallen und Ködern».

George aber glaubt, er könne der großen Uhr entkommen, wenn auch nur ab und zu für ein paar Stunden. Und das entweder im Ausleben seiner Sexualität, seiner Kunstleidenschaft, gelegentlich mit Familienleben – oder vorzugsweise mit Drinks in Gil's Bar.

Gil's Bar ist die Antithese zur großen Uhr. In angenehmer Atmosphäre vergeht die Zeit, ohne gemessen zu werden. Räume und Charaktere des Romans ordnen sich in tatsächlicher und in geistiger Nähe dem einen oder anderen Pol zu.

Während die Uhr für ein unbeseeltes, entmenschlichtes Leben steht, symbolisiert Gil's Bar das Gegenteil: Sie steht für Hedonismus und Nachhaltigkeit. Hier treffen sich Menschen, um sich wohlzufühlen, um sich zu berauschen, miteinander zu sprechen und sexuelle Kontakte anzubahnen. Im Gegensatz zur Janoth Corporation, die kurzlebige Konsumgüter produziert, beherbergt die Bar zeitlose Dinge, die kulturelle Evolution reflektieren.

Hinter der Bar bewahrt Gil eine große Auswahl an Krempel auf. Gäste fordern ihn spielerisch heraus, einen Gegenstand zu zeigen, von dem sie glauben, dass er ihn unmöglich besitzen könne. Doch Gil hat ihn und erzählt die dazugehörige Geschichte. Im Gegensatz zu den für einen Wegwerfkonsum produzierten Artikeln der Janoth Enterprises, die unter der Tyrannei der «großen Uhr» hergestellt werden, stehen die Dinge aus Gils «Bar-Museum» für Beständigkeit. Alles bleibt in Gils Müllhaufen, um immer wieder neu bewertet zu werden – eine frühe Kritik am Novitätenkult des Konsumkapitalismus.

Für seine Kritik an der zunehmenden Konsumgesellschaft wählt Fearing ein Produkt mit extrem kurzer Lebensdauer: die durch Medien verbreitete Nachricht oder was als solche gilt. Laut Walter Benjamin enden deren Handelswert und Lebensdauer bereits mit ihrer Verkündung.

Im Roman zeichnen sich die Charaktere aus dem Umfeld von Gil's Bar durch ihre Offenheit für Kunst, Alkohol und sexuelle Freiheit aus.

George Stroud

Der Protagonist ist wahrlich kein besonders sympathischer Charakter: ein schäbiger Schürzenjäger, ein grenzwertiger Alkoholiker und Ehebrecher, Lügner, seltsam leer, unzufrieden mit seinem Job, Gehalt und Schicksal. Aber er ist auch ein liebevoller Vater, Familienversorger, großer Kunstliebhaber, intelligenter Rechercheur, voller Zweifel an der Gesellschaftsordnung und ein Träumer. Julian Symons hat daher sicherlich recht, wenn er ihn als «technisch unschuldig, aber moralisch eine Null» charakterisiert.[5]

Stroud ist intelligent und reflektiert seinen Job und die fragwürdige Bedeutung der Massenmedien. Auch damit das Sprachrohr seines Schöpfers, der seine Erfahrungen beim *Time-Magazine* des Antisemiten und Faschismus-Anhängers Henry Luce einfließen ließ.

Ein Mann, der mehr vom Leben will als ein Familienleben und einen fragwürdigen Job.

Als er einen Brief aus Haiti bekommt, von einem Studienfreund, der anscheinend der Tyrannei der großen Uhr entkommen ist, wird ihm seine Situation noch bewusster.

Strouds Charakter repräsentiert, was (damals?) in Teilen der öffentlichen Psyche vor sich ging, wenn er die Gesellschaftsordnung als eine lähmende und unausweichliche Maschinerie betrachtet. Es ist offensichtlich, dass Stroud sich gefangen fühlt. Er ist Jäger und Gejagter, Verdächtiger und Zeuge, ein Mann, der versucht, einen Teil der Wahrheit aufzudecken, während er einen anderen unterdrückt.

Stroud ist eine Figur seiner Zeit.

Ein gewisser anthropologischer Pessimismus schimmert durch den Roman, ein Ausdruck seiner Entstehungsgeschichte.

Denn das Buch entstand gegen Ende des Zweiten Weltkriegs, als dessen Schrecken eine ganze Generation traumatisiert hatten. Zwischen Hedonismus und Konsumismus taumelnd, versuchte sie, die erlebten Erschütterungen zu betäuben. Alte Ideale wie «Glauben» und «Patriarchat» hatte der Krieg fast zerstört. Die Veteranen stießen bei ihrer Heimkehr auf zahlreiche «neue Frauen», die durch ihre Arbeit in der Kriegswirtschaft und an der Heimatfront entscheidend geprägt wurden. Es waren nicht mehr dieselben Frauen wie vor dem Krieg. Sie begegneten den Heimkehrern mit einem Selbstbewusstsein, das diese zutiefst irritierte.

Außerdem hatte die Kriegswirtschaft die industrielle Produktion verändert: Ihre zunehmende Beschleunigung trieb die allgemeine Verfügbarkeit von Konsumgütern in bisher nicht gekannte Dimensionen. Der Konsumismus entwickelte sich zu einer bis heute wachsenden Religion, basierend auf rücksichtsloser Ausbeutung der Natur und der Bewohner des Planeten.

Das alte Ideal der Familie gab nicht mehr genug befriedigenden Halt. Aber aufgeben wollte man es nicht. Zur Überwindung der Hoffnungslosigkeit entstand bald eine scheinbare Idylle des Konsumismus in Suburbia. Die Kleinfamilie, gepaart mit sozialen Aufstiegschancen, wurde zum Glaubensbekenntnis der 1950er Jahre. Das galt es zu verteidigen gegen alles, was als bedrohlich erschien und als kommunistisch ausgemacht wurde. Zu ihrem ideologischen Zentrum wurden die Massenmedien.

Entwicklungsgeschichte und Erfolg

Im März 1943 war Fearing Gast in der Künstlerkolonie von Yaddo in Saratoga, New York. Er suchte krampfhaft nach einem neuen Stoff für einen vierten Roman. Ohne Erfolg. Er steckte vielleicht in einem «kreativen Loch» oder hatte eine Schreibblockade. Vielleicht machte ihm auch das nachlassende Interesse an seiner Lyrik zu schaffen.

Dann kam ihm die Realität zu Hilfe:

Im Oktober des Jahres erschütterte ein skandalöser Mordfall die New Yorker Gesellschaft: Ein 22-jähriges Party-Girl, die Bierbrauer-Erbin Patricia Burton Lonergan, war in ihrem noblen Haus in Midtown Manhattan erwürgt und zu Tode geprügelt aufgefunden worden. Die Tatwaffe war ein schwerer Kerzenhalter. Der Täter soll ihr Mann Wayne Lonegan gewesen sein, ein «moralisch korrupter Playboy» *(New York Times)*, der die Tat beging, nachdem Patricia die Scheidung eingereicht und ihn aus ihrem Testament gestrichen hatte. Der Prozess wurde zu einem Medienereignis, auch weil es Wayne Lonegan gelang, dem elektrischem Stuhl zu entgehen. Pikanterweise war Wayne bisexuell und soll auch der Lover von Patricias Vater gewesen sein, der vor seinem Tod 1940 zu dieser Ehe gedrängt hatte.

Dieser reale Fall inspirierte Fearing.

Die zweite Inspiration war fiktionaler Natur: Der erste Roman des ehemaligen Zeitungsjungen und Kriminalreporters Sam Fuller, *The Dark Page* (1944). Der spätere Kult-Regisseur nimmt Fearings Plot (der Mörder jagt sich selbst) im Keim vorweg. Ebenfalls im Medienmilieu angesiedelt, erzählt der Roman strukturell und ästhetisch aber eine andere Geschichte. Fullers erfolgreichster Roman sollte ursprünglich von Howard

Hawks verfilmt werden (mit Humphrey Bogart und Edward G. Robinson), landete aber schließlich bei Columbia und wurde erst 1955 von Phil Karlson unter dem Titel *Scandal Sheet* realisiert.

Fearing begann im August 1944 mit der Niederschrift seines Romans. Er arbeitete über ein Jahr an dem Manuskript. Im Juni 1945 hatte er die Malerin Nan Lurie geheiratet, und der Großteil von *Die große Uhr* wurde in ihrem Loft in der East 10th Street verfasst. Das Manuskript wurde im Oktober 1945 fertiggestellt und ein Jahr später veröffentlicht. Die Geschichte erschien zuerst in gekürzter Form vorab in *The American Magazine* (Oktober 1946), als *The Judas Picture.*

The Big Clock wurde im Herbst 1946 von Harcourt Brace veröffentlicht und machte Fearing vorübergehend wohlhabend. Als Vorschuss vom Verlag und durch Lizenzen nahm er ungefähr 10 000 US-Dollar ein. Es wurde sein erfolgreichstes Buch und kam bereits 1947 auch in Frankreich in den Buchhandel, übersetzt von niemand Geringerem als Boris Vian.

Dann allerdings überschätzte Fearing seine eigenen Fähigkeiten als Geschäftsmann und er verhandelte selbst die Filmrechte mit Paramount, statt dies einem Agenten oder dem Verlag zu überlassen. Er ließ sich wohl von den Zahlen blenden und unterschätzte das neue Medium Fernsehen: Für 50 000 Dollar trat er die Filmrechte inklusive der Fernsehverwertungen bis 1952 ab.

Anfang der 1950er stellte er wütend und frustriert fest, dass Paramount spät in der Nacht bei den TV-Sendern regelmäßig Wiederholungen des Films zeigte. Fearing verdiente nicht nur keinen einzigen Dollar daran, auch das Interesse an einer zusätzlichen Fernsehproduktion und weiteren Wiederholungen, an denen er ab 1952 mitverdient hätte, war schließlich erschöpft.

Verfilmungen

Der Roman ist bisher zweimal verfilmt worden: 1948 von John Farrow und 1987 als *No Way Out* von Roger Donaldson. In manchen Titeln der Sekundärliteratur wird auch Alain Corneaus Film *Police Python 357* (1976) mit Yves Montand als Fearing-Verfilmung gelistet. Tatsächlich ist dies aber kein Remake. Corneau hat lediglich den Plot von *The Big Clock* übernommen und eine eigene, großartige Geschichte daraus gemacht, die ein völlig anderes Milieu mit anderen Charakteren in einer anderen Struktur erzählt. Also keine wirkliche Adaption.

Hat Corneau Fearings Plot gestohlen? Nicht wirklich. Auf literarischer Ebene könnte man dann u. a. A. D. G. vorwerfen, er habe für *La nuit des grands chiens malades* den Plot von Agatha Christies *The Murder of Roger Ackroyd* gestohlen, obwohl beide ein völlig anderes Buch geschrieben haben. Und welche Maßstäbe müssten dann für Standardplots des Detektivromans oder Privatdetektivromans gelten? Vom Agentenroman à la James Bond ganz zu schweigen.

Farrows Verfilmung wirkt noch immer frisch. Sie ist zwar weniger düster als der Roman, aber ein klassischer Noir-Film mit viel Atmosphäre und schneller Handlungsführung. Der Film wird ausschließlich aus der Sicht von Stroud erzählt. Sicherlich aus Zensurgründen wurden auch die sexuellen Aspekte im Film weniger direkt angesprochen: George hat im Film keine Affäre mit Janoths Freundin, er verbringt nur eine unglückselige Nacht mit ihr in der Stadt, weil er wütend auf seinen Chef ist und zu viel trinkt. Er bleibt im Film seiner Frau treu (Maureen O'Sullivan, die damals mit dem Regisseur verheiratet war) und geht mit Pauline Delos lediglich auf eine Sauftour (ihr Nachname wurde im Film aus irgendeinem Grund in York geändert).

Viel verdankt der Film seinem Drehbuchautor, dem Crime-Autor Jonathan Latimer (1906–1983), der den Fans wohl besonders durch seine Bill-Crane-Serie in Erinnerung geblieben ist. Er schrieb einige berühmte Noir-Filme (darunter auch Dashiell Hammett- und Cornell-Woolrich-Adaptionen), arbeitete oft mit John Farrow zusammen und schrieb später hauptsächlich für Fernsehserien (*Hong Kong, Perry Mason, Columbo* etc.).

Latimer brachte die «große Uhr», auf die sich Stroud ständig bezieht, aus dem Metaphorischen ins Physische, indem er eine gewaltige Uhr in der Lobby von Janoth Enterprises aufstellen ließ. Indem er die Tatwaffe von einer Karaffe in eine Sonnenuhr änderte, unterstrich er noch stärker als im Buch das Motiv der Uhr.

Der Film vermittelt die Symbolik der Uhr trotzdem recht gut, gibt uns aber nicht wirklich einen Hinweis darauf, warum George sich wie in einem Hamsterrad fühlt. Kameramann John F. Seitz verwendet Weitwinkelobjektive und kontrastreiche Beleuchtung, um zusätzliche Tiefe zu erzielen.

Das entscheidende Zeitgefühl und der Aufbau von Spannung werden durch den Einsatz extrem langer Takes eingefangen, was außer bei Orson Welles in Thrillern der damaligen Zeit ziemlich ungewöhnlich war, aber hier sehr gut funktioniert. Fast alle Szenen sind in Echtzeit ohne Schnitte gedreht.

Der Film ist großartig besetzt! Allen voran der immer etwas ambivalente Ray Milland als Anti-Held Stroud. Charles Laughton ist wie immer eine Weltmacht! Er ist einfach perfekt als der asoziale Egozentriker Janoth. Aber dasselbe gilt für jede Nebenrolle. Gespielt wird auf höchstem Niveau.

Auf Blue-Ray oder DVD ist dieser Film zumindest noch antiquarisch erhältlich. Besonders empfehlenswert ist die DVD-Edition von Koch Media als Nr. 2 ihrer Film-Noir-Collection. Sie enthält ein schönes und informatives Booklet von Thomas Willmann.

No Way Out von Roger Donaldson und Drehbuchautor Robert Garland (auch Co-Produzent) mit Kevin Costner und Gene Hackman ist eine höchst eigenwillige Adaption. Sie verlegt das Milieu aus der Medienwelt ins Pentagon und eröffnet eine Plotline, die nichts mit dem Roman zu tun hat: Neben Costners Suche nach dem Mörder von Hackmans Geliebter (Sean Young) geht es vor allem darum, einen russischen Maulwurf zu enttarnen. Der Film wird in Rückblenden erzählt, die Costner beim Verhör durch zwei nicht identifizierte Agenten berichtet.

Dem Publikum ist also von Anfang an bekannt: Costner (der hier Farrell heißt) scheint sich in keiner lebensbedrohlichen Lage zu befinden, wie es George Stroud/Ray Milland in *The Big Clock* war. Der Film hat eine überraschende Pointe: Obwohl Costner natürlich kein Mörder ist, ist er doch ein Bösewicht, denn er ist der russische Maulwurf Juri und entkommt unenttarnt.

Biographisches

Kenneth Flexner Fearing wurde am 28. Juni 1902 in Oak Park, Illinois geboren. Sein Vater war ein erfolgreicher Anwalt und seine Mutter stammte aus einer wohlhabenden jüdischen Familie mit kultureller Tradition. Die Eltern ließen sich während seines ersten Lebensjahrs scheiden, wahrscheinlich weil seine Mutter entdeckte, dass ihr Mann antisemitische Gefühle hegte. Der kleine Kenneth lebte abwechselnd in den verschiedenen Elternhäusern, wurde im mütterlichen Wohnsitz aber hauptsächlich von seiner Tante Eve aufgezogen, die wohl unter psychischen Störungen litt. Fearing verbrachte den glücklicheren

Teil seiner Kindheit offenbar mit seinem Vater, der den künstlerischen Neigungen des Sohnes gegenüber aufgeschlossen war. Die Mutter war eine humorlose und strenge Frau, die Kenneth selten emotional begegnete (obwohl sie ihn später jahrelang finanziell unterstützte).

Der Junge besuchte die River Forest High School und arbeitete an der Schülerzeitung mit, die von dem drei Jahre älteren Ernest Hemingway geleitet wurde. Man wählte ihn zum «witzigsten Jungen und Klassenpessimisten».

Damals bekam er eine Halbschwester Ethel (geb. 1916) und einen Halbbruder Ralph (geb. 1918).

Er studierte Englisch an der University of Illinois (1920–1922) und an der University of Wisconsin (1922–1924). Bei Letzterer wurde er Chefredakteur der Literaturzeitschrift.

Trotz seiner eher bürgerlichen Erziehung bevorzugte Fearing einen bohemistischen Lebensstil, der schließlich seinen Rücktritt als Redakteur der Literaturzeitschrift erzwang, weil er Geschichten über Sex und Gewalt, modernistische Schriften und überhaupt kontroverses Material akzeptierte.

Er verließ die Universität ohne Abschluss, da er einen Kurs nicht bestanden hatte. 1938, da war er bereits ein berühmter Dichter, kontaktierte ihn die Universität erneut und verlieh ihm seinen Abschluss, der auf 1924 zurückdatiert wurde.

Zunächst zog Fearing nach Chicago, um Journalist zu werden, dort arbeitete als Polizeireporter für die *Chicago City Press*.

Dann ging er nach New York, ließ sich in Greenwich Village nieder. New York wurde zur Stadt seines Lebens; der Einfluss dieser Stadt durchzieht sein gesamtes Werk und auch in der *Großen Uhr* fängt er ihre Atmosphäre ein. In New York war Fearing anfangs für Zeitungen und Verlage als Redakteur und Kritiker tätig. Gleichzeitig engagierte er sich in verschiedenen sozialistischen Bewegungen. Als Sympathisant der Sozialisten schrieb er gelegentlich Reden für linke Politiker.

Sein bestes Einkommen erzielte er jedoch mit dem Schreiben für Pulp-Magazine. Besonders mit Sex-Geschichten (Soft-Pornos) unter dem Pseudonym «Kirk Wolff» für «spicy

Pulps» (Magazine, die sich auf Sex-Geschichten und «anstößige Inhalte» spezialisierten). Er erhielt einen halben Cent pro Wort. Nebenbei begann er Gedichte zu schreiben und nach Publikationsmöglichkeiten für seine Lyrik Ausschau zu halten. Er versuchte sich – nach unglaubwürdiger Selbstaussage – auch in nicht-literarischen Berufen, etwa als Holzfäller, aber mit wenig Erfolg.

Zu seinen poetischen Einflüssen gehörte Walt Whitman, von dem Fearing sagte, dass er «der erste Schriftsteller war, der eine Technik schuf, die der gesamten Weltanschauung dieses Landes eigen ist». François Villon, John Keats und Edwin Arlington Robinson gehörten ebenfalls zu seinen Favoriten. Er hörte gerne Maurice Ravel und mochte den Maler George Grosz. Seine frühen Gedichte wurden in Zeitschriften wie *Poetry, Scribner's, The New Yorker, The New Masses, Free Verse, Voices* und *The Menorah Journal* veröffentlicht. Etwa 44 Gedichte erschienen dort, bevor sein erster Gedichtband 1929 erschien.

Jedenfalls verdiente er lange Zeit nicht genug, um seinen Lebensunterhalt zu bestreiten, und war auf die monatlichen 15 Dollar seiner Mutter angewiesen. Darüber hinaus wurde er von seiner ersten Partnerin, der feministischen Schriftstellerin

Margery Latimer unterstützt, mit der er von 1924 bis 1928 zusammenlebte. Fearings zunehmende Trunksucht führte zur Trennung.

In den späten 1920ern gewann er allmählich Anerkennung als Lyriker. Besonders bei Sozialisten und Kommunisten erhielt seine «proletarische Großstadtlyrik» zunehmenden Beifall. Linke Publikationsorgane standen ihm offen.

Marxisten umwarben ihn und schlugen ihm vor, für Zeitschriften wie *The New Masses* zu schreiben, was er ab 1926 tat, und er wurde dann sogar von 1930 bis 1933 Mitherausgeber. Doch obwohl Fearings ambitionierte Geschichten und Gedichte von *New Masses* akzeptiert wurden, taten die Redakteure seine Arbeiten hinter seinem Rücken als «Kunst um der Kunst willen» ab.

1929 war er Gründungsmitglied des John Reed Club, für den er in der Redaktion der kommunistischen *Partisan Review* saß. Er wird verschiedentlich auch zu den Mitbegründern des Blattes gezählt, jedenfalls nachdem sich das Magazin als antistalinistisch neu positionierte.

Fearings Beziehung zur Kommunistischen Partei war problematisch: Als Pazifist, der vom Ersten Weltkrieg entsetzt war, griff er den Stalinismus an. Als Jude und Antifaschist (er wuchs mit dem «modischen Antisemitismus» der großbürgerlichen Freunde seines Vaters auf) war er Gegner des Hitler-Stalin-Pakts von 1939.

Über die Kommunistische Partei der USA (CPUSA) hatte Fearing seine eigenen Ansichten. Während diese seine zweite Sammlung von Versen, *Poems* (1935), lobte, verspottete Fearing die kommunistische Kritik, wonach seine Gedichte lediglich den revolutionären Prozess beschrieben, anstatt ihn zu unterstützen. Das Lob der Linken sollte für den Rest seines Lebens anhalten (was bei vielen, einschließlich des FBI, zu dem Schluss führte, er sei Mitglied der Kommunistischen Partei).

Die frühen Verse kombinierten traditionelle Elemente mit dem zerschnittenen, dokumentarischen Stil der Romane von John Dos Passos. Der amerikanische Künstler Tad Richards über Fearing: «Um 1926 erlebte Fearing eine jähe Bekehrung – das Rumpeln eines Zugs in New York City störte seine Versenkung in ein Sonett, und ihm wurde umgehend klar, dass er anfangen musste, über das Hier und Jetzt zu schreiben, in der Sprache des Hier und Jetzt. Seine Gedichte verwandelten sich fast über Nacht. Als sein politisches Bewusstsein weniger doktrinär wurde, begannen politische Themen zu verblassen, ebenso wie sein Engagement für modernistische Düsternis. Bis 1940 war seine Arbeit zugänglicher geworden. Er blieb nah an den klassischen großen Themen der Poesie, Liebe und Tod, manchmal mit Humor, öfter mit Verzweiflung. Er erschuf weiterhin die Art trostloser urbaner Charaktere, die man mit den Gemälden von Edward Hopper assoziiert.»[6]

Nichts Vergleichbares war in der amerikanischen Poesie zuvor geschrieben worden. Die Kritiken waren freundlich und seine Präsenz in den Bohème-Kreisen New Yorks trug zu seinem Image als trunkener Lumpenpoet bei. Obwohl einige besonders snobistische Kritiker ihn niedermachten, verehrten ihn einflussreichere wie Edmund Wilson und rezensierten begeistert seine Lyrik.

Wie Robert Ryley, Herausgeber der *Collected Poems*, Jahre später bemerkte: «Während Fearing gelegentlich wie ein fremdartiger Dichter klingt, klingt kein anderer Dichter jemals wie Fearing.»

1929 erschien sein erster Gedichtband: *Angel Arms*, 1935 folgte *Poems*. Beide Bände gelten als Klassiker und hatten Einfluss auf die Beats, insbesondere auf Alan Ginsberg. Fearing gestand dem *Daily Worker* 1938: «Ich habe nicht absichtlich versucht, in meiner Poesie marxistisch zu sein ... Der Marxismus ist in der Literatur nur in dem Maße wichtig, wie der Schriftsteller ihn assimiliert hat. Folglich werden die marxistischen Prinzipien Teil seines Hintergrunds, der Art und Weise, wie er denkt, fühlt und interpretiert.»

1931 verliebte sich die jüdische Sozialarbeiterin Rachel Meltzer in den aufstrebenden Poeten. Obwohl ihre Gefühle eher lauwarm erwidert wurden, heirateten die beiden am 26. April

1933 gegen den Willen ihrer Familie. Ein Sohn, Bruce Fearing, wurde am 19. Juli 1935 geboren. Rachels Job sicherte den Großteil des Unterhalts der Familie, insbesondere nachdem Fearings Mutter seit der Geburt des Kindes ihre monatlichen Zuwendungen eingestellt hatte. Sie war der Meinung, als Familienvater müsse er endlich auf eigenen Beinen stehen.

Fearing erhielt gelegentlich Unterstützung von seinem Vater und außerdem lieh er sich Geld von Latimer, seiner Ex-Partnerin.

1935 entstand Alice Neels Porträt des Autors, das heute im Museum of Modern Art hängt.

Im selben Jahr war der Dichter auch an der Gründung der League of American Writers beteiligt.

Dann erhielt er eines von zwei Stipendien (jeweils über 2500 Dollar) von der Guggenheim Foundation, dank derer er sogar mit Frau und Kind reisen konnte. Sie fuhren neun Monate lang durch Europa.

Fearing profitierte zudem von dem staatlichen «Federal Writers' Project», das 1935 im Rahmen des «New Deal» für Schriftsteller ins Leben gerufen wurde. In den neun Jahren seines Bestehens gehörten u. a. Nelson Algren, Saul Bellow, Ralph Ellison, Jim Thompson und Richard Wright zu den Nutznießern.

1941 ließ das Ehepaar Fearing sich scheiden. Wieder war es Fearings Alkoholismus, der dazu führte. Rachel erhielt das Sorgerecht für ihren Sohn. Nach der ersten Phase der Trennung entwickelten beide ein dauerhaft gutes Verhältnis zueinander. Später äußerte Rachel über ihren Mann: «Kenneth verbrachte sein ganzes Leben damit, sein inneres Selbst vor anderen Menschen zu verbergen. Er brauchte jemanden, der sich um ihn kümmert.»

In seiner produktivsten Zeit – zwischen 1938 und 1944 – konnte er weder von den Tantiemen noch von den Vorschüssen der Verlage leben. Er gewann Literaturpreise, die ihm ein gewisses Einkommen garantierten, zum Beispiel 1944 1000 Dollar von der American Academy of Art and Letters.

Fearing hatte während eines seiner Aufenthalte in der Künstlergemeinschaft Yaddo in Saratoga Springs die Malerin Nan

Lurie kennengelernt, in die er sich verliebte. Nan Lurie wurde im Juni 1945 seine zweite Ehefrau.

Unmittelbar nach der Hochzeit stürzte Fearing sich wieder auf das Manuskript zu dem Roman, der ihn zeitweilig reich machen sollte: *The Big Clock*. Da hatte er also einmal den Jackpot geknackt – und schon wurde sein Alkoholismus uferlos. Schließlich entwickelte der Autor sich zu einem regelrechten Trunkenbold, der häufig stürzte und unter Gedächtnisausfällen litt, lange Zeit nicht badete oder die Haare wusch, sich nicht die Zähne putzte und seine Kleidung nicht mehr wechseln konnte. Einmal wäre er beinahe gestorben, weil er eine Kombination aus Scotch und Phenobarbital, einem Schlafmittel, eingenommen hatte.

Sein Arzt überzeugte ihn schließlich von der Notwendigkeit, mit dem Trinken aufzuhören, indem er ihn auf das Ausmaß seiner Leberschäden hinwies. Und tatsächlich folgte Fearing diesem Rat. Doch kaum hatte er sich vom Alkohol befreit, begann er an Depressionen zu leiden. Für Nan, die jahrelang versucht hatte, ihm das Trinken auszutreiben, hätte dies trotzdem ein Grund zur Freude sein müssen. Ihr Mann unternahm einen ernsthaften Anlauf zu seiner körperlichen Sanierung. Aber durch die Depressionen veränderte sich ihr Zusammenleben. Nan stellte fest, dass ihr Ehemann ohne Alkohol nicht mehr «verspielt» und «romantisch» war und auch sein körperliches Interesse an ihr schwand. Schließlich verließ sie ihn.

1947 erschien ein historischer Roman, den Fearing mit Donald Friede und Henry Bedford-Jones unter dem Pseudonym Donald F. Bedford geschrieben hatte: *John Barry*. Typisch für Fearings Erzähltechniken waren die 70 Erzählperspektiven, mit denen der Roman die Entwicklung San Franciscos von 1846 bis 1850 schildert.

Mit der KP hatte der Autor weiterhin seine Auseinandersetzungen. Spätestens seit 1939 war er erbitterter Anti-Stalinist, was er in seiner Einflusssphäre keineswegs verschwieg, etwa in der *Partisan Review*.

Während die Partei nach Ende des Weltkrieges mit Hochdruck daran arbeitete, McCarthys Amerika als faschistisch zu denunzieren und gleichzeitig die Sowjetunion zu heroisieren, attackierte Fearing beide Seiten. Er erklärte, dass die Untersuchungen des Kongresses wegen «unamerikanischer Umtriebe» denselben Mustern wie Stalins Schauprozesse seit den 1930ern folgten. Angesichts der zahlreichen Staatsmorde und Gulag-Urteile in Russland wohl mehr als nur eine Übertreibung. Der Partei dürfte diese Nivellierung gefallen haben.

Ein Marxist zwischen Baum und Borke: 1950 klopfte Senator McCarthys Ausschuss für unamerikanische Umtriebe auch bei ihm an, und er wurde vorgeladen. Auf die Frage, ob er Mitglied der Kommunistische Partei sei, antwortete er: «Noch nicht.»

Trotz seines Einflusses auf eine neue Generation von Literaten, insbesondere die «Beats», schwand seine Reputation als Lyriker. Fearing selbst bekam Zweifel und wurde immer skeptischer gegenüber der Wirksamkeit und den Möglichkeiten der Poesie, das öffentliche Leben zu beeinflussen oder überhaupt nur wahrgenommen zu werden. In seinem letzten Lebensjahrzehnt veröffentlichte er nur noch einen einzigen Gedichtband.

Nahezu völlig ohne praktische Veranlagung, hatte er bis 1951 den größten Teil seiner Einnahmen aus *The Big Clock* ausgegeben. Er begann wieder für «Pulps» und deren Nachfolger, «Digest Magazines», zu schreiben. Einige Kriminalgeschichten erschienen in prominenten Magazinen wie *Manhunt* oder *Ed McBain's Mystery Magazine*, aber selbst das reichte nicht aus.

Nach der Trennung von Nan nahm er 1953 das Trinken wieder auf, allerdings ohne die früheren Exzesse. Er hatte nie mit dem Rauchen aufgehört und sein Gesundheitszustand verschlechterte sich.

Er ergriff unterschiedliche Jobs, etwa als Buchrezensent für *Newsweek* (1952–1954), und von 1955 bis 1958 arbeitete er für die Muscular Dystrophy Association of America. Er schrieb auch journalistische Artikel, die jedoch nur eine sehr geringe

Verbreitung fanden, da er vehement die Antikommunisten angriff, die die amerikanische politische Szene dominierten.

Gegen Ende der 1950er Jahre verschlechterten sich seine wirtschaftlichen Verhältnisse so sehr, dass ihm seine noch lebende Mutter monatlich 150 Dollar zukommen ließ. Seine nervöse Erschöpfung durch den Alkoholismus nahm zu und seine Angehörigen sorgten sich um seine Gesundheit. Sein Halbbruder Ralph, der einige Zeit bei ihm wohnte, war beunruhigt von dem Husten, der ihn besonders nachts quälte.

Anfang 1961 spürte Fearing einen starken Schmerz in seinem Rücken, der sich im Juni verschlimmerte. Sein Sohn Bruce zog zu ihm in die Wohnung in der 11th Street, um ihm zu helfen. Er riet ihm zur medizinischen Untersuchung im Lenox Hill Hospital. Die ersten Tests ergaben, dass Fearing in einem stark fortgeschrittenen Stadium an Lungenkrebs erkrankt war, doch bevor man eine Therapie beginnen oder einen Eingriff planen konnte, starb der Schriftsteller am 26. Juni 1961 im Schlaf.

Er wurde auf dem Forest Home Cemetery in Forest Park, Illinois, begraben.

Nur sechs Tage später, am 2. Juli, nahm sich in Ketchum, Idaho, sein ehemaliger Schulkamerad Hemingway, mit dem Fearing lange keinen Kontakt mehr hatte, durch einen Schuss in die Stirn das Leben.

Nach seinem Tod erinnerten sich Freunde an «seinen Charme, seine Beredsamkeit, seine fast höfischen Manieren, seine stachelige Unabhängigkeit, seine nicht ganz verborgene Verletzlichkeit und Unschuld – aber meistens erinnerten sie sich an seine düstere, sardonische Skepsis.»

In einem «Poetry In America»-Interview mit dem Poeten, Essayisten, Jim-Thompson-Biographen und Präsidenten der Poetry Foundation Robert Polito heißt es, dass Fearing den «Moment eingefangen hat, als die Amerikaner erkannten, dass sie unkontrollierbaren Systemen ausgeliefert sind. Was ebenso schrecklich ist wie Hunger und Angst, das Heim zu verlieren, dass man sein Leben nicht kontrollieren kann, da es die Banken und Konzerne tun.»[7]

Die Romane

Während Fearings Gedichte als *Selected Poems* oder gar *Complete Poems* lieferbar sind, sieht es bei den Romanen, bis auf *The Big Clock*, anders aus. Lediglich zwei weitere sind zum Zeitpunkt dieser Zeilen problemlos zu erwerben; darunter *Clark Gifford's Body* als Neuausgabe der «New York Review Books Classics» (2006) mit einer Einführung von Robert Polito. Es ist aber interessant, sich die Themen und Erzählweisen seiner Romane einmal näher anzuschauen.

Wie die Kritikerin Rita Barnard bemerkt: «Fearings Romane haben alle so etwas wie eine ‹Film Noir›-Qualität.» Obwohl ihre formalen Qualitäten einer reduzierten Genre-Kategorisierung trotzen, sind die meisten als Thriller angelegt.

Bei allen thematischen Unterschieden haben sie Gemeinsamkeiten in der Konstruktion: In jedem seiner sieben Romane, die Fearing zwischen 1939 und 1960 schrieb, nutzte er die multiperspektivische Erzählweise. Die einzelnen Kapitel werden jeweils von unterschiedlichen Figuren in der ersten Person erzählt.

Fearing war als Lyriker bereits bekannt, als er 1939 mit *The Hospital* seinen ersten Roman vorlegte, von dem immerhin 6000 Exemplare verkauft wurden. Der Roman wurde wegen der großen Anzahl von Charakteren und ihrer mangelnden Tiefe kritisiert, ein Vorwurf, den der Autor immer wieder zu lesen bekam.

Zwar nutzte er in *The Hospital* auch Spannungsmotive, doch sollte *Dagger in the Mind* (1941) sein erster richtiger Thriller werden. Kein Detektivroman, sondern eine Studie in abnormaler Psychologie. Die Erzählerstimmen reichen vom Mörder über die Person, die umgebracht werden soll, bis hin zum Ermittler. Das Ende ist eine Enttäuschung, weil die Lösung aus dem Hut gezaubert wird.

Der Roman spielt in einer Künstlerkolonie wie Yaddo, die Fearing nur allzu gut kannte. Das Umfeld wirkt heiter und anregend, doch in Wirklichkeit sind die Beziehungen der Personen geprägt von Neid und erbitterter Konkurrenz. Ein hasserfüllter und arroganter Literaturkritiker, Walter Nichols, wird erstochen. Captain Wessex, mit den Ermittlungen beauftragt, stößt aber auf eine Mauer des Schweigens.

Clark Gifford's Body (1942) erzählt von einer Revolution in einem namenlosen Land, die mit dem Angriff der Titelfigur, ein moderner John Brown, auf einen Radiosender beginnt.

Der Roman führt mehr als zwanzig Charaktere, bewegt sich in der Zeit vor und zurück und fügt widersprüchliche Radio- und Zeitungsberichte über Ereignisse ein. Die experimentellen Aspekte und der Pessimismus des Romans wurden von den Lesern nicht gut aufgenommen.

Guy Debord hat später einmal geschrieben, ein Ziel des integrierten Spektakels sei es, Revolutionäre zu Geheimagenten und Geheimagenten zu Revolutionären zu machen. Das ist die Welt, die Fearing beschreibt. *Clark Gifford's Body* erschien 1942, und es überrascht nicht, dass seine Vision einer gescheiterten Revolution während eines endlosen, totalen Krieges damals nicht sonderlich populär wurde.

In *The Loneliest Girl in the World* (1951) nimmt der Maschinenstürmer Fearing technologische Entwicklungen vorweg. Ein Kritiker nannte den Roman das erste Buch über Hidden Files in einem PC.

Gemeint ist ein Audioaufnahme- und Speichergerät namens «Mikki», das im Mittelpunkt eines Verbrechens steht. Ellen Vaughn, die Tochter seines Erfinders, verwendet die «463 635 Stunden aufgezeichneter Reden, Musik und Geschäftstransaktionen» der Maschine, um die Umstände des Todes ihres Vaters aufzuklären. Sie findet eine Aufnahme, in der ihr Vater und sein Bruder darüber streiten, wie sie «Mikki» am besten ausbeuten können. Ellen zerstört schließlich die Maschine. Die Geschichte ist als «Detektivroman» ungewöhnlich, da der Fall durch abgerufene Informationen und nicht durch Deduktion gelöst wird.

The Generous Heart (1954) spielt in einer Welt, die Fearing gut kannte: in der Welt der Wohltätigkeitsorganisationen.

Er schildert die Machenschaften und Machtkämpfe in einer Agentur, die Werbekampagnen organisiert, bei denen Millionen Dollar an Spenden gesammelt werden. Das Buch war sowohl beim Publikum wie bei der Kritik ein totaler Flop.

Dasselbe gilt auch für seinen letzten Roman, *The Cozart Story* (1960). Es geht um die Chefs zweier rivalisierender PR-Firmen und ihre Manipulationen der Öffentlichkeit. Sie arbeiten für mächtige kommerzielle und politische Interessen in Unternehmen, die sich auf die Verbreitung von Fehlinformationen und Verleumdungen spezialisiert haben.

Fearing lässt einen PR-Leiter erklären, wie er die öffentliche Meinung manipuliert: «Die Fantasien, die wir geschickt zusammenfügen und in Gerüchte verwandeln, dann diese hauchdünnen Gerüchte in Pressemitteilungen umwandeln. Diese kindischen Veröffentlichungen, die wir zu öffentlicher Erniedrigung einsetzen, um glühende Ängste zu formen, die zum Todeskuss werden. All diese Komponenten unserer Kommandoangriffe, die wir für reiche Beute durchführen, bestehen aus Worten, im Grunde nur aus Worten.» Fearing hatte sich vielleicht mit dem Begründer der Public Relations, Edward Bernays (1891–1995), und seinem 1928 erschienenen Buch *Propaganda* beschäftigt. Dieser Autor galt und gilt als Begründer des Konsumismus als kapitalistischer Strategie. Kernthesen von Bernays werden in Fearings Werk immer wieder durchgespielt: «... das stetige, konsequente Bemühen, Ereignisse zu formen oder zu schaffen mit dem Zweck, die Haltung der Öffentlichkeit zu einem Unternehmen, einer Idee oder einer Gruppe zu beeinflussen ... Je komplexer unsere Zivilisation wird und je deutlicher sich zeigt, wie nötig die im Hintergrund arbeitenden Führungsinstanzen sind, desto konsequenter werden die technischen Mittel zur Steuerung der öffentlichen Meinung entwickelt und eingesetzt. Mithilfe von Druckerpresse, Zeitung, Eisenbahn, Telefon, Telegraph, Radio und Flugzeug können Gedanken rasch, ja sogar zeitgleich im ganzen Land verbreitet werden.»[8]

Der Roman entwickelt eine regelrechte Theorie für Fake News. Das Buch ist vollgepackt mit hinterhältigen Charakteren wie aus einem Trump-Beraterteam. Dieser frühe Roman über Fake News war abstrakt und ohne Handlung, und seine Rezeption war schlecht bis nicht vorhanden. Er spielte nicht einmal Fearings Vorschuss ein. Ein späterer Fearing-Experte sagte über das Buch: «Als hätte Philip K. Dick *Mad Men* geschrieben.»

Anmerkungen

1 https://www.youtube.com/watch?v=UKFfTrrE8mU

2 Gilles Deleuze, Félix Guattari: *Anti-Ödipus. Kapitalismus und Schizophrenie I.* Suhrkamp 1977. Zitiert nach Woody Haut: *Pulp Culture.* London: Serpent's Tail, 1995, S. 18.

3 Alan M. Wald: *American Night.* The University of North Carolina Press, 2014, S. 26.

4 Zitate nach Robert M. Riley: «The Big Clock», in: *The Armchair Detective.* Vol. 16 No. 4 (1983), S. 354ff.

5 Julian Symons: *Bloody Murder.* London, Sydney und Auckland: Pan Books, 1992, S. 182.

6 http://www.tadrichards.com/KFearing.html

7 https://www.youtube.com/watch?v=5-81l52E-64

8 Edward Bernays: *Propaganda.* orange-press, 3. Aufl., 2011, S. 12.